Audrey Degal

LA MURAILLE DES ÂMES

roman

Edition : BoD - Books on Demand
12/14 rond-point des Champs Elysées, 75008 Paris
Imprimé par Books on Demand GmbH, Norderstedt, Allemagne
ISBN : 9782322139064
Dépôt légal : février 2017

Audrey Degal

Titulaire d'un doctorat de Lettres Modernes et spécialiste en littérature médiévale française, Audrey Degal enseigne aujourd'hui dans un lycée de l'Académie de Lyon.

L'écriture a toujours été une passion et, à ce jour, outre ses publications universitaires, elle a publié deux livres, *Le Lien,* (2015) et *Destinations étranges,* (2015), aux éditions BoD. Le suspense caractérise son écriture, autant que l'originalité des intrigues.

La Muraille des âmes, son troisième roman, s'inscrit dans la veine du thriller policier.

Le quatrième livre d'Audrey Degal, *Rencontre avec l'impossible,* sortira fin 2017. Actuellement, la romancière écrit un cinquième ouvrage (un thriller), *Le Royaume sans escale,* prévu pour 2018. Ses lecteurs ont pu en découvrir quelques extraits sur son site.

Retrouvez toute l'actualité de l'auteure sur :
deshistoirespourvous.com

Je remercie mon époux, Guy, lecteur des premiers instants d'écriture, pour ses conseils éclairés, sa patience et son aide.

PREMIÈRE PARTIE

L'UN

1 MAYDAY

Assise à l'arrière du Pilatus PC-12 NG, petit avion à moteur qu'ils avaient loué dans la précipitation, Shany somnolait. Le village de Niao'ai était encore loin. Auprès d'elle, Qiang la regardait amoureux comme jamais. Elle était si belle. Il n'avait plus d'autre choix désormais. La situation s'était emballée et la vie de celle à laquelle il tenait était menacée. Mais elle ignorait tout, là, totalement abandonnée sur son épaule comme une poupée fragile dont un enfant ne veut pas se séparer au risque de la casser. Maintes fois il avait voulu lui révéler ce qu'il lui cachait, lui dire ce qu'il était. *Elle ne l'aurait pas cru !* Il l'emmenait dans son village natal, seul lieu où elle serait en sécurité. *Y parviendrait-il ?* Par moments, il en doutait même s'il était prêt à tenter l'impossible. Et justement l'impossible, il savait plus que quiconque ce que ce mot représentait depuis cette nuit inoubliable et cette virée au volant de la voiture de sport, une Maserati 4200 GranSport V8. *Cette nuit-là ! S'il avait pu l'effacer d'un claquement de doigt, faire en sorte qu'elle n'ait jamais existé, passer directement d'un jour à un autre en propulsant dans les abîmes de l'oubli ce qui n'aurait jamais dû se produire.*

Les trépidations de l'avion étaient presque agréables. Elles berçaient en quelque sorte les occupants de la carlingue. Le sommeil de Shany était paisible, insouciant, probablement très loin d'appréhender la vérité. *Comment aurait-elle pu rêver à l'inimaginable ?* Sous le ventre de l'engin, les paysages défilaient. Après les zones désertiques, le fleuve Yangzi Jiang, impétueux, s'étirait au creux des profondes vallées qui lançaient leurs sommets à l'assaut du ciel comme pour le défier. Il ne ressemblait qu'à un vague serpent. Plus au sud, les nuages ne cessaient de s'admirer dans les miroirs que leur tendaient les rizières en terrasses. Les paysages pluriels, à l'image de la Chine, étaient vertigineux, démesurés. On pouvait distinguer des champs cultivés à perte de vue, verts, denses et des forêts. Derrière eux, la grande métropole chinoise avait disparu depuis longtemps.

Le ronron du moteur de l'avion s'éternisait, éternité dont Qiang ne disposait pas pour sauver Shany. Il lui fallait arriver au plus vite à Niao'ai, avant la nuit tombée. La course contre la montre était lancée, impérative, vitale. Pour cela, le couple s'était rendu à l'aéroport au petit matin. Quelques liasses de billets, une poignée de main et l'équipage défiait les lois de la gravité. Dans le ciel, comme des stratocumulus sans importance agitaient la carlingue, le pilote rassura ses passagers en leur disant qu'il avait l'habitude de ces turbulences sans danger.

— Tu es réveillée, fit doucement Qiang en effleurant de ses doigts le front de Shany.

— Je ne pensais pas m'endormir.

— Tu as bien fait. Tu devais être fatiguée.

Elle passa une main dans ses cheveux, frotta ses yeux et jeta un œil par le hublot, tentant d'appréhender l'immensité de la vue.

— Où sommes-nous ?

— Cela changerait-il vraiment quelque chose si je te le disais ?

Elle se contenta de lui sourire. Il était vrai qu'elle avait une totale méconnaissance de cette partie de la Chine. Amusé, il regarda sa montre puis se rapprocha d'elle le plus possible afin de commenter ce qu'elle apercevait.

— Nous volons au-dessus de la province du Sichuan et le relief est particulièrement accidenté. La plus haute montagne culmine à 4800 mètres. La région appartient à une réserve naturelle classée au patrimoine de l'Unesco : la vallée de Jiuzhaigou, qui signifie « ravin aux neuf villages » pour être précis.

Shany, le nez plaqué à la vitre, admirait le paysage qui défilait. L'avion amorça un léger changement de cap en direction du sud et modifia son assiette. Les passagers comprirent que le pilote entamait la descente de l'engin.

— C'est magnifique !

— Niao'ai se trouve plus bas. C'est la raison pour laquelle nous avons changé de trajectoire. Sans être vraiment à côté d'ici, mon village n'en est pas moins pittoresque.

— C'est un lac là-bas ? demanda Shany.

— Un lac ! Des lacs, tu veux dire. Je t'y emmènerai un jour, je te le promets. Si la région est très longtemps restée inaccessible, les touristes peuvent la visiter maintenant. Tu dois voir légèrement sur ta gauche le lac du « Double-dragon », si je ne me trompe pas et l'autre, plus loin, est le lac « aux cinq couleurs ».

— Je les vois, déclara la jeune femme qui étirait son cou afin de pouvoir suivre la description. Ils portent bien leur nom. Il me semble effectivement reconnaître deux dragons. Quant aux couleurs, je ne sais pas s'il y en a cinq mais quelle palette !

— Il y en a bien d'autres. La région est connue pour ses ruisseaux et ses cascades : Shuzheng, Nuorilang… Leurs eaux semblent magiques, tu verras !

— Somptueux, vraiment ! Extraordinaire ! Tu as vécu dans un lieu vraiment époustouflant !

— Époustouflant, oui. Mais il n'en a pas toujours été ainsi.

Il se laissa retomber sur son siège, pensif et consulta à nouveau sa montre. Shany abandonna le hublot et le regarda.

— Tu ne m'as toujours pas dit pourquoi il nous a fallu partir si vite, abandonner les autres et sauter dans cet avion.

— Tu le sauras bien assez tôt !

— Je suppose que je dois me contenter de cette réponse !

— Il le faut !

Elle n'avait pas l'habitude d'abdiquer si facilement. Mais il lui avait demandé tant de fois de ne lui poser aucune question, d'avoir confiance… Elle l'avait suivi aveuglément. À nouveau calé dans son siège, Qiang songeait, les yeux perdus dans le vague. *Si elle savait !* Il ne tenait plus en place et changeait de position sans arrêt. Nerveux, il décida finalement de se lever.

— Veuillez vous asseoir monsieur, s'il vous plaît, déclara le pilote. Nous descendons lentement mais ça risque tout de même de secouer.

Shany n'avait pas compris le moindre mot mais elle n'eut pas besoin de demander à son ami de traduire. Il reprit place dans son siège aussitôt après, à contrecœur. Il lui prit la main, sans un mot et tâcha de se détendre en fermant les yeux. Il resta ainsi un long moment, jusqu'à ce que l'avion se mît à cahoter. Il se redressa brusquement et regarda encore une fois l'heure. Au même instant le pilote pria le couple de s'attacher.

— Que se passe-t-il ? demanda Qiang.

— Ce sont ces maudits oiseaux, rétorqua-t-il. Ils ne…

Soudain un grand *BANG* résonna dans la cabine. Une épaisse fumée s'échappa de l'avant tandis qu'en se penchant par le hublot, on pouvait voir la projection de ce qui restait des corps des oiseaux happés par l'hélice. Arriver à temps à Niao'ai semblait désormais compromis.

Alors que la descente était jusque-là progressive, l'appareil se mit brusquement à piquer vers la forêt dont la cime des arbres s'approchait bien trop vite. De part et d'autre, des montagnes caressaient le ciel et, entre elles, d'étroites gorges peinaient pour se frayer un passage. L'endroit paraissait aussi beau qu'hostile. Le pilote, accroché aux commandes, tentait de remédier à l'accélération incontrôlée de l'avion qui les entraînait vers un crash certain. Les pales de l'hélice étaient sérieusement endommagées.

Toute explication, toute traduction était inutilc. La direction de l'avion était explicite. Shany planta ses ongles dans le bras de Qiang à qui elle se retenait. Il plongea son regard dans le sien avec cette lueur de confiance et de sérénité qui le caractérisait.

— Je suis avec toi. N'aie pas peur.

— Mais j'ai peur ! Nous allons mourir. Je ne veux pas mourir Qiang.

Dans le cockpit, le pilote, loin de renoncer, s'acharnait à redresser l'appareil. Le moteur fonctionnait par intermittence et l'avion planait ou piquait alternativement. Accaparé par la traction qu'il exerçait sur le manche pour tenter de les soustraire à la plongée dans le vide, il n'entendit pas la question de Qiang qui proposait de l'aider.

— Nous allons mourir ! répéta la jeune femme terrifiée.

Qiang ne répondit pas. Il se contenta de la serrer tout contre lui, presque à l'écraser et d'une main, il caressa ses cheveux et son visage. Les secondes leur parurent des heures, des mois, des années, une éternité pendant laquelle ils mesuraient tous deux involontairement le peu de temps qu'il leur restait encore à vivre. Et cet impact certain, sans cesse retardé. *Quand ? Quand l'avion tomberait-il ? Quand le fil de la vie serait-il coupé ? Ce n'était pas possible ! Mourir alors qu'il l'amenait à Niao'ai pour la sauver ! Le sort s'acharnait !* Il repensa à la dernière nuit qu'ils venaient de passer ensemble.

Qiang avait dû laisser Shany à l'hôtel. Il était impossible de lui révéler la vérité. Elle n'était pas prête. Il risquait de la perdre alors il avait joué serré. Elle avait bien senti que quelque chose lui échappait mais l'amour rend aveugle. Il était rentré comme prévu un peu après minuit. Elle l'attendait. La chambre n'était pas éclairée mais ils n'allumèrent pas la lumière. Seule la clarté de la lune s'immisçait dans la pièce, se frayant un passage entre les rideaux de satin mal joints. Sans un mot, il s'était approché d'elle. D'une main, il avait écarté quelques mèches de cheveux pour mieux se glisser jusqu'à son oreille et lui murmurer son amour. Le souffle chaud de ses paroles caressa le cou de Shany qui sentit le désir monter en elle. Avec la plus grande délicatesse, il déboutonna son chemisier tandis qu'elle caressait son visage, ses épaules, son torse. Elle voulait tout découvrir, se nourrir du contact de sa peau. Leurs lèvres, avides, se cherchaient, se perdaient, se retrouvaient. Il n'oublierait jamais son parfum. Un bruit de métal : les ceintures qu'ils portaient glissèrent au sol, entraînant les jeans qu'elles retenaient. Il la serra dans ses bras, la repoussa et promena ses mains sur la rondeur de ses seins en éveil. Elle enroula une jambe autour de lui et ils basculèrent sur le lit. Ils ne firent plus qu'un cette nuit-là, décidés à sceller leur destin. Au matin, la lune s'était retirée. Ils n'avaient pas dormi.

La dure réalité se rappela soudain à lui. Comme s'il psalmodiait d'ultimes prières, le pilote ne cessait de parler et même si le mandarin était une belle langue, en ces instants tragiques, sa tonalité était devenue amère. Particulièrement expérimenté, l'homme ne renonçait pas. Il déployait une force surhumaine pour maintenir un équilibre relatif tandis que l'avion continuait à tanguer de gauche à droite, qu'il tremblait, agité par de violentes secousses, tout en piquant toujours en direction du sol. Shany, terrorisée, était devenue muette, s'attendant au pire. Soudain, la voix de Qiang déchira le silence et couvrit le bruit du vent omniprésent dans la carlingue.

— Qu'est-ce que je vous ai fait ? hurla-t-il. Pas maintenant, pas avec elle !

L'espace d'un instant son visage s'éclaira d'une colère, retenue jusque-là et qui ne demandait qu'à exploser. Puis il se calma brutalement. *À quoi bon !*

À l'avant, dans le poste de pilotage, les paroles de l'aviateur semblaient émaner d'un travailleur de force, d'un athlète qui lutte en vain pour maîtriser le poids de ses haltères mal équilibrés.

Les dernières minutes du vol furent anarchiques. Essayant d'anticiper l'inévitable impact avec le sol, le pilote scrutait la terre afin de repérer un endroit dégagé qui ferait office de piste d'atterrissage. C'était difficile. L'engin s'en rapprochait trop vite. Il crut toutefois discerner une tache plus claire que le reste. Ce n'était certainement pas un terrain d'atterrissage. *Un espace pour se poser ? Peut-être ! Une sorte de piste ? Ce serait inespéré !* Pas assez longue cependant ni assez large, chaotique. Rien de mieux ne se présentait. Encore eût-il fallu y arriver et s'y poser sans que l'avion se disloquât !

— Cramponnez-vous ! Je largue le carburant, je n'ai pas le choix ! lança-t-il.

Il réduisit totalement la manette des gaz puis tira vigoureusement sur une autre. Le kérosène s'évanouit dans les airs, signant le testament d'une tragédie dont le dénouement ne tarderait plus à se jouer. Dans l'habitacle, le crissement de l'air vint remplacer celui de l'agonie du moteur.

— J'aurais tant aimé mieux te connaître. Qiang, tu es tout pour moi !

Avec une douceur infinie, il l'attira à lui et s'enroula au-dessus d'elle afin de former un bouclier pour la protéger.

À l'approche de la piste improvisée, l'engin lécha d'abord la cime des arbres. Les branches les plus hautes, gigantesques tentacules verts, ralentirent légèrement la descente infernale avant d'arracher le train d'atterrissage. Déstabilisé, l'avion attaqua le sol de biais et partit dans une interminable glissade. Un rocher saillant, abandonné là depuis des millénaires par quelque glacier depuis disparu, arracha l'aile gauche qui se volatilisa avant de se disloquer. Amputé, l'avion rebondit, sauta, se reposa maintes fois, dérapa encore dans un bruit assourdissant de ferraille déchirée par des mains invisibles pour finir par se retourner et agoniser. Ventre en l'air, il oscilla, parut hésiter, grinça mais finit par s'immobiliser définitivement.

Le calme revenu, seuls les animaux sauvages, témoins muets, aperçurent le panache de fumée noire qui s'élevait dans la canopée.

Le Pilatus PC-12 NG venait de s'écraser, quelque part dans la province chinoise du Sichuan.

2 BEIJING[1]

Quelques mois plus tôt.

— Partir en Chine, voir Pékin, la muraille, la Cité Interdite, les palais… adieu Paris ! s'était inlassablement répété Shany pour se convaincre que rien ne pourrait l'en empêcher.

Elle venait de quitter son bureau de l'avenue d'Eylau, proche du Trocadéro et dans l'ascenseur, elle se disait qu'elle ne reviendrait que dans deux mois. Deux mois ! Elle avait besoin de rompre avec le quotidien, avec le monde des affaires, avec la finance. Il lui fallait couper les liens qui la retenaient à Paris. Finis les tailleurs, les talons aiguilles, finis les coups de téléphone à longueur de journée et les soirées interminables où elle devait rester parce qu'un délégué du personnel devait absolument la rencontrer. Fini tout cela ! Elle tira la lourde porte et une fois dans la rue elle fut éblouie par un éclair.

— Tiens, de l'orage ! se dit-elle.

Mais rien dans le ciel parisien ne laissait présager la moindre pluie même fugace. Elle tourna les talons à droite laissant la Tour Eiffel dans son dos et longea le trottoir jusqu'au restaurant italien *Di Vino* qui occupait l'angle de la rue Longchamp et de la rue Eylau. Elle s'installa en terrasse, sous l'avancée de toile à rayures vertes et blanches. Le patron la

---

[1] Pékin.

connaissait bien, c'était un ami. Elle commanda un carpaccio de saumon et Saint-Jacques à l'huile d'olive et au citron vert, un risotto à la truffe noire et en dessert, un mille-feuille à la poire et à la mousse de mascarpone, le tout accompagné d'un verre de « *santa cristina le maestrelle antinori* ». Tandis qu'on la servait, un nouvel éclat de lumière vint fendre l'ombre procurée par le store largement ouvert.

— Je ne vais pas traîner. C'est le deuxième éclair en moins de 5 minutes. Je crois qu'il va...

— Prends ton temps ma belle, la soirée sera superbe, dit Xavier qui s'occupait d'elle en personne. Ce n'était pas un éclair mais le flash d'un appareil photo. Il y a beaucoup de touristes en ce moment.

*

Sur un cliché parmi des millions pris dans la capitale ce jour-là, on voyait nettement Shany attablée, souriante, qui s'apprêtait à déguster l'entrée que l'on avait posée devant elle. Un doigt rectifia le cadrage, le contraste, la luminosité. La photo était nette. L'instant d'après, on avait arrêté l'appareil.

*

La lecture de nombreuses brochures, de divers magazines et de livres, avait permis à la jeune femme d'affaires d'anticiper mentalement le voyage. Le *clic* de fermeture des valises aurait dû concrétiser le début d'une merveilleuse aventure.

Lorsqu'elle quitta son appartement de l'avenue Montaigne, situé dans le XVIe arrondissement, elle avait tout prévu. Un tel périple au bout du monde nécessitait une préparation méticuleuse. Elle avait dressé une liste minutieuse : vêtements, argent, passeport, chapeau, adresses utiles, plans, boussole, appareil photo, piles, cartes micro S.D... Elle n'avait rien oublié. Elle avait aussi envisagé d'emporter deux livres, *Pandemia,* le dernier roman de Franck Thilliez et *Gravé dans le sable* de Michel Bussi. Un petit assortiment de friandises et de fruits l'attendrait à l'aéroport Charles de Gaulle, dans une boutique *duty free*. Elle en avait pensé la composition et avait passé commande. Elle était gourmande et si ses écarts dessinaient quelque peu ses hanches autant qu'ils affirmaient ses joues, elle était gracieuse, sensuelle, sculptée, belle et son charme redoutable faisait succomber bien des hommes. L'existence l'avait cependant rendue prudente et les Roméo qui sonnaient à sa porte très souvent s'y heurtaient.

Elle avait pris soin de bien fermer portes et fenêtres, de baisser les stores électriques à partir de la commande centralisée et d'activer l'alarme. Elle était prudente. Elle craignait d'être victime de quelque cambriolage et redoutait toute intrusion dans sa vie privée. Ainsi, elle se sentait mieux protégée.

Elle connaissait déjà la Grèce, les îles Santorin et Myconos, s'était enivrée des paysages grandioses de l'ouest américain, de Bagdad café plutôt prisé par les Français, de Zion, de Monument Valley... Mais la Chine avait toujours excité son imaginaire du fait de son caractère démesuré et de la richesse de sa culture. Pourtant, l'opportunité ne s'était jamais présentée.

Désormais ce projet prenait forme. Quelques heures à peine la séparaient de ses vacances aux confins de la planète. Discrète – car elle en était certaine, le silence est d'or – elle n'avait évoqué avec personne son prochain départ. Dirigeante de plusieurs sociétés de produits de beauté et de joaillerie, elle s'était contentée de mettre en ordre ses affaires et de les confier à son plus fidèle associé, son bras droit.

Comme une enfant, elle jubilait. Cette fois, plus que jamais, le dépaysement allait être total. L'Airbus A.380 l'emporterait vers ce pays légendaire et mystérieux dont l'immensité dépassait l'entendement. Elle était certaine qu'une fois le pied posé sur le tarmac du Beijing Capital International Airport, 北京首都国际机场, elle serait aux anges. La sonorité de ces mots exotiques la ravissait. La langue chinoise résonnait dans sa tête comme une mélodie enchanteresse, comme une promesse de rupture avec le quotidien.

Elle s'était longuement penchée sur l'histoire de la Chine, qui la passionnait, et elle en connaissait les moments incontournables même s'ils prenaient souvent une dimension mythique. De la succession des dynasties à la période maoïste, elle s'était imprégnée de l'atmosphère propre au plus puissant des états émergents. Elle avait pris quelques cours de mandarin espérant mieux se fondre dans la culture du pays ou parer à d'éventuelles difficultés. Mais malgré ses facilités à apprendre, elle balbutiait le chinois plus qu'elle ne le parlait. La prononciation de cette langue était loin du latin ou de la langue de Shakespeare. Aussi, sur les recommandations de l'agence de voyages, elle s'était procuré un petit dictionnaire bilingue.

Elle était convaincue que ce serait une expérience extraordinaire et une petite voix lui susurrait que sa vie ne serait plus jamais la même après. Il est parfois étrange de constater que les pressentiments, sans existence avérée et venus de nulle part, peuvent finalement se vérifier !

Anna, sa meilleure amie, sa complice de toujours, celle avec qui elle avait tout partagé, l'accompagnait. Shany lui offrait le voyage. C'était une façon de sceller cette profonde amitié, une façon aussi de la remercier, elle qui lui avait tant de fois prêté son épaule quand autour de Shany tout s'était brusquement effondré.

*

Deux sièges côte à côte réservés en classe affaires, des films, des plateaux-repas, un peu de lecture romanesque, un vol interminable mais riche de perspectives à venir et les voilà posant le pied sur le sol chinois. Là, dans le district de Shunyi, on leur avait réservé une chambre dans un petit hôtel ravissant à défaut d'être pittoresque. Elles y passèrent leur première nuit.

Comme le décalage horaire les avait épuisées, elles dormirent tard. Après un petit-déjeuner qui se voulait européen, spécialement préparé pour les touristes venus du vieux continent, elles devaient rejoindre leur groupe. Le programme des visites commencerait alors, comme prévu, par Pékin. Le voyagiste s'occuperait de leurs bagages afin de les transférer à l'étape suivante. Elles étaient libres. La découverte pouvait commencer.

Appareil photo en bandoulière et plan de la ville en mains, elles quittèrent leur chambre. Quelques minutes après, elles s'orientaient dans les rues de la capitale afin de rallier le point de rendez-vous que l'agence « Envol » leur avait indiqué. Ce n'était pas très loin mais déjà, ces quelques pas sur le sol de l'Empire du Milieu les enchantaient.

— Je me suis toujours demandé pourquoi on appelle souvent la Chine l'Empire du Milieu.

— Tu sais, c'est toujours la même chose. Les hommes aiment se croire le centre du monde, remarqua Anna.

Le guide qu'elles devaient rencontrer serait facile à reconnaître, leur avait-on précisé. Il porterait un pull orange et un foulard bleu. Arrivées par le côté nord de l'avenue Chang'an, l'immensité de la place Tian'anmen sur laquelle elles débouchèrent leur donna le vertige. Deux immenses portes délimitaient l'endroit, cerbères imposants, témoins silencieux de l'histoire de la Chine.

— Facile de trouver le guide ont-ils dit, constata Shany en tournant invariablement la tête à droite puis à gauche. Je ne m'attendais pas à ce que ce soit si grand !

— Mais tout le pays est immense. Nous sommes sur la quatrième plus grande place du monde. Tu te rends compte ! exulta Anna dont les yeux exprimaient une joie intense et l'envie de tout découvrir.

— Oui mais il faut rejoindre notre groupe et le guide. Voyons !

La jeune fille sortit un document et lut :

— Rendez-vous au pied de l'obélisque entre parenthèses, de 38 mètres de haut, monument de granit et de marbre dédié aux héros…

Elle ne put achever sa phrase.

— Je vois l'obélisque, là-bas, sur ta droite, regarde ! l'interrompit Anna.

Shany détacha ses yeux du dépliant et suivit la direction désignée par son amie.

— Effectivement, on ne peut pas le rater ! Ce doit être là. Allons-y !

— Il me semble même voir quelqu'un avec un vêtement de couleur plutôt orangée.

Quelques minutes plus tard, elles se joignirent au groupe d'étrangers que Qiang, leur guide, leur présenta : un couple d'Allemands, six Anglais et trois Russes. Tous semblaient sympathiques. Particulièrement souriant, l'accompagnateur, qui maîtrisait un nombre impressionnant de langues, avait rapidement mis chacun à l'aise. Il discutait avec les uns, avec les autres, les questionnant à propos du déroulement de leur voyage ou évoquant les particularités géographiques et culturelles de leurs pays d'origine. Il connaissait assurément tous les recoins de la Terre et n'avait pas son pareil pour mettre tout le monde à l'aise. Le séjour s'annonçait parfait. C'était du moins ce que les apparences semblaient suggérer !

Les visiteurs avaient hâte de se rendre au premier monument dont la visite était programmée dans la matinée : la Cité Interdite. Le petit groupe s'achemina donc en direction de ce palais, suivant le guide comme des enfants égarés mais curieux. Qiang en connaissait l'histoire et tous les détails. Il rivalisait d'ingéniosité pour susciter la curiosité. Avant de franchir la muraille d'enceinte par la porte de la Paix céleste, il expliqua que le palais portait un nom évoquant une étoile pourpre. Il raconta les quatorze années de construction de l'édifice et s'apitoya sur les paysans réduits à l'esclavage pendant cette période. Son léger accent lui donnait un charme irrésistible. Sa voix était chaude.

— Si vous voulez bien me suivre, nous allons maintenant nous diriger vers le Pavillon de l'Harmonie appelé « Baohe dian » et nous verrons ensuite celui de la Gloire Littéraire « Wenhua ». Vous remarquerez que les tuiles de ces palais...

Shany l'écoutait, sous le charme des demeures et de ses paroles. Qiang était séduisant et elle se sentait attirée par lui bien qu'intérieurement elle tentât de se convaincre de l'inverse. Si elle admirait la beauté et l'exception des lieux, elle ne pouvait rester insensible aux yeux profondément noirs du jeune homme. Il émanait de sa personne quelque chose d'indéfinissable qui le rendait presque attachant. Elle le regardait, pensive parfois et suivait attentivement ses explications. Sa voix était douce. Elle ne s'était pas aperçue qu'elle avait distancé Anna depuis un moment déjà. Son amie la rattrapa.

— J'ai l'impression qu'il te plaît, chuchota cette dernière. Si tu n'arrêtes pas de le regarder ainsi, il va finir par s'en apercevoir. Les autres aussi.

La jeune femme commença par rougir puis elle rétorqua tout doucement :

— Tu as raison ! Je ne m'en étais pas aperçue. C'est plus fort que moi. Je n'ai jamais agi comme ça auparavant. Je ne comprends pas. Il a quelque chose de… Comment dire ? Il est … C'est sûrement le charme de Pékin qui agit. Bref, ce n'est rien. N'en parlons plus, écoutons !

— Combien y a-t-il de pièces dans le palais ? demanda John, un des Anglais.

De toute évidence, le guide attendait la question. Subjugués à la fois par l'étendue exceptionnelle de La Cité Interdite et la multitude des constructions toutes ornées avec raffinement, les touristes s'interrogeaient. Il put ainsi rappeler la légende qu'il présenta de façon énigmatique pour intéresser le groupe.

— 9999 pièces, annonça-t-il tout en s'amusant d'avance de l'effet que l'annonce de ce nombre allait provoquer.

— 9999 ? Pourquoi pas 10 000 ? s'enquit aussitôt un curieux.

— J'attendais cette question ! Eh bien, selon les croyances chinoises, seules les divinités pouvaient concevoir des palais de 10 000 pièces. L'empereur n'étant pas un dieu, même si certains prétendaient en être les enfants directs, il ne pouvait prétendre à cela. Par contre 9999 pièces montraient qu'il s'approchait des dieux, qu'il les côtoyait, tout en les respectant.

— Original et fabuleux ! constata un membre du groupe. Les légendes sont toujours surprenantes !

— Oui et non car 9999 salles impériales n'est qu'un idéal, un espoir. Une étude menée récemment en aurait dénombré 8704 réparties dans 800 palais. C'est tout de même un nombre extraordinaire, n'est-ce pas !

Il s'interrompit avant de poursuivre :

— Vous désirez une précision mademoiselle ?

Shany sentit le sang lui monter au visage et le rythme de ses battements cardiaques s'accélérer lorsque Qiang s'adressa à elle. Il ajouta :

— Comme vous me regardiez, j'ai pensé que vous vouliez me demander quelque chose ou que vous désiriez intervenir !

Déstabilisée dans un premier temps, la jeune femme se ressaisit. Comme une senteur taquinait ses narines, elle rétablit la situation à son avantage.

— Euh… Oui… En même temps que vous parliez, je me demandais ce qu'était cette odeur étrange et douce qui m'interpelle depuis un moment ! Je réfléchissais sans trouver la réponse.

Dans le groupe, chacun leva le nez pour déceler le parfum que personne parmi eux n'avait remarqué.

— Je dois dire que vous avez un sens de l'odorat subtil mademoiselle Morand. Rares sont les touristes qui remarquent cet effluve si discret !

— Shany, vous pouvez m'appeler Shany. Nous allons passer beaucoup de temps ensemble. Ce sera plus simple. Qu'en pensez-vous ?

Habituée à diriger, elle avait le sens de la répartie.

— Shany, un prénom ravissant. Donc, ce que vous sentez Shany est une odeur de bois de santal brûlé. Les conservateurs de la Cité tentent de faire revivre l'esprit de l'époque Ming et Qing au cours de laquelle on parfumait le palais. Ce sont les statues que vous remarquez ici ou là qui diffusent cette fragrance délicate. Le bois qui se consume très lentement est inséré par de petites fentes situées à l'arrière de chacune d'elles.

— Décidément, je suis sous le charme, murmura Shany à l'oreille de son amie tandis que le jeune guide poursuivait son explication.

— Moi aussi, c'est extraordinaire et ça sent si bon !

— Mes paroles étaient volontairement ambiguës. Je te parlais du palais et du savoir de ce guide !

— J'avais bien compris. Je plaisantais moi aussi.

Elles se regardèrent, complices et en sourirent, attirant l'attention du groupe et de Qiang.

— J'ai dit quelque chose qui vous dérange mesdemoiselles ? J'ai peut-être fait une erreur de français ! Cela m'arrive !

— Absolument pas, répondit Shany, tout est parfait !

La visite se poursuivit plus au nord, avec le Palais de la Pureté, les légendes du « fils-dragon du ciel », les conspirations, les trahisons... Puis, la journée touchant à sa fin, le groupe quitta la Cité Impériale et se dirigea vers un restaurant de la capitale. La petite collation prise à midi n'avait pas totalement apaisé la faim et un bon repas s'imposait en soirée.

L'accompagnateur conduisit donc tout le monde vers le quartier Chaoyang. Des tables avaient été réservées au Dadong Kaoya où la cuisine était correcte. Là, on leur proposa trois plats. Shany fit en sorte de s'installer à côté de Qiang qui ne semblait pas insensible à son charme. Il expliqua à tous comment utiliser efficacement les baguettes que l'on venait d'apporter. On riait à table. Déguster ainsi le poisson n'était pas une mince affaire mais lorsqu'il fallut s'attaquer au bol de riz, tout se compliqua. Shany peinait à prélever plus de quatre grains à la fois comme les autres d'ailleurs. Le guide s'amusait de les voir batailler ainsi avec la nourriture qui leur résistait. Chacun suggérait à l'autre la méthode infaillible, découverte à l'instant, qui lui avait permis de s'emparer d'une quantité conséquente de grains de riz, à peine équivalente à une cuillerée. Mais aussitôt après, la technique semblait dysfonctionner et s'avérer cruellement inefficace. Qiang traduisait tout ce qui se passait. Les doigts parcouraient les baguettes à la recherche de l'emplacement idéal, les mains se refermaient énergiquement pensant attraper les champignons noirs qui se laissaient saisir puis glissaient, inexorablement aidés en cela par une sauce onctueuse et huilée. Le touriste allemand évoqua une scène du film de Quentin Tarentino, *Kill Bill,* au cours de laquelle l'héroïne, incarnée par Uma Thurman, ne parvenait pas à manger son bol de riz avec les baguettes lorsqu'elle était chez maître Pai Mei pour apprendre l'art du combat. Certains se surprirent à la mimer, faisant remarquer au passage que même blessée, elle avait fini par y arriver. Cependant, lassée par ce combat engagé avec les grains d'un blanc étincelant, Shany renonça et piqua ses deux tiges dans le riz.

— Une fourchette, par pitié ! s'amusa-t-elle à réclamer. Je n'ai jamais été douée pour cela. J'abandonne !

À la vue des deux baguettes érigées au centre du bol, Qiang fut saisi d'effroi. Il laissa échapper le verre qu'il allait porter à ses lèvres. La boisson se répandit sur la nappe. Il lança un regard inquiet à la jeune femme, se leva, saisit les deux piques avec une rapidité déconcertante et, d'un coup sec, les brisa entre ses mains. Il héla ensuite le personnel et un serveur apporta une fourchette. Une brève conversation s'engagea entre les deux hommes, à laquelle personne ne comprenait rien. Il était évident cependant qu'il ne s'agissait pas d'une discussion anodine. Les mots semblaient aussi percutants que les gestes qu'ils faisaient. L'employé du restaurant paraissait contrarié mais il finit par se retirer, murmurant d'obscures paroles alors qu'il s'éloignait.

On demanda à Qiang quelque explication quant à l'incident mais il resta évasif et répéta que c'était sans importance. Il parut toutefois plus sombre pendant la fin du repas. Aux tables situées à proximité, des couples et des familles chinoises dévisageaient Shany par intermittence. À la sortie de l'établissement, le personnel salua le groupe et tous les clients qui franchissaient le seuil. Shany en fit partie mais sur son passage, les employés s'inclinèrent plus longuement. Elle le remarqua.

— Pourriez-vous m'expliquer ce que cela signifie ?

— Ne vous inquiétez pas. Ce n'est rien. Vous avez un peu dérogé aux coutumes chinoises, c'est tout. Laissez tomber, cela n'a aucune importance. Vous devez avant tout profiter de votre séjour.

Le guide conduisit ensuite son groupe jusqu'à l'hôtel. Certains traînaient en chemin et il ne manquait pas de les interpeller :

— Vous aurez tout le temps de visiter demain. Pour l'instant, il faut rentrer et dormir. La prochaine journée sera encore longue et fatigante.

Shany remarqua qu'il ne cessait de regarder sa montre. Elle en fut agacée.

— Il semble bien pressé ! dit-elle à Anna.

— Oui, il a peut-être un rendez-vous. Il est peut-être marié.

— Peut-être en effet !

Le visage de Shany s'assombrit. Elle accéléra le pas.

— Eh, attends-moi. Ne file pas comme ça surtout que je connais la réponse à tes « peut-être ».

— Ah et comment le saurais-tu ? Tu lui as demandé toi-même ?

— Pas du tout, insista Anna, mais je le sais ! Je l'ai tout bêtement entendu le dire à l'Anglais qui lui demandait comment il était devenu guide, où il avait appris à parler autant de langues, patati patata et s'il était marié. Il a répondu « Bien sûr que non ! ». Néanmoins, ceci ne signifie pas qu'il est seul et il a probablement quelqu'un dans sa vie.

— Effectivement et tu es bien placée pour le savoir. Dès que je rencontre quelqu'un qui me plaît, soit il est intéressé par ma situation, soit il est en couple, soit il est marié ou… Laisse tomber Anna. J'ai l'habitude et j'en ai pris mon parti depuis longtemps, intervint Shany. Pourquoi trouverais-je en Chine celui que je n'ai jamais rencontré à Paris ? D'abord, je ne suis pas là pour ça !

— Je plaisantais !

— Tu n'es pas drôle. Et puis je m'en moque. Je ne veux pas savoir. Nous sommes en vacances pour profiter, pour visiter, pour nous distraire…

— Je te le dirai quand même. Il a ajouté qu'il était libre comme l'air et il a plaisanté à propos de cette expression qui se traduit de façon imagée très différente selon les cultures.

Shany marqua un temps d'arrêt. Ses yeux exprimaient un certain plaisir.

— Tu m'impressionnes. Tu as progressé en anglais car je suppose que Qiang n'a pas traduit !

— Absolument mais je suis sûre de moi ! Je te garantis que notre guide est un jeune homme libre.

— Nous venons d'arriver et je suis déjà sous le charme. Je veux garder les idées claires, mais je dois avouer qu'il y a chez cet homme quelque chose d'indéfinissable que je n'ai jamais remarqué chez personne et c'est ce qui me plaît. Mais pourquoi a-t-il l'air si pressé ? Il est constamment rivé au cadran de sa montre !

— Je ne saurais répondre. Il doit avoir une réunion, une urgence quelconque ou alors c'est un maniaque du *timing* ! Cela n'a aucune importance ! De toute façon, on rentre. On verra cela demain et il passera la journée entière avec nous, avec toi aussi par conséquent. Souris à la vie Shany, souris !

*

Un observateur avisé aurait pu apercevoir, loin derrière elles, un homme qui suivait le groupe depuis la sortie de la Cité Interdite. Il avait marqué les mêmes haltes, faisant semblant de scruter une vitrine, de photographier un monument, de téléphoner… Il avait ensuite pris place dans le même restaurant, dans un recoin, à une table qu'il avait vraisemblablement réservée et avait observé les faits et gestes de chacun pendant le repas. Il était discret. Personne ne l'avait remarqué. Dans les rues sombres mais encore peuplées de Pékin, il était à l'écoute de tout ce qui se disait dans le groupe. Il marchait tantôt sur le trottoir de droite, tantôt sur celui de gauche, les mains dans les poches. À sa ceinture, un pistolet, un Glock 22 qui ne le quittait jamais.

L'inconnu n'abandonna les touristes que lorsqu'ils furent devant l'hôtel où Qiang, après avoir furtivement regardé encore une fois l'heure, salua chacun avant de se retirer. Il était très tard. Il leur donna rendez-vous le lendemain. Après avoir contourné l'angle de la première avenue, le jeune guide se mit à courir. Il sauta dans une voiture, démarra et partit en trombe. De toute évidence il était urgent pour lui de quitter les lieux ou de se rendre quelque part !

3 ZHAO

Au 2, Dondajie, Andingmen, Dongcheng District de Beijing, les nombreuses fenêtres du Bureau de Sécurité Publique, BSP, scrutaient la ville. L'immeuble se trouvait dans le palier provincial de la région autonome de Pékin. Les employés chargés de faire régner l'ordre étaient, quant à eux, calfeutrés entre les quatre murs du bâtiment. Ils étaient, pour beaucoup, moins efficaces que les surfaces vitrées qui guettaient inlassablement la ville.

L'inspecteur Zhao travaillait depuis des années au BSP. Chaque matin, après une séance de tir au sous-sol du bâtiment, il sortait deux ou trois heures pour aller enquêter sur le terrain. Pour lui, rien ne valait la pratique. Les administratifs, comme il les appelait, souvent des *chegguans*[2], préféraient noircir du papier, bien à l'abri dans les locaux, plutôt que de salir leurs semelles ou leurs mains dans les rues. Ils appartenaient pourtant à une unité tactique de la police de sécurité publique mais seul leur importait leur salaire en fin de mois.

Au-dessus de lui, un supérieur hiérarchique coriace mais intègre régnait sur le xian, 县, en chinois, subdivision administrative de la République populaire de Chine. Mais, bien au chaud, ce chefaillon restait cloîtré dans son bureau et, depuis

---

[2] *Chegguans* : agents de police temporaires ou irréguliers.

longtemps déjà, il n'avait plus qu'une idée très approximative de ce qu'était une enquête.

Au second étage, dans une immense salle dotée d'une multitude de bureaux disparates, on s'activait plus ou moins : certains jouaient les prolongations matinales autour d'un café qui s'éternisait, d'autres discutaient de tout et de rien tandis que quelques-uns étaient déjà à la tâche.

Tout au fond de cette vaste étendue, sur la gauche, à proximité des portes battantes qui menaient vers l'escalier de secours, un homme semblait absorbé dans la lecture de documents. Des piles de dossiers, stockées verticalement, encombraient le bureau où il travaillait depuis deux heures au moins, si bien qu'on le voyait à peine. Sur le côté droit, une tasse était posée, dont il n'avait pas bu le contenu désormais froid. En face de lui, des portraits étaient épinglés sur un grand tableau cartonné, des scènes de crimes, une carte de la ville sur laquelle il avait placé des repères et dessiné des flèches partant dans diverses directions.

— Alors Zhao, toujours noyé dans tes sombres affaires ! fit remarquer un collègue – du moins fallait-il poliment le désigner ainsi – .

Il ricanait et donna un coup de coude à son voisin de bureau qui s'amusa tout autant que lui de ce sarcasme.

Zhao ne réagit pas, habitué à ce genre de réflexion déplacée, puérile et gratuite qui n'engageait que l'incompétence de celui qui parlait. Les autres policiers l'avaient toujours marginalisé. Son côté métissé gênait. Il parlait couramment le français, l'anglais appris au lycée, le mandarin et d'autres dialectes nombreux en Chine. Cela lui donnait parfois un avantage que ses concurrents à l'avancement lui enviaient.

— C'est l'affaire 強 qui te turlupine ?

À proximité, des têtes se levèrent aussitôt et chacun regarda le visage de Zhao attendant une éventuelle colère. Mais l'inspecteur ne réagit pas à la provocation. Il se contenta d'adresser un regard dédaigneux à ces adversaires de pacotille.

— C'est une affaire classée depuis des années, reprit l'autre en s'éloignant. Il faut savoir laisser tomber et s'avouer vaincu !

— « Ceux qui luttent ne sont pas sûrs de gagner mais ceux qui ne luttent pas ont déjà perdu », citation de Brecht. Mais j'oubliais, ironisa Zhao, Berthold Brecht, la lutte, tout cela ne vous dit rien. La culture se limite à celle du riz en ce qui vous concerne !

Vexé, l'autre s'apprêtait à revenir sur ses pas quand une porte claqua, annonçant l'arrivée du chef sur le plateau. Il regagna précipitamment la place à laquelle il aurait dû se trouver depuis longtemps, faisant mine d'être absorbé par l'écran de son ordinateur.

Le chef, un homme dodu, au visage sévère et au ventre proéminent, les mains dans les poches, s'immisça dans chaque allée. Il s'intéressait en apparence à ce que faisaient les employés. En fait, il vérifiait qu'ils étaient bien à leur poste et qu'ils travaillaient. Tous avaient dû prendre connaissance du planning et de la répartition des missions du jour. Le document était consultable sur les écrans depuis que le service était informatisé. Lorsque son périple l'amena dans l'allée où se trouvait le bureau de l'inspecteur Zhao, ce dernier prit soin de faire disparaître le dossier 強. Il le glissa au-dessous d'une des piles. Comme rien n'attira son attention, le chef se frotta le menton, dubitatif mais certainement pas dupe. Les mains dans le dos cette fois, il poursuivit sa tournée avant de regagner son local d'où il ne sortirait que le soir venu.

Zhao passa ses mains dans ses cheveux noirs puis sur son front où un film de sueur s'était déposé. Contrairement aux ordres, il s'obstinait sur l'enquête 強. Si son implication hors normes dans ses missions lui avait permis de se bâtir une solide réputation, il craignait qu'à un moment ou à un autre, on ne lui reprochât une performance moindre dans les affaires en cours. On l'empêcherait alors de continuer ses investigations parallèles même s'il y consacrait un temps dérisoire en termes de présence.

Comme souvent, il repensa à Hui Ling. La seule évocation de ce prénom éveillait en lui tant de souvenirs. Il revit devant lui ses yeux verts en parfaite harmonie avec ce prénom qui signifiait « jade magnifique ». Elle avait toujours été sa parfaite complice et, plus tard, une jeune femme sans histoire au charisme extraordinaire. Il se souvint de l'enfance, des jeux, de la confection des lanternes en papier et des dragons rouges merveilleux pour fêter avec leur mère, *nónglì xīnnián,* le Nouvel An chinois. Il repensa aux découpages de serpents en spirale qu'ils agitaient ensuite des heures durant, fiers et complices. Perdu dans ce passé qui ne reviendrait plus jamais, il prit la tasse de café qu'il avait oubliée et la but. À un moment, il crut entendre sa sœur lui dire :

— *Xīn nián hǎo,* bonne année !

Il la vit souriante, lui racontant la légende associée à ce moment, celle d'un monstre terrifiant qui, le jour précédant le Nouvel An, venait dévorer les hommes. Ceux-ci placardaient sur leurs portes des affiches rouges. Puis, dans un bruit infernal, ils faisaient exploser des pétards et allumaient des lampions. Toute cette mascarade était destinée à effrayer le monstre qui s'en allait jusqu'à l'année suivante.

Hui Ling était sa sœur aînée. Elle avait toujours su le rassurer, le guider. Il était entré dans la police. Elle, attirée par l'enseignement, avait obtenu brillamment son *gaokao*[3] avant d'intégrer l'une des plus prestigieuses universités de Pékin. Depuis, elle enseignait les disciplines fondamentales aux élèves. Tout le monde l'appréciait. La famille était heureuse de la réussite de ses deux enfants mais un jour le bonheur prit fin brutalement. La jeune femme disparut, sans explication, sans lettre, sans raison. Zhao ne la revit jamais.

— Ohé, ohé, réveille-toi ! intervint Lian qui passa à plusieurs reprises, devant le visage du policier, une main censée l'extraire de ses songes.

C'était une jeune femme pétillante, inspectrice dans la police tout comme lui. Ils avaient maintes fois travaillé ensemble, aussi méticuleux l'un que l'autre, aussi obstinés à trouver la vérité. De là une solide amitié était née.

— Lian ! Bonjour ! répondit l'enquêteur en revenant brutalement à la réalité.

— Tu étais encore perdu dans tes rêves ? Tu as eu chaud ! Un de ces jours, le chef découvrira les dossiers que tu essayes de dissimuler. Tu es encore passé entre les mailles du filet mais fais bien attention. J'ai l'impression qu'il se doute de quelque chose.

— Je ne le crains pas, lui répondit-il. Il est si prévisible ! Il tourne toujours dans le même sens et s'arrête auprès des mêmes employés.

— C'est vrai mais s'il n'a pas encore vu que tu enquêtes sur des dossiers classés, je crains fort qu'un des *chegguans* ne te dénonce, histoire d'obtenir quelque faveur de la part de la hiérarchie.

— Je prends le risque !

---

[3] Diplôme chinois.

— Quand laisseras-tu tomber cette affaire Zhao ? Elle te pourrit la vie.

— Peut-être mais je dois retrouver le ou les coupables. Comment pourrais-je arrêter sans savoir ? Ça me poursuivrait toute ma vie !

— Ça te poursuit déjà ! Il y a si longtemps que cela s'est passé. Abandonne !

— Deux ans, quatre mois et neuf jours très exactement !

La jeune femme dodelina de la tête et se mordit les lèvres. Cette précision à laquelle elle ne s'attendait pas montrait toute la souffrance qui se cachait encore derrière la détermination de l'enquêteur. La plaie était encore ouverte.

— Rien ne ramènera ta sœur, tu sais !

— Je sais cela mais je n'aurai la conscience tranquille que lorsque j'aurai trouvé qui se livre à ces crimes abjects.

— Crimes ? Tu parles de crimes ?

— Absolument !

— Mais nous n'avons jamais trouvé aucun corps Zhao !

— Pour l'instant ! Ce n'est, à mon sens, qu'une affaire de temps et bientôt je…

Elle l'interrompit :

— Une affaire de temps ? Tu y consacres justement trop de temps et tu délaisses les affaires en cours. Tu vas finir par avoir de sérieux problèmes. Tu ne boucles pas tes dossiers. Renonce Zhao !

— Tu sais bien que je ne peux pas. Renoncer serait trahir Hui Ling, l'abandonner !

— Tu cours trop de lièvres à la fois et tu n'arrives à rien. Jamais personne n'a trouvé le plus petit indice qui aurait pu nous mettre sur une voie. Jamais personne…

— Si tu parles des incompétents qui sont sur cette plate-forme, je suis d'accord avec toi. Comment auraient-ils pu être efficaces, le derrière vissé à longueur de journée sur leur chaise ? Ils sont à côté du chauffage en hiver et de la machine à café toute l'année. Si on m'avait confié l'enquête, si on m'avait laissé le temps, elle aurait pris une autre tournure et aujourd'hui les coupables seraient sous les verrous, voire auraient été condamnés et exécutés.

— On ne pouvait pas te charger de l'affaire et tu le sais Zhao. On ne confie jamais une enquête à quelqu'un qui a un lien direct avec elle. Tu risquais de ne pas être objectif.

— Mieux vaut un manque d'objectivité qu'une incapacité due à l'incompétence. Nous sommes une unité tactique de sécurité publique qui n'est plus que l'ombre d'elle-même. En enquêtant, je redore son blason et je vais résoudre cette énigme ! Par la même occasion je saurai ce qui est arrivé à ma sœur.

— Que comptes-tu faire ? Disposes-tu de nouveaux éléments ?

— Peut-être !

— Tu me l'as souvent annoncé et en général cela s'est soldé par une impasse. Ne crois-tu pas que tu t'exposes à une désillusion de plus ?

— Pas cette fois-ci ! J'en suis certain et j'en mettrai ma main au feu !

— Tu es sur une piste ? Dis-moi ! Qu'as-tu découvert ? s'enquit Lian à la fois impatiente et désireuse d'aider Zhao.

Il lui expliqua ses dernières découvertes et les recoupements qu'il avait pu faire avec d'autres dossiers non élucidés. Il avait trouvé un point commun entre des disparitions que l'on pensait isolées. Pour la première fois, une lueur d'espoir se dessinait. L'engouement manifesté par la jeune inspectrice au sujet des indices récents qu'il venait de lui confier lui insuffla l'élan qui manquait à sa journée. Lian était particulièrement perspicace et d'une intelligence qui forçait l'admiration. Alors qu'elle était appuyée sur le rebord du bureau de Zhao qui détaillait méticuleusement les failles des enquêtes précédentes et ses nouvelles trouvailles, elle se redressa brusquement et claqua ses deux mains en disant :

— Comment cela a-t-il pu leur échapper ? Ne dis rien, je sais ce que tu vas me répondre. J'avoue que cette fois ça vaut la peine d'approfondir. Je crois que tu es sur une piste !

Quelques minutes plus tard, Zhao rassembla ses clés et quelques affaires personnelles qu'il avait jetées sur son bureau en arrivant le matin au BSP. Il s'apprêtait à partir. Lian était retournée à sa place et, alors qu'il sortait, elle lui fit signe en levant son téléphone portable en l'air et en le pointant vers lui. Il comprit ce que cela voulait dire. Elle voulait être tenue au courant. Il pourrait aussi la contacter en cas de nécessité. Il apprécia son soutien. Il aurait effectivement besoin de son aide !

4 BEIJING SHATAN HÔTEL

Journée épuisante. Soirée déconcertante. Shany et Anna étaient entrées au Beijing Shatan hôtel avec les autres membres du groupe. Tous étaient fourbus.

En attendant les clés de leur chambre, Anna avait résumé chaque étape marquante de leur première visite. Elle avait aussi évoqué l'incident du restaurant mais celui-ci restait une énigme.

— Oublions-le, proposa Anna.

— Tu as raison et puis demain est un autre jour, n'est-ce pas ?

— Absolument.

Alors que tous les autres s'étaient déjà retirés, les deux amies patientaient toujours à l'accueil de l'établissement. Certes, on leur avait attribué une chambre mais la clé magnétique demeurait curieusement introuvable. L'hôtel affichait complet et comme Qiang était parti, il était difficile de négocier et de trouver un compromis.

— Décidément, nous n'avons pas de chance, précisa Shany en s'installant à nouveau dans un fauteuil face à la réception après avoir tenté de se faire entendre. J'ai tellement envie d'un bon bain chaud !

Le personnel s'agitait derrière le comptoir. Il comparait des badges, des cartes, des numéros et consultait l'ordinateur.

Quelqu'un brandit même, à un moment, une clé avec une mine réjouie. C'était une erreur. Finalement, à force de recherches, le responsable de l'accueil conclut que leur chambre avait été malencontreusement attribuée à un autre client et qu'il n'y en avait plus aucune autre de disponible.

Shany, irritée par ce remue-ménage et impatiente de se reposer, interpella un employé qui parlait un français très approximatif. Avec lui, elle passa de l'autre côté de la réception afin de consulter l'écran de l'ordinateur :

— Vous me comprenez ? Oui ? Fort bien !

Elle s'efforçait d'être concise, de parler lentement et d'articuler.

— Vous devez absolument nous trouver une chambre dans l'hôtel !

— *No, mamaselle, no*, pas chambre *diponible* ! lui répondit-il en lui montrant un schéma représentant des pavés éclairés. *Chambre plus être libre* !

— Oui, cela je l'ai compris mais si vous regardez de plus près, tous les pavés sont en rouge sauf deux : la chambre 528 qui, si je ne fais pas d'erreur, sert de dépôt de linge et celle-ci. Regardez !

Elle pointait du doigt, sur l'écran, un pavé éclairé en vert.

— *Moi pas comprendre vous dire* « celle-ci », *mamaselle*.

Elle reprit patiemment, redoublant d'efforts pour garder son calme.

— Deux pièces sont éclairées en vert, répéta-t-elle un peu plus agacée. Là, suivez mon doigt : les numéros 528 et 404. La 528, n'en parlons plus mais il y a la 404. Donc, si le voyant est vert, la chambre 404 est libre et je vois, sur le tableau juste derrière vous qu'il y a la carte… enfin la clé magnétique. Vous m'avez comprise ?

— Oui, oui !

— Enfin ! soupira-t-elle. Il n'y a donc personne dans cette chambre. Elle est inoccupée ! C'est simple à comprendre !

Le garçon la regarda d'un air étonné puis il dit :

— *No, mamaselle*, pas chambre 404 !

— Elle n'est pas libre ? s'insurgea-t-elle, haussant le ton pour montrer qu'elle en avait assez.

— No... *Voui...*

— Non ? Oui ? Vous ne savez plus ! Le vert signifie qu'elle est libre. Non ?

— *V... Voui, mamaselle*. Mais 404.

Shany s'efforçait de se concentrer pour comprendre ce que lui disait l'employé. Dans sa bouche, la langue française devenait méconnaissable.

— Quoi 404 ? 528, 404, 9999, qu'est-ce que cela fait ? Nous nous en moquons mon amie et moi ! C'est votre dernière chambre et nous sommes épuisées, nous la prenons. Donnez-nous la carte je vous prie !

— 404 ?

— Oui, 404. Il n'y en a pas d'autre. 404, c'est tellement évident !

— Bon. Ok ! *Si vous insister, moi donner chambre. Mais vous pas changer avis, hein ? Nous pas responsables après !*

Il attendit vainement sa réponse puis face au silence de la cliente, il reprit :

— *Nous préparer chambre. Vous attendre un petit po. Nous dépêcher.*

— Oui, *nous attendre un po* mais faites vite, se surprit-elle à répondre. Nous sommes très fatiguées.

— Oui *mamaselle*, oui.

L'employé pressa un bouton qui actionna une sonnette et deux femmes de chambre apparurent aussitôt. Surprises, elles décrochèrent la carte magnétique 404 du tableau comme on leur en avait donné l'ordre. Tout en poussant un chariot sur lequel se trouvaient des draps, elles passèrent devant les deux Françaises en leur jetant des regards dubitatifs. Leur discussion était animée.

Une heure plus tard, Shany et Anna s'installaient enfin chambre 404 tout en plaisantant.

— Je suis vraiment éreintée, constata Shany au bout d'un moment. Je range les affaires et je me couche.

— Regarde, un journal écrit en français !

Anna tourna les pages, les parcourut des yeux et s'arrêta.

— Un horoscope ! Tu es du signe du Bélier je crois ! Je vais te dire quel sera ton avenir... enfin pour les prochains jours. Alors : « Bélier ascendant na na na... Vous doutez de vous et pourtant, vous serez comblée de joie cette semaine. »

— Fais voir ! Montre-moi !

Le quotidien en main, Anna se déplaça à l'autre extrémité de la pièce, refusant de remettre à son amie les pages qu'elle convoitait.

— Tu es pénible. Allez, donne-moi le journal, s'il te plaît !

— Non, écoute plutôt ! Je continue. Ah oui, j'en étais à « comblée de joie cette semaine. Soyez à l'écoute car vous ne tarderez pas à rencontrer l'âme sœur. Vous devez être prête. L'avenir vous tend... »

— Qu'est-ce que tu racontes ? Je ne suis pas stupide. Je suis sûre que tu as tout inventé. Donne-moi ce journal.

Déterminée, Shany parvint à coincer puis à immobiliser son amie avant de lui arracher des mains les précieuses pages. Elle s'allongea sur le lit pendant qu'Anna se tordait de rire.

— C'est en chinois, tout est écrit en chinois ! Très drôle !

— Ce que je veux te faire comprendre Shany, et je parle sérieusement, c'est que tu ne dois ni te précipiter ni refuser ce qui se présentera. Profite de ce voyage et reste objective.

— Je te connais bien Anna et je pense que tu fais allusion à Qiang. Tu vas bien vite en besogne ! C'est toi qui t'imagines des choses, pas moi ! Je n'en suis vraiment pas là mais merci pour les conseils et pour tes plaisanteries. Qiang est charmant certes, mais réfléchis un peu. Moi à Paris, lui à Pékin. Même s'il se passait quelque chose, ce dont je doute, ce serait une relation vouée à l'échec. Par conséquent en ce qui me concerne j'en resterai là. Je suis en vacances avec toi et nous allons profiter de ce séjour. Cela dit, il faudrait peut-être qu'on se couche à présent.

— Effectivement ! Je suis fatiguée moi aussi.

Elles ne tardèrent pas à s'endormir profondément. La chambre était spacieuse et luxueuse. L'hôtel était calme et agréable. Elles avaient programmé l'heure du réveil à 6h30.

*

Au petit matin, à l'heure prévue, une musique de Muse s'éleva du smartphone posé sur la table de nuit, inondant la pièce de sa mélodie. Shany s'étira et frotta ses paupières encore lourdes. Il lui fallut un instant pour comprendre où elle se trouvait. Finalement, elle se surprit à fredonner l'air qu'elle entendait et elle repoussa les couvertures. Elle alluma et alla ouvrir les rideaux. Il faisait encore nuit.

— Anna, il est l'heure. Lève-toi ! On doit prendre le petit-déjeuner et être dans le hall à 7h30. Je vais me doucher avant de m'habiller. Ne traîne pas trop !

La jeune femme profita longuement du bien-être procuré par les jets. Elle laissa ses idées l'envahir doucement : le vol, la visite de la Cité, le jeune guide... Elle se surprit à imaginer les prochaines excursions en compagnie de Qiang. Elle trouvait étrange d'arriver à l'autre bout du monde et de rencontrer un homme vers lequel elle se sentait attirée. Mais, face à la singularité de la situation, elle se ravisa. *Non ! C'était une chimère.* Elle chassa Qiang de ses pensées.

Vêtue d'un peignoir blanc aux initiales de l'hôtel entrelacées et brodées de fil couleur or, BSH, elle retourna dans la chambre où son amie n'avait toujours pas bougé. Elle avait imprégné ses cheveux d'une lotion démêlante parfumée, les avait recouverts d'une grande serviette et elle avançait, penchée en avant, afin de les envelopper. Comme elle n'entendait aucun bruit, elle interpella son amie :

— Anna, tu n'es pas sérieuse ! Remue-toi sinon nous serons en retard ! insista-t-elle sans lever le nez. Tu pourrais au moins me répondre !

La chambre restait silencieuse. La jeune femme se redressa alors, s'approcha du lit de son amie et là, surprise : le lit était déjà refait. *Mais où est passée Anna ? Depuis quand doit-on refaire son lit dans les hôtels ?* La pièce était déserte, la salle de bain grande ouverte. Elle ne pouvait pas y être allée pendant que Shany en sortait en se séchant la tête.

— Anna ? appela-t-elle un peu hébétée en faisant un tour sur elle-même.

L'imposante valise de son amie avait disparu. Dans l'armoire ses effets personnels n'étaient plus là. Elle dut se rendre à l'évidence : Anna était partie.

5 LA DISPARITION

Shany se chaussa rapidement, jeta la serviette qui entourait sa tête à terre, attrapa à la volée la carte magnétique et s'élança hors de la chambre. Dans le couloir, elle appuya à plusieurs reprises sur le bouton qui commandait l'arrivée de l'ascenseur et, lorsque celui-ci s'ouvrit, elle s'engouffra à l'intérieur, bousculant les personnes qui s'y trouvaient sans penser à s'excuser. Les miroirs lui rappelèrent qu'elle était encore en peignoir et que ses cheveux emmêlés sur la tête lui donnaient l'allure d'une hystérique. Elle s'en moqua.

— *Ground floor, doors open*, 楼的大门打开, rez-de-chaussée, ouverture des portes, annonça dans plusieurs langues une voix féminine programmée.

Particulièrement agitée, Shany débarqua à l'accueil où on la dévisagea avec insistance.

Qiang était déjà là, assis. Il buvait un café et feuilletait tranquillement un magazine. La jeune femme l'appela :

— Qiang, Qiang ! …

— Shany ! Bonjour. Avez-vous passé une bonne nuit ?

— Là n'est pas le problème ! Par contre, ce matin, j'ai…

— Calmez-vous Shany. Que se passe-t-il ? Et pourquoi êtes-vous en peignoir, ici ? C'est inconvenant ! Vous devriez remonter vous changer.

Il la prit délicatement par le bras et sans qu'il y parût, il s'efforça de la guider en direction de l'ascenseur. Elle ne pouvait pas rester dans cette tenue à l'accueil de l'hôtel.

— Je vais vous aider !

— Mais c'est que…

— Calmez-vous ! Je suis avec vous maintenant. Racontez-moi ce qui vous met dans cet état. Je vous reconduis dans votre chambre.

— Non Qiang, écoutez-moi, fit la jeune femme en se dégageant énergiquement. J'ai un sérieux problème. En me levant ce matin, j'ai constaté qu'Anna était partie.

— Je ne comprends pas, répondit-il.

— C'est pourtant clair ! Je vous dis que mon amie Anna n'est plus là, elle n'est nulle part. Ce matin, elle n'était plus dans la chambre. Elle avait même refait son lit. Ce qui est bizarre, c'est qu'elle ne m'a rien dit. L'avez-vous vue ? Elle doit bien être quelque part dans l'hôtel ou ailleurs, mais c'est étrange car elle ne serait pas sortie sans me prévenir. C'est une fille sérieuse, raisonnable et prudente. Ce n'est pas normal. Elle a dû avoir un problème !

— Voyons, Shany. Vous ne vous sentez pas bien ?

— Je vous assure Qiang, Anna a disparu de la chambre. Elle s'est volatilisée comme sa valise et ses affaires.

— Reprenez votre calme Shany ! Avez-vous bu hier, après mon départ ? Ils servent de succulents cocktails au bar, plaisanta-t-il afin de détendre l'atmosphère.

— Bu ? Pas du tout ! lui répondit-elle en le regardant droit dans les yeux et en fronçant les sourcils, surprise du ton badin qu'il prenait. Nous étions épuisées Anna et moi. Nous sommes montées dans notre chambre que nous avons d'ailleurs attendue fort longtemps puis nous avons rangé nos affaires.

Nous avons discuté un peu, plaisanté et nous nous sommes endormies. C'est tout !

— Nous ?

— Quoi nous ? Qu'est-ce qu'il y a ? J'ai dit quelque chose d'étrange ?

Qiang se contenta de rétorquer par un sourire narquois.

— Oui, nous, Anna et moi ! N'allez pas vous imaginer que j'étais avec quelqu'un d'autre ! ajouta-t-elle offusquée.

— Anna, quelle Anna ?

— Je vous parle de mon amie, Anna, celle qui m'accompagne pour ce voyage ! Enfin Qiang, pourquoi me demandez-vous cela ? ANNA ! articula-t-elle. Anna, mon amie, celle avec qui j'étais hier.

Le personnel de l'hôtel s'était approché tant la discussion devenait animée. Comme personne ne comprenait ce qui se disait, le guide résuma la situation. Dans un premier temps, tous les employés parurent perplexes. Mais rapidement les échanges de regards, les sourires convenus et les gloussements étouffés témoignèrent du peu de sérieux qu'ils accordaient aux propos de Shany rapportés par le jeune homme.

— Vous voyez Shany, ces personnes qui travaillent ici n'ont jamais rencontré votre amie. Elles ne se souviennent absolument pas d'elle.

— Qiang, coupa Shany, comment voulez-vous que le personnel se souvienne d'Anna ? Ce ne sont pas les mêmes réceptionnistes qu'hier. Il a dû y avoir une relève pendant la nuit !

Qiang traduisit.

— Je suis désolé Shany mais la relève n'a lieu qu'à midi et tous affirment que vous êtes arrivée seule. Ils vous reconnaissent très bien même si vous ne semblez pas vous souvenir d'eux.

— Bon, c'est vrai, je ne suis pas physionomiste et ce sont peut-être les mêmes qu'hier mais pour le reste, j'ai raison. Anna n'est plus là ! Je dois rêver et je vais me réveiller ou alors… Ah, c'est une plaisanterie mais si c'est le cas, elle n'est pas drôle ! En y réfléchissant bien, je ne vois pas pourquoi Anna aurait participé à une telle mascarade. Récapitulons : je suis bien arrivée à l'aéroport avec elle avant-hier et dans cet hôtel hier soir. J'en perds mon latin !

La jeune femme s'effondra dans un fauteuil, celui-là même qui l'avait accueillie lorsqu'elle patientait pour obtenir une chambre. Elle se sentait ridiculement petite dans ce siège qui la plaçait en position d'infériorité. Elle levait des yeux suppliants vers Qiang qui la dévisageait tandis que les membres du personnel de l'hôtel parlaient entre eux, se gaussant d'elle, de la petite Européenne qui venait de disjoncter. Elle rassembla ses esprits et, sûre d'elle, repartit à l'attaque.

— Vous semblez tous être aveugles et sourds ou bien quelque chose vous a échappé mais cette situation est de la pure folie ! Écoutez-moi Qiang ! Je ne cesse de vous répéter que mon amie a disparu, vous entendez, elle a disparu et au lieu de la chercher, tout le monde s'obstine à vouloir me faire croire qu'elle n'est jamais venue ici et qu'elle n'a jamais existé ! Tout cela ne colle pas ! Comment pouvez-vous ne pas vous rappeler d'elle enfin ! Vous ne l'avez tout de même pas oubliée !

— Shany, mais de qui me parlez-vous ? Je suis vraiment désolé mais je ne vous suis pas !

— D'Anna, je vous parle d'Anna, celle avec qui j'ai pris l'avion, celle qui nous a accompagnés dans la Cité Interdite et au restaurant hier, celle avec qui je partage ma chambre. Enfin, vous l'avez bien vue et rencontrée, vous l'avez accueillie, vous lui avez parlé. Anna quoi, mon amie, qui est assurément inscrite sur votre liste de clients ! Sortez-la et vérifiez, vous verrez. Pour l'instant, nous perdons un temps précieux et il faudrait alerter la police car cette disparition est inquiétante.

Qiang ne répondit pas tout de suite.

— Mais vous vous êtes présentée seule à moi hier. Vous êtes l'unique Française du groupe. Il n'y a pas d'Anna, je vous assure, et croyez-moi, je n'ai jamais eu ce prénom sur ma liste. Regardez par vous-même !

Il lui tendit un imprimé qu'il venait de sortir de son porte-documents. Des noms et des prénoms apparaissaient, classés alphabétiquement. Shany parcourut la suite de patronymes de haut en bas, de bas en haut puis à nouveau depuis le début en prononçant à voix basse chaque nom. Finalement, la mine défaite, elle s'adressa à Qiang :

— Vous vous moquez de moi ! dit-elle en reculant, sur la défensive. Je commence à me demander si vous faites bien partie d'une agence de voyages ou si vous ne vous livrez pas plutôt à quelque trafic.

Elle regarda autour d'elle, perplexe, suspectant tout le monde d'en savoir plus qu'elle. *Était-ce une conspiration ? C'était impossible ! Elle venait à peine d'arriver. Anna était-elle partie ? Impensable ! C'était une fille sérieuse ! Avait-elle été victime d'un enlèvement ? Pas dans la chambre, pas le premier jour, pas sans raison ! Et pourquoi aurait-elle refait son lit ?* Shany avait beau réfléchir, aucun scénario plausible ne tenait. Qiang avait l'air si sincère que cela en était déroutant. Elle était face à l'inexplicable mais ce dont elle était certaine, c'était qu'Anna était bien à Pékin la veille et qu'elles s'étaient endormies toutes les deux dans la chambre 404 de l'hôtel Beijing Shatan. Shany prit soudain conscience de l'incongruité de sa situation. *Comment pouvait-on accorder quelque crédit à ses propos alors qu'elle avait les cheveux en bataille, encore humides et qu'elle était en peignoir, à la réception de l'hôtel ?*

Elle ne ressemblait à rien et avait même plutôt l'air d'une déséquilibrée que d'une touriste. Le jeune guide s'approcha d'elle, précautionneusement, afin de ne pas la brusquer. Il la sentait sous le coup d'un choc émotionnel et redoublait d'efforts pour paraître rassurant. Aussi, ne s'offusqua-t-il pas des paroles suspicieuses qu'elle lui avait adressées.

— Shany, voyons, soyez raisonnable. Vous avez un léger problème mais nous allons le résoudre. Je vais vous conduire chez un médecin qui va vous aider et je vous promets...

Toutes griffes dehors, elle répondit :

— Vous ne m'emmènerez nulle part ! Personne ne m'emmènera nulle part et je n'irai voir personne, surtout pas un médecin. Je ne suis pas malade ! Vous entendez ? Je vous dis qu'Anna a disparu. Êtes-vous sourd ? Elle a disparu ! Il faut appeler la police, il faut la chercher. Elle est bien quelque part ! Et si elle courait un danger ! Mon Dieu, dans cette ville, dans ce pays qu'elle ne connaît pas. Ce n'est pas moi qui ai besoin d'aide, c'est Anna. Je ne sais pas par où commencer !

Qiang insista et lui prit délicatement la main.

— Lâchez-moi ! se débattit-elle.

— Shany, je veux seulement vous aider ! Écoutez-moi attentivement. J'ai une idée. Si Anna existe bien, comme vous l'affirmez, nous pourrons la voir sur les photos que vous avez prises hier. Nous pouvons aussi parler d'elle aux autres membres du groupe qui devraient s'en souvenir. Qu'en pensez-vous ? Admettez qu'avec la vérification des photos et leur témoignage, vous devrez accepter la vérité. N'est-ce pas ?

— Oui, c'est une excellente idée. Je suis sûre de moi et je vais vous en apporter la preuve mais promettez- moi qu'après nous remuerons ciel et terre pour la retrouver.

— Je vous le promets à condition que vous ayez raison.

— L'appareil est dans la chambre. Montez avec moi, je vais vous montrer les nombreux clichés que nous avons pris. Vous verrez. Je me souviens aussi d'avoir fait des films. J'ai pris des photos de la place Tian'anmen puis du pavillon de l'Harmonie. Je n'ai pas cessé de photographier et elle aussi !

Elle énuméra tous les endroits qui lui revenaient en mémoire, où elle avait immortalisé son amie.

— Allons-y, je vous suis ! déclara Qiang en lui emboîtant le pas.

Dans l'ascenseur qui remontait, Shany ne décrocha plus un mot. Face à la porte, elle fixait le haut de la paroi qui défilait, comme si la cabine allait ainsi arriver plus vite. Par intermittence, elle observait aussi Qiang qu'elle voyait de profil. Quelque chose n'allait pas. Il avait une attitude, un timbre de voix, une façon de se comporter légèrement différente de la veille. Elle avait remarqué qu'il avait commandé la cabine en appuyant de l'index droit sur le bouton de l'étage où ils devaient se rendre. La veille, il était gaucher, ce qui l'avait gênée à table, au restaurant, car leurs bras s'étaient sans cesse heurtés. Déjà à l'accueil, elle avait eu une étrange impression. Le guide qui l'avait tant fascinée le jour de son arrivée à Pékin était tout autre désormais. Il lui semblait plus grand. Certes, il était toujours aussi aimable mais ses intonations mielleuses ne résonnaient plus vraiment de façon sincère. Si elle l'avait trouvé séduisant, ce charme avait en partie cédé la place à une impression indéfinissable. La profondeur de ses yeux noirs s'était éclipsée cédant la place à une expression impassible et froide. Quelque chose avait changé sans qu'elle puisse le préciser. Une petite voix dans sa tête lui susurrait qu'elle devait se méfier et rester vigilante. Autour d'elle tout lui échappait !

— Êtes-vous ambidextre Qiang ? demanda-t-elle.

— Je parle couramment votre langue, c'est vrai, mais je ne connais pas ce mot. Ambidextre avez-vous dit ?

— Oui, cela signifie que vous utilisez vos deux mains avec la même facilité.

— Non, je ne le suis pas mais j'aurais bien aimé. Ce doit être très pratique. Pourquoi cette question ?

— Oh, comme ça, pour rien ! éluda-t-elle.

Shany resserra le nœud de la ceinture qui ceignait sa taille afin de se donner une contenance. Sa peau était moite et un frisson parcourut son dos. Décidément rien ne tournait rond !

*

L'ascenseur s'immobilisa au cinquième étage de l'hôtel.

— Vous vous êtes trompé d'étage Qiang !

— Pas du tout ! La chambre 520 est au cinquième étage !

— Je vous assure que si, ajouta-t-elle sûre d'elle. Vous vous êtes trompé.

— J'ai personnellement procédé à la répartition des chambres du groupe et je vous en avais choisi une au cinquième étage avec vue sur la rue. Je m'en souviens très bien.

— Peut-être mais hier, nous avons rencontré des difficultés quant à l'attribution des chambres. Finalement, Anna et moi nous avons dormi dans une chambre double, spacieuse, située au quatrième étage.

— Et pourquoi donc avez-vous changé de chambre ? Je croyais que l'hôtel était complet !

— La chambre 520 était déjà occupée et il n'en restait plus qu'une. Je ne sais pas pourquoi mais personne ne voulait nous la donner. J'ai dû insister pour qu'on nous la prépare.

— Soit et quelle est votre chambre ?

— La 404 au niveau inférieur, dit-elle tandis qu'elle appuyait sur le numéro 4 de l'ascenseur.

— La chambre 404 ! s'exclama Qiang avec un curieux sourire aux coins des lèvres. La 404, vraiment ? Et ils vous l'ont donnée ?

— Évidemment ! Sinon, nous aurions dû passer la nuit dans les fauteuils, à la réception ! Trouver un autre hôtel, aussi tard, quand en plus on ne parle pas la langue, c'était mission impossible !

— Vraiment très intéressant, ajouta Qiang en remuant la tête tandis que les portes s'ouvrirent.

Shany quitta la cabine suivie de Qiang.

— Vous êtes très étonnant Qiang, sympathique mais étonnant.

— On dit de moi beaucoup de choses mais que je suis sympathique et étonnant rarement. Après tout, pourquoi pas ! C'est peut-être la qualité principale des gens de mon espèce ! ironisa-t-il.

— De votre espèce ? Des Chinois vous voulez dire !

— Non, j'ai bien dit de mon espèce. La Chine est un pays immense composé de multiples ethnies fortes d'un passé riche en légendes, mythes et superstitions.

— Vous êtes Chinois pourtant !

— Je le suis bien sûr mais je suis avant tout originaire du Sichuan, province bien connue pour ses croyances particulières. Or, les racines de chacun s'écrivent de façons différentes selon l'endroit d'où il vient. C'est ce que je veux dire par « espèce ».

— Ah, si vous l'affirmez ! Vous connaissez mieux l'histoire de ce pays que moi mais je ne comprends pas très bien ce que vous voulez dire par « une espèce peu commune ». En revanche, j'ai pu observer que vous pouvez être autant un guide agréable, qui connaît parfaitement son métier, qu'un homme malicieux et sarcastique comme aujourd'hui. C'est déconcertant. C'est peut-être ce que vous voulez dire par « peu commun ». Bon, nous y sommes ! Chambre 404, comme je vous l'avais dit ! Entrez, je vous prie ! ajouta-t-elle alors qu'elle insérait la carte dans la fente du dispositif d'ouverture.

Le guide pénétra dans la chambre et regarda à droite et à gauche, les mains dans les poches de son pantalon.

— Je vous trouve de plus en plus surprenante : d'abord, hier, vous plantez deux baguettes dans votre bol de riz au restaurant puis vous prenez la chambre 404 enfin, ce matin, votre amie aurait disparu. Décidément Shany, on ne s'ennuie pas avec vous.

Elle ne prêta pas plus d'attention que cela à cette réflexion mais resta troublée, un bref instant, par ces remarques.

— Alors où se cache cet appareil photo ? demanda Qiang.

— Je vais le chercher et vous serez bien obligé de me croire lorsque vous verrez mon amie sur les photos.

— Bien sûr. À quoi ressemble donc cette Anna ?

— Vous allez la voir !

— En attendant, je vois qu'il y a deux lits dont un qui n'est pas défait comme si personne n'avait dormi dedans.

Terriblement agacée, Shany reconnut toutefois que la déduction de Qiang était juste. Elle se sentit obligée de se justifier.

— Je vous l'ai dit tout à l'heure. Pour une raison que j'ignore, elle a dû refaire son lit avant de partir.

— Bon, admettons !

— Maintenant, passons aux preuves ! Je vais vous montrer les photos que nous avons prises hier sur lesquelles vous êtes aussi d'ailleurs. Vous ne pourrez plus rien nier, assura-t-elle en sortant sa valise où elle avait stocké son appareil numérique. Voyons : alors ici c'est l'arrivée à l'aéroport mais il n'y a que des paysages. Là, ah oui, c'est la sortie du taxi mais c'est moi sur la photo. C'est elle qui avait l'appareil en mains à ce moment. D'ailleurs c'est déjà une preuve. Qui d'autre aurait pris la photo ?

— Le chauffeur peut-être ! rétorqua aussitôt le guide.

Qiang semblait s'amuser de la situation tandis que Shany passait en revue, les uns après les autres, tous les clichés stockés dans la galerie de l'appareil. Il avait tiré une chaise et s'était assis. Il tapotait de ses doigts sur le bureau à côté duquel il se trouvait. Le même rythme revenait comme s'il scandait une chanson.

— Bon, je ne trouve pas de photo d'elle pour l'instant mais c'est logique, elle adore prendre des photos et je suis toujours dessus.

— Ou alors c'est qu'elle n'existe pas !

— Je ne vous permets pas de douter ainsi de ma parole, s'insurgea Shany de plus en plus fébrile.

Elle appuyait frénétiquement sur un bouton pour accélérer le diaporama.

— Même si c'est moi qui apparais, toutes ces photos, qui les aurait prises si ce n'est mon amie ?

— Pourquoi pas un membre du groupe, rétorqua-t-il avec assurance ! Je veux bien que vous cherchiez encore un peu mais nous n'avons pas tout notre temps. Nous avons un programme de visites à respecter et vous n'êtes pas la seule personne dont je dois m'occuper. Il va falloir partir !

Elle ne l'écoutait pas.

— La Cité Interdite. Je me rappelle avoir dit à Anna qu'elle n'était pas souvent sur les clichés et je lui ai pris l'appareil des mains pour la photographier. Nous étions… Voyons un peu, que je me rappelle ! Oui, au Pavillon de la Pureté Céleste. C'est ça, je vais vous montrer.

Shany faisait avancer rapidement les prises tout en les commentant :

— Non, pas là, c'est plus loin, on y arrive... Voilà, j'y suis.

Elle s'approcha de Qiang qui se balançait sur sa chaise. Il avait allumé une cigarette et il rejeta la fumée sur le visage de Shany qui se mit à tousser.

— Regardez, Anna doit être ici. Je me rappelle très bien avoir pris, à la suite, une bonne dizaine de photos d'elle en lui disant : "souris, sois naturelle !" enfin les remarques traditionnelles quoi.

Qiang prit l'appareil dans ses mains et déclara :

— Je ne vois personne ! Je ne vois pas de trace de celle que vous appelez Anna mais je dois admettre que les photos sont réussies !

— Comment ça personne !

— Oui, personne ! Il me semble que vous appelez cela des paysages, des monuments, des statues, dit-il d'un ton narquois.

La jeune femme, vexée, arracha l'appareil des mains du guide et observa les images. Des gouttes de sueur perlaient à son front. La situation lui échappait de plus en plus et l'inquiétude montait en elle.

— Ce n'est pas possible. Anna était devant le palais, devant cette fontaine aussi. J'en suis sûre. Je l'ai prise en photo à côté de John qui la tenait par l'épaule, je m'en souviens très bien. Ce n'est pas possible, elle ne peut pas avoir disparu des images et de la chambre !

Qiang lui asséna une seconde bouffée de sa cigarette.

— Mais qu'avez-vous Qiang ? Où sont vos bonnes manières d'hier ? Qu'est-ce que c'est que cette façon de me souffler votre fumée au visage ? Et puis cet hôtel qui n'a pas enregistré la réservation de la chambre, le personnel qui a oublié Anna, sa disparition... Qu'est-ce que ça cache ? Qu'essayez-vous de faire ? Que manigancez-vous ?

— Mais rien, absolument rien ! Vous le voyez vous-même, malheureusement pour vous, il n'y a pas d'Anna. Ce n'est qu'une création de votre esprit, une amie imaginaire avec laquelle vous aviez peut-être envie de venir en Chine. Admettez-le : Anna n'existe pas. Vous êtes peut-être fatiguée. Avez-vous absorbé des médicaments récemment ?

— Mais non ! Que dites-vous Qiang ? Non ! Je n'ai rien absorbé.

— N'êtes-vous pas ressortie dans la soirée ? Des vendeurs à la sauvette peu scrupuleux vendent des champignons hallucinogènes aux touristes. N'en avez-vous pas acheté ?

— Non, je n'ai rien acheté. Je ne suis même pas sortie, je vous l'ai dit. J'étais fatiguée et je me suis couchée. Non, nous nous sommes couchées, Anna et moi. Anna existe Qiang ! Je vous le jure, elle était là, dans cet hôtel, dans cette chambre. Je n'y comprends plus rien. Je ne sais plus ce qu'il faut faire. Il faut me croire !

La jeune femme s'était laissé tomber lourdement sur l'un des deux lits avant de se ressaisir.

— J'y pense : allons voir les autres membres du groupe, comme vous l'aviez suggéré. Ils se souviendront obligatoirement d'elle.

— Shany, voyons, restez calme. Rendez-vous à l'évidence. Si cette Anna n'est ni sur les photos, ni sur mes documents, ni sur la liste des clients de l'hôtel, c'est qu'elle n'existe pas ! Les autres personnes vous diront la même chose que moi, à savoir qu'ils ne la connaissent pas. Ne vous ridiculisez pas davantage. Il est inutile de les déranger pour si peu, croyez-moi !

— Pour si peu ? Croyez-vous que la disparition d'Anna soit peu de chose et qu'il ne faille pas s'en soucier ? Mais quel être abject êtes-vous donc aujourd'hui ?

— Vos paroles dépassent votre pensée Shany. Vous ne vous maîtrisez plus.

Qiang se leva et décrocha le téléphone de la chambre :

— *Wei Medecin de jin jja baiyun, genban 404*, dit-il sans susciter la moindre réaction de la part de la jeune femme totalement abattue.

Une demi-heure plus tard, un petit homme chétif à lunettes frappa à la porte. Il se présenta, déclara qu'il était médecin et examina Shany, allongée immobile sur le lit, recroquevillée sur le côté gauche. Ses yeux fixaient obstinément un point dans la chambre, sans raison. Qiang expliqua rapidement la situation après quoi le docteur retroussa la manche du peignoir de la jeune fille.

— *Pas mal piqûre, vous savez* ! ânonna-t-il.

Une fois l'injection finie, il l'installa sur le dos, la couvrit, salua Qiang et sortit après lui avoir tendu une note d'honoraires.

Les effets du produit furent immédiats mais avant de s'endormir, Shany ne put s'empêcher de penser à Anna puis à Qiang. *Pourquoi n'avait-il pas voulu retourner auprès des autres touristes du groupe ? Ils auraient naturellement confirmé l'existence d'Anna. Qiang lui paraissait de plus en plus bizarre. Elle aurait dû insister davantage et interroger les autres. Elle aurait dû refuser la piqûre. Mais il était trop tard.* Elle aperçut une dernière fois Qiang, debout, appuyé sur le bord du bureau. Il avait allumé une nouvelle cigarette et entre chaque bouffée, il souriait.

Shany sombra dans un lourd et profond sommeil.

6 L'ORIGINE

Bien des années avant !

Niao'ai, un village dans la campagne chinoise, perdu, loin de tout. Quelques fermes isolées entourées de parcelles cultivées, des têtes émergeant des champs de maïs à mesure de la cueillette. Encerclant les lieux, des montagnes derrière lesquelles on devinait d'autres montagnes plus hautes, inaccessibles, parcourues par des vallées insondables.

Chez les Mong, on déjeunait autour d'une table basse et l'on accordait une importance capitale à ce moment-là, comme dans tout le village, comme à des lieues à la ronde, depuis longtemps déjà, depuis la Grande Famine. Au repas, poisson grillé, tomates séchées, choux, galettes qui faisaient office de pain, parfois quelques poires. On mangeait à sa faim, en silence, car le travail des champs n'épargnait personne. Dans l'unique pièce, un vieux fauteuil tressé, éventré, occupait une place privilégiée, des meubles grossièrement taillés l'entouraient et des nattes posées à même le sol semblaient avoir été abandonnées. Le linge des membres de la famille était austère. On l'entreposait dans des malles faites de bambous entrelacés, posées à même le sol : pantalons, jupes longues de toile noire, foulards teints en rouge pour ceindre les vêtements autour de la taille, turbans couleur d'ébène à nouer sur la tête et capes munies de cordelettes pour les jours plus froids. Juste derrière la porte d'entrée, il y avait un sac en tissu qui ne contenait que très peu d'effets personnels. Quelqu'un venait de le déposer là.

Qiang était assis devant la maison, sur une marche d'escalier grossièrement taillée. Il tenait dans une main deux petits os qu'il lançait en l'air et devait rattraper tout en s'emparant, dans le même temps, d'autres éparpillés au sol. C'était un jeu mais il ne jouait pas. Il tuait le temps. Non loin, muni d'une hache, son père coupait du bois en lui jetant un regard de temps à autre. Voir son fils désœuvré commençait à l'irriter. Il posa son outil et s'essuya le front d'un revers de manche.

— Qiang, viens et remplace-moi !

Le gamin de seize ans laissa tomber toutes les pièces du jeu au sol. Il se leva et s'immobilisa.

— Qiang, remplace-moi ! insista le père. J'ai autre chose à faire.

Le jeune homme releva la tête, ramassa les osselets et les fourra dans sa poche. Il se leva, réfléchit un moment, les yeux dans le vague et se décida à répondre.

— Non !

Il tourna les talons et disparut dans la maison. Sa mère était là, occupée à recoudre un vêtement avec un gros fil noir. Elle délaissa son ouvrage en voyant son fils entrer suivi de son mari, hache à nouveau en main, hors de lui. Il claqua la porte qui heurta le chambranle sans se refermer.

— Je t'ai donné un ordre Qiang et tu dois m'obéir.

— Non père, pas cette fois !

La mère parut horrifiée par ce que son fils venait de dire.

— Qiang, qu'est-ce qui t'arrive ? Tu dois obéir à ton père et l'aider comme tu l'as toujours fait.

— Justement. Ce temps-là est fini.

— Sors immédiatement et va couper le bois, lança une dernière fois le père de plus en plus énervé par la situation qu'il ne maîtrisait plus. N'oublie pas qui je suis et que tu me dois le respect.

— Toi, n'oublie pas ce que je peux devenir. Tes menaces sont inutiles ! rétorqua Qiang.

Malgré son âge, le paysan était impressionnant. Il tenait d'une main ferme sa hache qu'il balançait inconsciemment. Qiang était sur ses gardes.

— Pose cette hache, supplia la mère. Pose-la tout de suite avant de faire une bêtise. Tu entends ?

— Ne crains rien, coupa Qiang, il ne s'en servira pas contre moi, tu le sais bien.

Sur ces mots, le père leva l'outil en l'air, prêt à fondre sur son fils qui ne bougea même pas. Au dernier moment, il pivota et planta profondément la hache dans les planches de bois qui constituaient le sol de la maison.

— Tu vois, je te l'avais bien dit. Tu ne peux rien contre moi et je n'ai pas peur.

Le père lâcha son outil et s'écroula, vaincu, dans le vieux fauteuil.

— Je savais qu'un jour tu me dirais ça, que tu refuserais de m'écouter.

— Ce n'est pas contre toi père. C'est contre Niao'ai, contre le Sichuan, contre le Grand Choix.

Lorsqu'ils entendirent les derniers mots, leurs visages se figèrent. La mère s'indigna.

— Il y a des mots qu'on ne prononce pas. Tu le sais Qiang. Nous ne sommes que des paysans et notre rôle est de travailler la terre qui nous nourrit.

— Ça, c'est le discours que j'ai toujours entendu et que je ne veux plus jamais entendre. Vous vous voilez la face. La terre nous nourrit à peine et elle n'est même pas à nous. Nous n'avons rien. Tout appartient à l'État. Je ne veux plus vivre comme ça, comme un esclave ! Il n'y a aucun avenir pour moi ici.

— Et que comptes-tu faire ? Partir ?

— Oui, partir loin d'ici, tenter ma chance à la ville. Je veux vivre une autre vie !

— Tu veux partir ? Et avec quel argent ? Si tu t'en vas, tu seras incapable de survivre. Au-delà des montagnes, il y a d'autres montagnes et derrière elles, des cités. Tu n'as rien à y trouver, tu n'as rien à y faire, tu n'as rien à y gagner ! Les hommes de la ville te briseront dès que tu seras arrivé, si tu y arrives !

— Nos racines, que tu as oubliées, font de nous un peuple de nomades. Je saurai trouver ma route et faire les bons choix. J'irai à Pékin, précisa Qiang plein d'espoir. Là-bas tout est possible !

— Tu as raison, nos ancêtres étaient effectivement un peuple de nomades. Nous sommes de la tribu Mosuo mais tu oublies qu'ils ont toujours vécu de la pêche et de l'agriculture. Où sont les citadins ? On comptait souvent quatre générations vivant sous le même toit. Reviens à la raison Qiang. Il n'y a rien de bien ailleurs pour toi. Contente-toi de ce que nous avons. N'oublie pas les années difficiles, n'oublie pas les sacrifices, n'oublie jamais tout ce que nous avons subi !

— Je n'oublie rien mais j'ai une chance à tenter parce que pendant toutes ces années, contrairement aux autres garçons du village, moi, j'ai appris dans les livres.

— Mais ça ne suffit pas Qiang, intervint la mère. Reste !

— Rester, pourquoi ? Pour attendre et devenir comme eux ? Pour être obligé de rejoindre un clan et me livrer à ces pratiques… Non, je ne veux pas ! Je n'ai pas été épargné par le Grand Choix même si je suis différent des autres, même si je ne vieillirai pas normalement.

— Mais rappelle-toi ce qui arrive à ceux qui partent. On ne les revoit jamais !

— C'est vrai, mais je me souviens aussi de ce qui arrive à ceux qui restent. Je ne veux pas en faire partie. Je ne veux pas me faire horreur et si j'échoue à la ville, tant pis.

À court d'arguments et face à la détermination de leur fils, les parents se turent.

— Ma décision est prise, conclut Qiang. Il vaut mieux pour vous que je parte avant que ce ne soit vous qui ayez peur de moi !

— Tu prendras bien un dernier repas avant de nous quitter, supplia la mère.

Qiang acquiesça.

Le père s'était approché du centre de la pièce, là où la mère se tenait, penchée sur un trépied au centre duquel un feu brûlait, faisant trembler la lumière ambiante. Elle avait jeté quelques herbes dans une marmite et avec un long ustensile en cuivre, elle tournait la soupe. Elle psalmodiait des mots, des phrases incompréhensibles à moitié en tibétain, à moitié en horpa[4], voulant exorciser quelque malédiction et le départ de Qiang. À la fin du dîner, elle lui servit un verre de thé au beurre accompagné de poudre d'orge. Un festin de roi.

---

[4] Langue ou dialecte parlé en Chine, dans la province du Sichuan, comme le mandarin, le tibétain…

— Je ne vous oublierai jamais, mais rester est au-dessus de mes forces. Je dois tenter ma chance à Pékin, mon sac est déjà prêt.

Comme la nuit était noire, il resta encore avec eux, mais au petit matin, à l'entrée de la maison des Mong, le sac de Qiang n'était plus là.

7 CHAMRE 404

On frappa à la porte.

— Petit-déjeuner *mamaselle*. Petit-déjeuner !

Shany émergea avec difficulté. Son sommeil avait été lourd, agité, chargé de rêves inexplicables. Elle était en sueur et ses mains tremblotaient. *Mais pourquoi frappait-on ?*

— *Mamaselle* petit-déjeuner. *Vous ouvrir porte* !

— Qu'y a-t-il, rétorqua-t-elle avant de comprendre qu'elle devrait se lever. Anna, on a frappé. Anna, tu ne veux pas y aller ?

Son esprit était confus. Elle avait perdu ses repères, ne savait plus trop où elle se trouvait, s'il s'agissait du jour ou de la nuit, quelle était la date, ni ce qu'elle avait fait la veille. Le martèlement reprit :

— *Mamaselle, vous ouvrir…si vous plaît* !

Progressivement, ses idées se firent un peu plus claires. Elle se souvint, même si tout était embrouillé. *Où était Anna ? Elle avait disparu. Pourquoi ?* Elle revit Qiang debout, appuyé sur le bord du bureau, qui fumait. Lui non plus n'était plus dans la chambre. Elle se rappela aussi vaguement un médecin. Après, c'était le trou noir !

Elle avait terriblement mal à la tête. Elle ne parvenait pas à rassembler ses esprits pour faire le point. Tout était si confus et s'emmêlait. La disparition d'Anna l'interpellait mais curieusement elle n'était plus inquiète. L'injection qu'on lui avait faite y était sans doute pour quelque chose. Étrangement, elle se sentait presque bien. Le temps de recouvrer ses esprits et elle irait dans un bureau de police signaler la disparition de son amie. *Toc, toc toc.* Quelqu'un continuait de frapper à la porte et de se manifester.

Résignée, elle jeta l'oreiller au bas du lit selon son habitude et chercha à tâtons un peignoir qu'elle enfila maladroitement. Elle se dirigea ensuite vers la porte, les yeux encore mi-clos, les cils partiellement collés, tout en passant machinalement une main dans ses cheveux qu'elle rabattit en arrière.

— J'arrive, voilà, j'arrive !

Sa perception de la pièce où elle se trouvait était très approximative. Elle cherchait plutôt à se diriger en fonction du bruit qu'elle avait entendu et d'un trait de lumière au ras du sol. Parvenue devant l'entrée, elle chercha la poignée en effleurant la porte du bout des doigts. Lorsqu'elle la sentit enfin, elle voulut l'abaisser mais se rendit compte que la porte était fermée à clé.

— Suis-je bête ? murmura-t-elle.

Le cliquetis de la serrure résonna alors dans la chambre et dans le couloir. Shany entrouvrit le battant et dit en bâillant :

— Oui, c'est pourquoi ?

— *Bonyour mamaselle ! C'est petit-déjeuner vous commandé. Moi porte petit-déjeuner.*

La jeune femme s'esquiva pour permettre à la serveuse de déposer le plateau à l'intérieur.

— Bonjour, entrez ! Vous pouvez poser le plateau à l'extrémité du lit ou sur la table là-bas.

— *Moi pas entrer. Moi juste porter vous petit-déjeuner. Moi poser plateau ici ! Au revoi mamaselle.*

La jeune chinoise s'accroupit, déposa sa commande au sol, dans le couloir, sur le seuil et s'éloigna. Plus loin, un chariot regorgeait de repas entreposés par niveau. Elle alla frapper à une autre chambre, s'empara d'un plateau, salua les clients et entra dans la pièce. Elle en ressortit presque immédiatement, prête à répéter l'opération plus loin. Shany, un peu mieux réveillée, avait suivi la scène des yeux. Elle l'interpella :

— Mais enfin pourquoi servez-vous les clients dans leur chambre et pas moi ?

La serveuse fit mine de ne rien entendre. Sur le pas de la porte, Shany se manifesta en agitant les mains.

— Ohé, ohé ! Je vous parle ! Je paye ma chambre comme tout le monde, assez cher d'ailleurs, et j'aimerais par conséquent bénéficier de la même qualité de service que les autres clients !

Appuyée sur le chambranle, elle pensa que la femme de service ne devait pas tout comprendre. Elle était certaine pourtant qu'elle s'affairait, afin de l'éviter. Elle reprit donc :

— Mademoiselle, ne devriez-vous pas me servir dans ma chambre ? Vous me comprenez ? Ohé ! Répondez-moi s'il vous plaît !

Comme la femme de chambre feignait de ne pas entendre les remarques, Shany sortit finalement dans le couloir. Elle enjamba le plateau qui gisait au sol, s'approcha d'elle et lui tapota l'épaule. La jeune Chinoise sursauta.

— Pourquoi refusez-vous de...

— *Moi pas refuser. Entrer pas possible. Moi juste servir.*

— Mais pourquoi ? Vous entrez bien dans les autres chambres. Pourquoi pas dans la mienne ?

— *Vous pas savoir* ?

— Non, fit-elle.

— *Moi pas pouvoir dire* !

— S'il vous plaît, expliquez-moi ! demanda Shany qui s'était volontairement radoucie.

Soudain, la Française eut une idée.

— Attendez ! Ne bougez pas !

Les pieds nus, elle courut dans le couloir, regagna sa chambre dont elle ressortit un instant plus tard toujours aussi pressée.

— Tenez, fit-elle fière d'elle en lui tendant un billet. À présent, dites-moi pourquoi on ne me sert pas comme les autres. Ok ?

— *Non, pas argent* ! *Moi pas pouvoir dire* ! *Vous chambre 404. Moi pas entrer dans chambre 404. Ça être impossible. 4 mauvais en Chine. Moi plus parler. Au revoi mamaselle !*

Et elle tourna les talons.

— Attendez ! Et pour quelle raison ? tenta de demander une dernière fois Shany. Je veux en savoir davantage !

— *Pas raison donner à vous. Pas rentrer, c'est tout. Moi travail. Vous laisser travailler moi !*

Et elle reprit son service avec une farouche intensité, pour ne plus être dérangée.

Voyant qu'il n'y avait rien à espérer, Shany agacée entra à nouveau dans la chambre. *BING, BOUM, SPLATCH* ! Un bruit de vaisselle entrechoquée et de liquide renversé retentit.

— Et zut ! fit-elle. Je crois que la journée sera difficile.

Son pied venait d'accrocher le rebord du plateau resté au sol et le café s'était renversé faisant prendre un bain aux biscottes et aux viennoiseries qui se délitaient déjà. Les petites cuillères avaient été expulsées tandis qu'à l'intérieur d'un petit pot, la confiture de fraises quelque peu épaisse résistait encore à l'envie de sortir. Shany poussa un profond soupir et entreprit de ramasser ce qui s'était répandu : deux tasses, deux cuillères, deux couteaux, deux...

— Deux ? Mais...

Elle releva la tête, perplexe. Elle avait toujours du mal à réfléchir. Elle prêta l'oreille et entendit une petite voix étouffée provenant de sa chambre. Elle délaissa le plateau dont on ne pouvait de toute façon plus rien tirer de comestible ou de buvable, l'enjamba précautionneusement et entra. Plus elle avançait, plus les sons devenaient clairs et audibles. On entendait de l'eau couler et quelqu'un fredonnait une chanson :

— *I wanna be loved by you, just you and nobody else but you. Ta ta ta, I want to be loved by you alone...*

Shany n'osait comprendre. Elle se dirigea vers la salle de bains, avançant lentement, comme si le diable allait en sortir.

— *Pooh pooh bee doo... I wanna be loved by you... Lalalala, I wanna... Nanana... I wanna be kissed by you...*

Elle poussa la porte et entra. Quelqu'un se douchait ! À travers la paroi en verre dépoli sur laquelle ruisselaient de l'eau et une mousse généreuse, Shany devina une silhouette. L'occupant de la douche, apparemment joyeux, frottait vigoureusement son corps.

— Anna ? se hasarda-t-elle à prononcer doutant de ses propres paroles.

— Quoi ? Tu m'as parlé ? Je n'entends rien avec l'eau. Tu peux répéter ?

— C'est toi Anna ?

— Si c'est moi ? Et qui veux-tu que ce soit d'autre ? Qiang peut-être. Eh bien non, ce n'est que moi. Je profite un peu, c'est si agréable. Mais c'est promis, je me dépêche.

Shany retourna dans la chambre et constata que les deux lits étaient défaits et que des vêtements, autres que les siens, étaient épars dans la pièce. Elle n'osait en croire ses yeux. Elle ouvrit brusquement les portes de l'armoire où le linge de son amie patientait dans la penderie ainsi que toutes ses autres affaires. Les piles de shorts et de corsages qui reposaient sur des étagères lui redonnèrent du baume au cœur. Leurs deux valises trônaient également sur des rayonnages métalliques prévus à cet effet. Heureuse, Shany parla à haute voix.

— C'est merveilleux, Anna est là. J'ai dû faire un cauchemar ! Qu'importe après tout. Je suis rassurée. L'essentiel, c'est qu'elle soit là !

Anna ne l'entendit pas mais Shany se sentit soudain prête à tout affronter. L'équilibre était revenu et la journée serait parfaite.

Quelques minutes plus tard, Anna fit son apparition dans la chambre, la tête enveloppée dans une serviette-éponge. Shany la serra dans les bras :

— Tu es revenue, tu es bien là !

— Euh, bonjour Shany ! Je ne suis pas revenue puisque je ne suis partie nulle part ! À moins que tu n'estimes que la salle de bains soit très loin, ironisa la jeune femme. Waouh, j'apprécie ton accueil mais je sens que toi tu n'as pas passé une très bonne nuit. Je crois même que tu as parlé dans ton sommeil. Moi en revanche j'ai dormi comme un loir et j'ai une faim de loup.

— Je n'ai pas bien dormi, en effet. Je ne devais pas être bien. J'ai fait un rêve abominable. Tout semblait si vrai, l'hôtel, la réception, Qiang… En fait, je venais de me réveiller et tu avais disparu. Qiang était lui aussi très bizarre et il ne s'inquiétait pas. Il prétendait ne jamais t'avoir vue. Il disait que j'étais venue seule sur la place Tien'anmen et que tu ne figurais pas sur la liste qu'on lui avait confiée pour les visites. Tu te rends compte ! Tu n'apparaissais sur aucune photo. C'était très angoissant. Je me sentais perdue, impuissante. Quand je pense que, d'habitude, je ne me rappelle jamais de mes rêves !

— Tu parles d'un rêve ! Un vrai cauchemar oui ! Mais à présent oublie-le, regarde, je suis bien là, avec toi, en chair et en os, prête à vivre une nouvelle journée merveilleuse à Pékin. Nous sommes en vacances, nous faisons un voyage fabuleux que rien ne doit gâcher. Par contre, quel remue-ménage ce matin ! Qui a frappé à la porte ? Je suis désolée mais tu me connais : j'ai un mal fou à émerger du lit.

— C'était pour le petit-déjeuner.

— Oui, j'avais compris mais pourquoi tout ce vacarme ?

— C'est incompréhensible ! La serveuse a refusé d'entrer dans notre chambre pour déposer son plateau. Elle est pourtant entrée dans les autres chambres. C'est à n'y rien comprendre. Je lui ai demandé pourquoi mais vu mon chinois et son français, la conversation était difficile et en plus elle était obstinée. Je lui ai même offert de l'argent, pensant qu'elle m'en dirait plus mais tiens-toi bien, elle l'a refusé.

— Il faudra le signaler à la direction, rétorqua Anna. Ce n'est pas normal. Et elle t'a donné un motif finalement ?

— Oui et non ! Elle prétend qu'on ne sert pas le petit-déjeuner dans la chambre 404.

— Eh bien, c'est bizarre. Déjà que nous avons eu les pires difficultés à avoir cette chambre hier. Il ne manquait plus que ça ! Bon et où est-il ce plateau appétissant car la brochure de l'hôtel proposait un copieux petit-déjeuner à la française ?

— Navrée, fit Shany. En revenant sur mes pas, après avoir discuté avec la serveuse, j'ai heurté le plateau.

— C'est bon, j'ai compris.

— Mais je peux probablement récupérer un ou deux échantillons. Tout n'est peut-être pas fichu. Je vais voir. Tu n'auras peut-être pas besoin de tremper les chocolatines locales dans le café, c'est déjà fait ! Elles baignent, plaisanta-t-elle.

— Dans le café froid, je suppose !

— Tiède, le café est tiède ! fit-elle, accroupie devant la porte afin de redresser ce qui pouvait l'être.

— Laisse ! C'est inutile. On n'a qu'à commander un second plateau.

— Tu as raison, tout ceci n'est pas grave. Ce qui compte, c'est que tu sois là, avec moi. Je suis soulagée. Si tu savais ! Personne ne se souvenait de toi. J'avais l'impression de devenir folle !

— On ne va pas se laisser abattre, ajouta Anna qui décrochait déjà le téléphone et commandait un nouveau petit-déjeuner pour deux. Et dis-moi, dans ton rêve, il y avait Qiang ?

— Oui. Il se comportait de façon curieuse et comme je me sentais mal, il a appelé un médecin. J'ai eu droit à une injection pour me calmer. J'étais effondrée par ton absence ! Tout le monde s'en moquait. En même temps, c'était logique puisque pour eux tu n'existais pas. Voilà, c'est tout ce dont je me souviens. C'est curieux comme ce rêve était étrange et en même temps si réel !

— Oublie tout ceci à présent. Aujourd'hui est un autre jour. Toi aussi, prends une bonne douche et tu te sentiras en pleine forme.

— D'accord ! J'y vais !

— Prends ton temps. Nous ne sommes pas en retard. Sauf erreur, on doit être à la réception à 8 heures, dernier délai. Tant pis si nous arrivons les dernières.

Quelqu'un se manifesta derrière la porte de la chambre.

— *Demoiselles, moi porte petit jeuner !* fit une voix masculine.

— Ah, le plateau-repas. Ils ont fait vite ! Les employés parlent presque tous le français à ce que j'entends, même si ça reste sommaire. Allez, file sous la douche, je m'en occupe.

Lorsque Anna ouvrit la porte, elle fut étonnée de découvrir un plateau abandonné dans le couloir. Le jeune porteur s'était éclipsé et elle eut à peine le temps d'entendre l'ascenseur se refermer. Le signal lumineux indiquait que la cabine descendait.

Le serveur avait emporté avec lui les restes du petit-déjeuner précédent mais la moquette qui courait sur le sol conservait encore les stigmates de l'accident. Sur le mur, en face, entre deux lanternes rouges et noires, un tableau représentait un guerrier chinois austère et inquiétant. Il semblait monter la garde et protéger les clients du quatrième étage d'hypothétiques dragons surgis de nulle part. Quand Anna referma la porte, il ne changea pas d'attitude, conservant ses bras croisés sur une poitrine puissante habillée d'une armure à lacets. Il veillait là depuis longtemps.

— Je prépare ce qu'il nous faut pour la journée. Ne traîne pas trop si tu veux boire ton café bien chaud. Nous n'aurons pas droit à un troisième plateau. Ensuite, on descend et on rejoint le groupe pour la visite. Qu'en penses-tu ?

— J'en pense que tu es la meilleure amie du monde et tu as tout à fait raison ! répondit Shany.

L'eau chaude fait souvent des merveilles quand il s'agit de se ressourcer. Aussi Shany s'abandonna sous la caresse des jets encore quelques minutes afin d'oublier la nuit agitée qu'elle venait de passer. La mousse onctueuse qui parcourait son corps lui procurait un bien-être indicible et le parfum qui l'accompagnait l'envoûtait. Comme il fallait sortir, elle coupa l'eau à contrecœur. Tandis qu'elle se séchait, elle passait et repassait inconsciemment la serviette-éponge au creux de son bras. Une trace rouge l'irritait, trace d'une aiguille avec laquelle on l'aurait piquée très récemment.

8 LA DERNIÈRE LIVRAISON

Un gros camion s'arrêta rue Wangfujing. Son chauffeur s'apprêtait à livrer des meubles assez luxueux. De quoi équiper tout un appartement. Il ouvrit les haillons à l'arrière et examina le contenu tout en réfléchissant à la façon dont il allait procéder. Il donna ses directives aux deux autres livreurs qui l'accompagnaient, lesquels avaient déjà mis en place un chariot élévateur et pris deux diables. Dans cette artère très commerçante de Pékin, des curieux risquèrent un œil à l'intérieur du véhicule et ne purent s'empêcher de commenter le contenu, envieux. S'approchant de l'entrée de l'immeuble, le responsable de la livraison parcourut la liste de noms puis il pressa le bouton du visiophone. Une voix masculine lui répondit.

Quelques heures après, le mobilier avait pris place au septième étage d'un immeuble cossu, disposé selon la convenance de celui qui résidait en ces lieux. Qiang paya le chauffeur, apposa sa signature au bas d'un document et referma la porte. Il était enfin chez lui, même s'il n'était pas propriétaire des lieux. L'appartement était équipé de façon moderne et il disposait de tout le confort : alarme, condamnation centralisée des ouvertures, climatisation passive… C'était déjà très bien. Il se rendit ensuite dans sa chambre, où il s'allongea sur le lit aux dimensions exceptionnelles, afin d'en apprécier le confort. Il s'était largement inspiré de la « *french touch* » pour donner à son intérieur un raffinement auquel il s'était progressivement accoutumé lors de ses excursions à l'étranger. Il n'eut qu'à tendre la main pour commander l'ouverture des portes du dressing attenant et admirer ses costumes parfaitement rangés. Ils provenaient, pour certains, de grands couturiers français. Sa vie prenait enfin le virage qu'il avait toujours espéré même s'il restait raisonnable. Il ne se refusait rien, restaurant, théâtre, voyages, soirées mais il ne basculait jamais non plus dans l'excès.

Lorsqu'il entendit le téléphone sonner, il se releva et traversa l'appartement.

— Qiang ?

— Lui-même. Kuan ? Je ne reconnais pas ta voix !

L'autre se racla la gorge.

— Oui c'est bien moi ! Bien installé ?

— C'est parfait et je suis content !

— Tu as bien travaillé, je te l'avais dit. Le boss t'a récompensé. C'est toujours comme ça et comme tu ne fais pas d'histoires…

— Je sais. Merci.

— Tu n'as pas à me remercier. Bon, mais je ne t'appelais pas pour te parler de ça.

— Je m'en doute.

— Une livraison, urgente. Tu t'en charges ?

— Bien entendu. Où et quand ?

— Quartier Sanlitun pour les paquets et Wanchai, même adresse que la dernière fois, pour livrer une cargaison plus importante. Comme d'habitude, ne pose pas de question. Je compte sur toi !

— Ok mais il n'y aura pas d'autre convoi. C'est le dernier. Après j'arrête, ainsi que nous étions convenus. J'ai atteint mon objectif. J'ai toujours dit que je ne voulais pas continuer ceci toute ma vie. C'était notre accord dès le début ! Tu t'en souviens ?

— Pas de problème ! assura Kuan Ti. Un accord est un accord. C'est donc la dernière fois. Après je te proposerai seulement des petites livraisons si tu veux, par ci, par là.

— Non, plus de contrat après celui-ci ! Je veux arrêter définitivement.

— C'est toi qui vois ! Moi, j'ai toujours besoin d'autre chose, d'avoir plus alors je continue.

— J'espère que le boss ne me forcera pas la main pour continuer.

— Il n'y aura pas de problème avec lui. Wan Lu Su est honnête.

Qiang ne put s'empêcher de sourire en entendant ce mot qui ne collait absolument pas avec le personnage dont ils parlaient.

— Et il respecte les engagements, compléta Kuan Ti.

— Honnête, plaisanta Qiang, Wan Lu Su honnête ! Qu'il respecte ses engagements à la rigueur mais qu'il soit honnête, j'en doute. J'espère surtout qu'il me rendra ma liberté mais réponds-moi franchement : est-ce que tu es convaincu de ce que tu dis ? Tu sais bien qu'il dirige de façon impitoyable le trafic de substances illicites de Pékin et de ses environs et tu parles de quelqu'un d'honnête ! Soyons sérieux ! Certes on peut lui parler et il écoute mais derrière ses airs de copain sympathique et bienveillant se cache un homme terrifiant et redoutable. En ce qui me concerne, j'ai réussi jusqu'ici à ne participer qu'à de petits trafics. Je pense avoir conservé mon intégrité et c'est pourquoi je préfère m'arrêter là !

— Certainement mais il respecte les accords. Tu as voulu travailler avec lui, gagner de l'argent facile. Il a accepté parce que tu ne fais pas de vagues et que tu es muet comme une tombe.

— Eh bien, tant que je ne suis pas dans cette tombe, ça va !

— Admets que tout cela t'a bien rendu service. Tu souhaites te retirer à présent ? Ok ! Mais si tu changes d'avis, tu pourras toujours revenir me voir. Wan Lu Su acceptera peut-être de te faire travailler à nouveau. Mais dis-moi Qiang, tu veux vraiment rester guide ? Je n'arrive pas à y croire ! Comment peux-tu renoncer à tout cet argent et à la vie qui va avec ?

Qiang détourna la conversation.

— Combien est-ce que je toucherai cette fois ?

— La livraison est plus importante et plus risquée. Il te remettra, en personne, une belle commission.

— C'est justement ce qui m'inquiète. Je n'aime pas que ce soit en personne. D'habitude c'est toi qui me payes.

— Oui, mais comme c'est la dernière fois… Tu ne peux pas faire autrement.

— J'espère qu'il n'y aura pas d'embrouilles comme pour Shô qui voulait arrêter et que l'on a retrouvé un matin gisant sur un trottoir, les tripes à l'air.

— Oh la ! Shô a été exécuté parce qu'il n'a pas respecté les termes du contrat. Je n'en sais pas davantage. Il a cherché ce qui lui est arrivé. Ce n'est pas ton cas ! Je suppose que tu ne comptes pas doubler le boss ! Alors ne t'inquiète pas.

— Doubler le boss ? Je ne suis pas fou. Je te répète que je veux simplement arrêter pour revenir à une vie normale. Avec ce que j'ai mis de côté et quelques crédits, je pourrai créer ma propre agence de voyages. J'ai aussi fait d'excellents placements. Ça devrait m'aider. Je n'ai pas de sang sur les mains et je ne veux pas en avoir.

— Pas de problème mais c'est un drôle de choix. Moi, l'argent me brûle les doigts. Et puis avec l'argent, il y a les filles. Enfin ! Je crois quand même que tu devrais continuer pour ne pas avoir à emprunter.

— Non. C'est hors de question. Bon, revenons à la livraison ! Sanlitun et Wanchai, j'y serai mais tu ne m'as pas dit quand ?

— Je passe chez toi ce soir pour en parler. Je ne veux pas donner les détails au téléphone.

— Ok et ce sera l'occasion d'essayer ma nouvelle voiture !

— Ça y est, tu l'as achetée ? fit l'autre, excité comme un enfant qui brûle d'impatience d'admirer ce dont on lui a tant parlé.

— Oui et non. Qu'importe ! Je l'ai réceptionnée hier.

— Laquelle as-tu choisie finalement ?

— Un coupé Maserati 4200 GranSport V8, bleu nuit. Une pure merveille.

— Je veux bien te croire !

— Ce n'est pas une voiture, c'est une bombe !

— Alors ok ! Je viens chez toi et on prendra ta voiture. J'ai effectivement entendu dire que c'était un monstre qui en a sous le capot. Un diable doit se cacher dans ce moteur.

— Tu ne seras pas déçu. À tout à l'heure.

Qiang reposa le combiné. *La dernière livraison, enfin !* Il allait tourner la page et désormais mener une existence normale. Et puis son bolide l'attendait au garage. Lui, l'enfant pauvre de la campagne chinoise du Sichuan, sortirait dans un moment au volant d'une Maserati 4200 GranSport V8. Il n'oubliait pas pour autant ses origines, Niao'ai, les champs, les mains usées de ses parents. Il les revoyait toujours courbés au-dessus des maigres récoltes. Les images du passé revenaient inlassablement : les copains disparus, les autres devenus paysans à leur tour, les chemins tortueux et poussiéreux reliant certains villages, la forêt dense qui en isolait d'autres… Lorsque ces lieux aux confins de la Chine s'emparaient de son esprit, il se sentait prisonnier d'une profonde solitude. Le moment du Grand Choix surgissait alors dans sa mémoire. L'argent n'efface pas tout ! Nombreuses étaient les nuits au cours desquelles il se réveillait, agité par les mêmes cauchemars, baignant de sueur mais heureux de ne plus appartenir à ces temps révolus, révolus du moins pour une partie des contrées chinoises. Le passé ne laisse pas les âmes torturées dormir tranquilles. Désormais, il prenait une sorte de revanche sur le sort, une déviation volontaire sur le destin, un virage à 180 degrés. Il avait tout ce qu'il voulait : un métier en vue, assez d'argent pour concrétiser son rêve, il vivait à Pékin et il conduisait une voiture de luxe. L'avenir qui se profilait devant lui, il l'avait bâti de ses propres mains. Mais la vie peut réserver bien des surprises même aux plus confiants, même aux plus audacieux ! Le destin aime les longs détours !

*

La rue Wangfujing se vidait peu à peu. Les boutiques commençaient à baisser leurs rideaux de fer et les marchands ambulants rangeaient à la hâte leurs étalages tout en commentant leur journée. Une voiture tournait, cherchant une place. Quelques instants plus tard, son chauffeur gara le véhicule puis il remonta la rue en regardant les quelques vitrines encore éclairées.

Chez lui, Qiang qui buvait un verre de vin de Bordeaux se leva pour répondre à l'appel émanant du visiophone. Il reconnut Kuan et déclencha la gâchette d'ouverture de l'entrée de l'immeuble.

Confortablement installés sur le canapé en peau de buffle qui siégeait au centre du salon, Qiang proposa à son visiteur une bouteille de vin provenant directement de France, un château Lafite dont il vanta le millésime. Pour mieux l'apprécier, ils firent tournoyer le liquide dans leur verre tout en l'admirant. Ils s'extasièrent sur le terroir, l'arôme qui se dégageait subtilement, la couleur, la robe. Ils parlèrent tanins et astringence mais une envie irrépressible de boire cet alcool les taquinait depuis le début de leur conversation. Ils ne résistèrent pas longtemps avant d'engloutir successivement quatre ou cinq verres car leur admiration platonique s'arrêtait là.

Ils devinrent rapidement plus joyeux, se trouvant même des points communs que d'ordinaire ils n'avaient pas.

— Et ta voiture, tu me la montres ?

— Bien sûr, on y va. Elle est exceptionnelle ! Il n'y en a pas deux comme celle-là dans tout Pékin.

— Au prix que tu as dû la payer, ça ne m'étonne pas.

— Je n'ai jamais dit que c'était la mienne !

Qiang s'empara des clés qu'il glissa dans une pochette de cuir et tous deux quittèrent l'appartement. Arrivé au garage, le jeune homme ouvrit la porte automatique et se campa juste en face du véhicule. La lumière des néons se reflétait dans la carrosserie étincelante. On aurait dit un bijou dont le garage ne représentait qu'un piètre écrin. L'autre, comme un enfant subjugué, tournait autour du véhicule, passait ses mains sur les ailes et les portières aussi délicatement qu'il l'aurait fait avec une femme.

— Elle est belle, n'est-ce pas ?

— Il faudra tout de même que tu me dises comment tu as fait pour avoir cette bête de course si tu ne l'as pas achetée.

— Un jour peut-être ! Allez, on embarque, on a une livraison qui nous attend. Et puis il ne suffit pas de la contempler, il faut rouler pour l'apprécier.

— Ok. La marchandise est dans ma planque. Je te la donnerai tout à l'heure. Je préfère qu'elle ne soit pas dans la voiture avec nous pendant notre virée. On ne sait jamais !

— Elle est loin ta nouvelle planque ?

— Tu verras tout à l'heure !

Et ils grimpèrent à bord du bolide que Qiang mit en marche aussitôt. Au point mort, il fit ronfler le moteur, jubilant du bruit envoûtant des chevaux qui s'ébrouaient sous le capot. On aurait dit qu'une entité s'y cachait depuis la nuit des temps et qu'elle attendait le moment idéal pour surgir. Toute la puissance contenue du véhicule s'exprimait.

Qiang enclencha la première et sortit en trombe du box dont la porte s'abaissa automatiquement. Les pneus larges se mirent à crisser sur le revêtement goudronné du parking souterrain. Le conducteur, grisé par la vélocité de la Maserati, accélérait progressivement et prenait ses virages de façon inconsidérée du fait de l'étroitesse du lieu. Le véhicule grimpait vers la sortie comme s'il avait besoin de s'extirper au plus vite de cette bouche béante aux odeurs entêtantes de carburant.

Soudain, le bolide surgit dans la rue et Qiang braqua fortement les roues à droite, négociant au mieux l'angle serré qui se présentait. Le passager était aux anges, ce qui n'était pas le cas des rares automobilistes encore présents à cette heure tardive dans ce quartier. Surpris par l'engin, ils tentaient tant bien que mal de l'éviter.

— Où on va ? demanda Kuan.

— On va rouler en direction de la Grande Muraille, vers le col de Juyongguan ! Rien de tel que des virages pour apprécier la tenue de route de cette petite merveille !

— Génial !

Tandis que Qiang s'efforçait de maîtriser la fougue de son véhicule dans la circulation redevenue dense, son ami admirait les moindres recoins de l'habitacle. La voiture semblait magique car automobilistes et piétons se retournaient sur son passage. Ils portaient des regards envieux sur les deux hommes qu'ils discernaient à peine. Les vitres fortement teintées les protégeaient des curieux. Pareil à un chambellan annonçant cérémonieusement l'entrée de Sa Majesté, le vrombissement du moteur, avisait la population de l'arrivée imminente de privilégiés qui, pour la circonstance, se sentaient supérieurs.

— C'est parfait pour emballer les femmes !

— Tu l'as dit !

Ils s'infiltrèrent sur l'autoroute encore bondée à cette heure-là. La circulation restait néanmoins presque acceptable. Qiang jouait avec le volant et se faufilait parmi les véhicules. Les verres de vin de Bordeaux engloutis ainsi que la voiture leur faisaient croire qu'ils étaient invulnérables et exceptionnels.

Enfin, ils prirent une bretelle de sortie pour emprunter la direction du col de Juyongguan. Les routes sinueuses permettraient davantage à la voiture d'exprimer tout son potentiel.

— C'est génial ! Elle est vraiment fabuleuse cette caisse.

— Ouais ! Et tu vas voir comment elle se comporte dans les lacets. Elle colle à la route ! C'est parti ! Et ce n'est pas une caisse, c'est une Maserati !

— Mais c'est raté pour le rendez-vous. Le temps que je passe à ma planque et que tu livres, tu ne seras jamais à l'heure !

— Tu crois que ça va poser un problème ? demanda Qiang.

— Non, l'heure n'a pas trop d'importance. Qu’on s’occupe de la livraison maintenant ou un peu plus tard, ce n’est pas trop grave. Ce qui compte, c'est que ce soit fait ce soir. Wan Lu Su y tient. Lee, notre contact, râlera probablement parce qu'il devra nous attendre. Mais bon, ce n'est pas la première fois. Roule, profitons !

— Si tu le dis. Tu le connais mieux que moi !

— Ne t'inquiète pas, conduis. Fais vibrer ce moteur, fais chanter les pneus. Ce soir nous sommes des dieux !

Il sortit son téléphone portable et sélectionna un numéro parmi ses nombreux contacts.

— Lee ?

L'autre répondit mais semblait occupé.

— *Xi ni yihou daoda bi yuqi !*

— *Mei wenti. Wo xiwang ni.*

— Tu vois, il a déjà raccroché. C’est réglé, il nous attendra.

— Tu es un vrai chef !

— Oui et regarde ce qu'il a amené, le chef !

Il sortit de derrière son siège une des bouteilles de Bordeaux entamée. Il but une rasade au goulot sous le regard étonné mais approbateur de Qiang qui fit de même, ne tenant le volant que d’une seule main.

— Fais gaffe à la route quand même !

— Ne t'inquiète pas, je maîtrise. Ce bolide et moi on ne fait qu'un.

Qiang enfilait les virages serrés, les uns après les autres, sur la route étroite, à une vitesse soutenue. Lorsqu'il croisait des camions chargés à des hauteurs impressionnantes, il donnait un léger coup de volant et serrait les parois abruptes de la montagne. À d’autres moments, l’une des roues mordait dangereusement l’accotement en terre, tandis que les trois autres s'accrochaient au bitume pour rester dans la bonne trajectoire. Les camions descendaient pour la plupart sur Pékin. Ils devaient livrer leurs cargaisons tôt le matin. Dépassant souvent le poids autorisé, ils roulaient très doucement.

— Il y a beaucoup de camions quand même !

— Oui mais ils vont tous dans le même sens. La route est libre devant nous.

Une ligne droite se dessina devant eux. Qiang rétrograda pour mieux relancer le véhicule, savourant le feulement du moteur. La voiture filait à vive allure sans qu'il y parût, laissant derrière elle un léger voile de poussière terreuse.

— Waouh, c'est fantastique ! s'exaltait le passager, un bras hors de la portière.

Qiang souriait. L'alcool aidant, il s'appropriait les compliments faits au véhicule puisqu'il était le seul maître à bord.

Un panneau qu'il ignora indiquait l'imminence d'une épingle à gauche. Mais les yeux du chauffeur, légèrement voilés par les nombreux verres de vin absorbés dans la soirée, préféraient se délecter de la teinte du cuir repoussé dont était revêtu le volant. Ses doigts pianotaient, savourant la douceur et la souplesse de la matière luxueuse. Il portait aussi une attention toute particulière à la musique du moteur, à ses nuances, à ses accents.

*

Monsieur Lou Wan était fatigué. Il avait livré la cargaison de son camion le soir même à Pékin et son patron avait exigé, menaces à la clé, qu'il en reprît une nouvelle. On avait dépassé les normes de chargement mais qu'importait ! C'était l'usage en Chine. Lou Wan, père d'une famille nombreuse, avait besoin d'argent. Il reprit donc le travail sans s'être reposé et quelques heures après, son énorme cargaison progressait sur les itinéraires montagneux. La nuit tombait. Trop lourd, l'engin peinait à grimper. Cela ne devait pas l'empêcher d'être à l'heure pour décharger dans l'autre ville qu'on lui avait indiquée. Il fallait rester éveillé. En ces endroits trop reculés et escarpés, la radio bricolée ne captait que des parasites. *Chanter ! Oui, c'était cela, il devait chanter* :

好一朵茉莉花

好一朵茉莉花

满园花草

香也香不过它

我有心采一朵戴

又怕看花的人儿要将我骂

好一朵茉莉花[5]

Pendant ce temps-là, la Maserati roulait encore à vive allure. Au bout de la ligne droite, Qiang décéléra peu. Suffisamment pour prendre approximativement le virage, les énormes roues et le centre de gravité bas lui permettant de coller littéralement au goudron. Pas assez cependant car il était

---

[5] 茉莉花 (mòlìhuā).

« Le Jasmin ». Moi je sais un bien beau secret
Que l'on m'a donné en Mongolie
D'un jasmin messager du paradis
Ce jasmin savait parler
Dans l'ancien temps un beau cavalier
Le donna à son amour qu'il quittait
Pour partir à l'armée
Le jasmin se mit à parler…

impossible de voir ce qui se trouvait devant, tant la route tournait de façon prononcée. On se méfie de ce qui vient en face mais pas suffisamment de ce qui circule doucement dans le même sens !

La vitesse, l'alcool, le virage, l'inconscience formaient un cocktail dangereux. Lorsque Qiang aperçut le camion qui peinait dans la montée, il était déjà trop tard. À peine pensa-t-il à freiner que déjà son bolide s'encastrait à l'arrière du poids lourd qui, malgré l'impact, bougea à peine. Un vacarme de fin du monde résonna dans la nuit et se répercuta en écho loin dans la montagne. Le choc fut terrible. Ses conséquences aussi. Dans la Maserati les plaisanteries s'interrompirent instantanément, remplacées par un silence chtonien.

*

La collision avait été d'une violence extrême. Monsieur Lou Wan l'avait ressentie jusque dans son volant auquel il s'était agrippé. Par réflexe, il consulta ses rétroviseurs extérieurs mais il ne vit rien. Certain que quelque chose d'anormal venait de se produire, il arrêta son engin et tira vigoureusement le frein à main. Le camion toussa puis se tut. Le chauffeur descendit du véhicule, referma machinalement sa portière et se dirigea rapidement vers l'arrière.

— *Zhè shì zěnme huí shì ?* se demanda-t-il. *Wǒ bùdé bù shīqù yīxiē wǒ de fùhè !*

Selon lui, aucun doute : une partie de son chargement avait dû tomber du camion. On avait empilé le tout si rapidement ! Il avait d'ailleurs fait remarquer que des caisses étaient mal fixées et qu'elles risquaient de bouger. Le fournisseur n'avait rien voulu entendre. Il avait dû prendre la route ainsi.

— *Ó, bù, wǒ de shàngdì* ! jura-t-il en espérant que son Dieu lui pardonnât un jour cette réflexion.

En apercevant l'amalgame de tôles froissées, il comprit qu'un véhicule venait de le percuter. Il ne discernait pas la voiture, apparemment bleue, de l'arrière de son camion. Affolé, il ne sut que faire. Il s'approcha de l'enchevêtrement de métal et il appela à plusieurs reprises :

— *Qù duōduō, yǒuyī gèrén ?*

Personne ne répondait. Il y avait nécessairement une ou plusieurs personnes dans la voiture mais il faisait trop sombre pour discerner quoi que ce fût.

Une traînée d'huile et de carburant s'écoulait le long de la pente, entre les débris qui reposaient autour de la carcasse. D'autres avaient été propulsés très loin.

Monsieur Lou Wan n'avait pas de téléphone. Il aurait bien aimé en posséder un mais il n'avait jamais eu les moyens de se l'offrir. Il lui aurait été tellement utile à ce moment-là. *Que faire ? Attendre !* Il n'y avait pas d'autre alternative. Il tendit l'oreille vers la carcasse de la voiture. Mais il n'entendit rien, aucun gémissement, aucun appel. Et puis, de toute façon il n'y voyait rien. Sa cataracte faussait sa perception des ombres et des couleurs. Quelqu'un passerait inévitablement sur cette route. Il suffisait d'être patient. De toute évidence, l'état de la voiture laissait peu de chance à ses occupants.

La lune jouait à cache-cache avec les rares nuages. Aux alentours, la nature bruissait. Monsieur Lou Wan s'était assis au volant du camion pour actionner les feux de détresse dont son véhicule était pourvu. Seuls ceux de l'avant fonctionnaient. Puis, fébrile, il attendit, regardant alternativement devant lui et dans un rétroviseur extérieur dont le miroir s'était fissuré au moment du choc. Ce dernier lui renvoyait une vision déformée de ce qui se passait. Ce n'était pas important, la nuit était noire.

Il verrait quand même les lumières d'une voiture qui finirait bien par arriver à un moment ou à un autre. Finalement, la fatigue de la journée aidant, pris dans l'étau du silence, il finit par s'assoupir.

*

Un coup de klaxon, des exclamations. Deux portières claquèrent presque simultanément.

Monsieur Lou Wan sortit de sa torpeur. Il rejoignit les nouveaux arrivants auxquels il exposa de son mieux les faits. La femme piaillait, rendue visiblement nerveuse par l'accident. L'homme à ses côtés, son père probablement, gardait son calme tout en observant les véhicules.

— *Qiújiù, gǎnkuài xíngdòng ba !* lui dit-il.

Aussitôt, la passagère se dirigea vers sa voiture, prit son sac et revint avec un téléphone portable. Elle appela les urgences, leur indiqua précisément le lieu de l'accident, grâce aux données de son G.P.S et annonça aux deux hommes qu'ils seraient bientôt là. Les victimes devraient encore attendre.

Une demi-heure plus tard, les secours arrivèrent progressivement sur les lieux. Deux policiers interrogèrent les témoins pour obtenir des détails sur les circonstances de l'accident. Le couple n'avait pas grand-chose à raconter. Monsieur Lou Wan, quant à lui, entrechoquait ses deux poings pour faire comprendre combien l'impact l'avait secoué. Malgré la violence du choc, le camion, robuste, n'était pas trop endommagé. Selon lui, la voiture l'avait heurté et s'était encastrée sous le châssis. Pendant ce temps, deux secouristes sondaient les tôles, appelant, martelant, se penchant au-dessus ou au-dessous. Aucun son n'émanait de la Maserati ou plutôt de ce qu'il en restait. La question demeurait quant au nombre de victimes ou de personnes à sauver.

— Il n'y a probablement plus personne en vie là-dedans. Le choc a été trop violent et tout l'avant de la voiture est littéralement pulvérisé. Les pompiers vont procéder à la désincarcération, affirma Fuo Sin, un des médecins. On ne peut rien faire pour le moment.

— J'aperçois quelqu'un côté passager, ajouta un autre. Il ne bouge pas. Il est sans doute mort. En revanche, il me semble entendre gémir de l'autre côté du véhicule.

Fuo Sin demanda à un pompier de placer un écarteur afin de frayer un passage à ses mains. Il glissa ensuite l'avant-bras à l'intérieur, tâta un corps et finit par sentir un pouls.

— Oui, un gars s'accroche encore à l'intérieur. Je tente de poser un maintien des cervicales mais je ne sais pas si je pourrai l'installer. J'ai très peu de place.

Il fallut plus de quatre heures à l'ensemble des professionnels pour sécuriser dans un premier temps le véhicule et l'empêcher de bouger. Ils découpèrent ensuite les portières tordues, ôtèrent le toit, désolidarisant ainsi la voiture du camion. On savait désormais que deux personnes étaient prisonnières à l'intérieur. Le passager, plus facilement accessible, fut extrait le premier. Un médecin confirma qu'il était mort sur le coup. L'équipe prit donc moins de précautions pour l'extraire de sa prison. Le corps fut déposé sur une civière et recouvert d'une bâche noire. Guo Sen, le deuxième urgentiste présent sur les lieux, s'affairait auprès du conducteur dont le rythme cardiaque très faible était encore perceptible. Sa vie ne tenait plus qu'à un fil et tout pouvait basculer d'une seconde à l'autre. Il lui plaça des perfusions et des électrodes alors qu'il était toujours coincé, en état de choc. Il demeurait inconscient ce qui n'était pas rassurant mais facilitait la tâche.

— J'ai rarement vu un tel enchevêtrement de tôles. Je pense que le conducteur devait rouler sacrément vite avec ce coupé. C'est une Maserati à ce que j'ai pu reconnaître à l'arrière. Ce gars aura beaucoup de chance s'il en réchappe, déclara Fuo Sin encore auprès de la victime.

— Tant qu'il est vivant, il y a de l'espoir, coupa Guo Sen, qui analysait en permanence les paramètres affichés par les appareils branchés au corps de Qiang.

Il lui administra de la morphine et interpella les pompiers :

— Il faut le sortir de là au plus vite pour le transfuser sinon nous allons le perdre. Je suspecte un traumatisme costal, un hémothorax, ce n'est pas bon du tout. Il perd beaucoup de sang et sa tension est en chute ! Il doit être conduit dans une unité d'urgence ou je ne réponds plus de sa vie.

— Nous faisons ce que nous pouvons, déclara un pompier qui s'activait, chalumeau en main pour découper la carrosserie qui enserrait encore les membres de la victime.

Une machine raccordée à un compresseur entra en action et sous ses pinces de crabe, le métal craqua, s'ouvrant comme du carton mais retenant toujours son jouet entre ses bras. Des écarteurs et des cisailles intervinrent ensuite. Enfin, dès que l'intérieur du véhicule fut accessible, ce fut au tour du coupe-pédale hydraulique d'entrer en action. Les équipes d'intervention en avaient l'habitude : sous le choc, les pédales d'accélérateur, de frein et d'embrayage devenaient systématiquement de véritables tenailles emprisonnant les pieds et les jambes du conducteur.

— Je sais que vous faites votre possible. Il faudrait le sortir de là au plus vite ! Il est jeune, on peut encore le sauver mais le temps joue contre nous, insista Guo Sen.

Seul le concert des disqueuses et des cisailles pneumatiques répondit à la supplique du médecin.

Il soulevait sans cesse les paupières de l'infortuné, prenait son pouls et ajustait ses soins en fonction des indications des appareils. Il craignait à tout moment un arrêt cardiaque. Juste à côté de lui et tout autour de la victime, le métal se tordait, de la fumée se dégageait de l'enveloppe rigide de la voiture et le châssis mis à rude épreuve grinçait dans une longue plainte. Finalement, les efforts déployés portèrent leurs fruits :

— C'est bon, on va pouvoir l'extraire dans une minute !

L'urgentiste se pencha au-dessus du corps de Qiang.

— Coque prête pour accueil imminent de l'accidenté ? demanda-t-il avant d'ajouter doucement : Tenez bon monsieur, on va vous sortir de là, ne nous abandonnez pas !

— Il ne t'entend pas ! dit Fuo Sin.

— Tu sais bien que je leur parle toujours. Je suis convaincu que c'est essentiel.

Il s'approcha à nouveau de la victime.

— Monsieur, je suis médecin. Je vais vous aider. Concentrez-vous sur ma voix !

Les paupières de Qiang battirent faiblement tandis qu'on le sortait et qu'on l'accompagnait dans l'ambulance.

— Il bouge, il réagit ! Il se bat pour vivre ! Monsieur, vous m'entendez ? Monsieur, écoutez-moi ! N'écoutez que ma voix, ma voix monsieur !

Puis il exigea :

— Vite, il lui faut des poches de Voluven pour compenser le sang perdu. On avisera à l'hôpital pour le reste.

— Vous croyez ? Avec cette hémorragie, et avec un hémothorax, vous savez bien que toute opération est illusoire !

— Illusoire ou pas, il faut toujours faire le maximum pour sauver un homme. Tant qu'il y a de la vie il y a de l'espoir !

Le second interne s'exécuta malgré ses réticences. Il suivit le protocole indiqué par son confrère même s'il n'y croyait pas.

— On dirait qu'il essaye de dire quelque chose ! Oui, il veut parler !

— Et que dit-il ?

— Je ne sais pas, je n'ai pas compris !

— Tends l'oreille, c'est peut-être important !

Monsieur Lou Wan assistait à tout cela impuissant. Il se sentait quelque part responsable de ce drame tout en sachant qu'il n'y était pour rien. Il ne livrerait pas son chargement à l'heure, il aurait des problèmes avec son patron même s'il n'était pas en cause. Il était très inquiet. Un mort et un blessé grave, tout ce sang sur la route goudronnée... Jamais il n'aurait pu imaginer une telle tragédie. Il n'y était pas préparé.

— Alors, il a parlé ?

— Non, enfin je ne sais pas et ce n'est pas important pour le moment. En revanche, il…

Le médecin s'interrompit et prit un air catastrophé.

— On est en train de le perdre. Il faiblit. Il nous lâche !

L'interne sentit une main s'agripper à sa blouse. Qiang tentait de l'attirer à lui.

— Je... Je ...

— On s'occupe de vous monsieur, ne nous lâchez pas, battez-vous encore !

— Mou... mourir... ?

— Non, il faut tenir. Je ne vous abandonnerai pas !

Tout à coup il s'écria :

— Noradrénaline à injecter pour restaurer la tension artérielle !

Aussitôt, son confrère ajouta la substance exigée à la perfusion déjà en place. Malgré cela, les appareils émirent des sons irréguliers, désordonnés qui allaient en s'amplifiant.

— Je n'aime pas ça du tout ! Non, nous devons réussir ! À l'hôpital, on tentera une embolisation pour arrêter l'hémorragie.

Mais le médecin cessa de s'agiter et de croire à l'impossible lorsqu'il comprit que les signes vitaux du blessé s'estompaient inexorablement. Il dut se rendre à l'évidence et porta alors toute son attention aux paroles du jeune homme qui redoublait d'efforts pour s'exprimer :

— *Wǒ bìng bùxiǎng sǐ.... wǒ yě bùxiǎng sǐ... Shàngdì bù huì pāoqì wǒ...... Suǒyǐ wǒ zài móguǐ !*

Ses propos étaient confus et extrêmement faibles.

— Je ne vous comprends pas monsieur. Ne renoncez pas, écoutez-moi. Cessez de parler. Économisez vos forces !

Le blessé tenta de répéter :

— *Wǒ bìn... bù..iǎng sǐ.... wǒ yě bùi... Shàng...ì bù huì ... wǒ...... Suǒyǐ... zài móguǐ !*

Ses signes vitaux, que Guo Sen contrôlait toujours, continuaient à décliner dangereusement. Il était de plus en plus faible et, au bout d'un moment, sa respiration devint irrégulière.

— On est en train de le perdre ! Il aurait fallu le sortir plus vite !

— Laisse tomber ! Il est trop tard, répéta Fuo Sin.

— Non ! On continue. Il est jeune, son cœur est solide.

— Ça ne sert plus à rien !

Et il s'éloigna.

— Monsieur, ouvrez les yeux. Ne décrochez pas !

Guo Sen s'obstinait toujours. Il surveillait les écrans. Un pompier et un secouriste restèrent pour l'assister. Le jeune homme ouvrait les yeux de temps à autre puis les refermait. Il remuait les lèvres, essayait obstinément de parler. L'urgentiste se pencha une fois de plus sur lui pour mieux entendre ses murmures.

— *Wǒ bìn... bù..iǎng sǐ... wǒ yě bùǐ... Shàng...ì bù...*

Ce furent ses dernières paroles. Son corps fut secoué de spasmes et un râle provint de ses entrailles, suivi d'une expiration douloureuse. Le cœur de Qiang cessa de battre et la vie quitta son corps.

— Qu'a-t-il dit ? demandèrent les autres.

Le jeune interne s'était figé. Il serrait exagérément son stéthoscope comme pour le briser. Il paraissait horrifié par ce qu'il venait d'entendre.

— Alors ?

— Je ne sais pas trop, c'était faible et confus. Je me demande si j'ai bien compris ! avoua-t-il abattu.

Juste avant de clore les paupières du défunt, il vit que ses pupilles pourtant inertes scintillaient d'une étrange lueur. Un frisson lui parcourut le dos puis il annonça haut et fort l'heure du décès avant de recouvrir le visage de Qiang Mong d'un drap blanc.

9 UNE JOURNÉE INATTENDUE

Il faut parfois oublier ses soucis et laisser de côté les problèmes pour profiter du temps présent.

C'est la résolution qu'avait prise Shany ce matin-là. Elle avait décidé de tirer un trait sur cette mauvaise nuit, sur ce cauchemar épouvantable qui l'avait glacée. Après tout, elle était en Chine avec son amie et elle se devait de savourer chaque instant de ce voyage exceptionnel.

Au programme de la journée, l'exploration de la "Longue Muraille des Dix Mille Li" autrement dit la muraille de Chine, classée au patrimoine de l'UNESCO.

Le groupe s'était donné rendez-vous dans le hall de l'hôtel où chacun avait déposé la carte magnétique de sa chambre. Tous étaient impatients et Shany plus que jamais. Elle se sentait revivre. Il faisait beau. Ce matin-là ne ressemblait aucunement à celui de son rêve : Anna était appuyée au comptoir, s'essayant aux rudiments de la langue chinoise avec un bagagiste complaisant qui avait accepté de l'écouter. Elle ne cessait de rire à chaque fois que le jeune homme rectifiait sa prononciation ou qu'il mimait un mot afin de lui faire comprendre qu'elle se trompait.

Assise sur un sofa de cuir noir, Shany observait l'agitation qui régnait dans le hall de l'hôtel. De bon matin, un touriste était resté coincé dans l'ascenseur et n'avait cessé de hurler dans une langue qui échappait à tout le monde. Un couple contestait la note qu'il lui fallait régler mais le personnel soutenait que de l'alcool avait été consommé, tiré du minibar de leur chambre et qu'il devait s'en acquitter. Le ton monta mais finalement la femme sortit sa carte de crédit, comprenant qu'il était inutile d'insister alors que son mari tentait encore de parlementer. Une porte battait au vent et un courant d'air frais traversait l'accueil. L'une des hôtesses semblait particulièrement agacée par la mèche de cheveux que ce souffle d'air soulevait inlassablement. Elle lui masquait la vue à intervalles réguliers. Elle la rabattait alors derrière une oreille mais l'instant d'après, celle-ci glissait à nouveau, effleurant la feuille sur laquelle elle écrivait.

En plus du petit-déjeuner pris dans les chambres, on offrit aux membres du groupe une collation ainsi que leur programme le prévoyait. En effet, la journée s'annonçait éprouvante et chacun devait être en forme. Perchés sur de hauts tabourets, accoudés au comptoir, certains évoquaient la visite de la veille tandis que d'autres, comme atteints de troubles obsessionnels compulsifs, ne cessaient de vérifier qu'ils avaient bien leur appareil photo. Il était en effet impensable de l'oublier. Tous étaient prêts mais Qiang était en retard.

D'abord, des plaisanteries fusèrent de part et d'autre. Comme cela durait, tout le monde s'installa dans les fauteuils du salon de la réception pour passer le temps de façon plus agréable. Le couple d'Allemands parlait apparemment de réglages de la caméra que l'un d'eux portait en bandoulière autour du cou. Les Russes feuilletaient des magazines auxquels ils ne comprenaient pas grand-chose. Ils se contentaient de se montrer des pages en s'amusant vraisemblablement de ce qu'ils voyaient. Les Anglais étaient intarissables. Ils commentaient tout ce qui se présentait à eux : un verre, la boisson qu'il contenait, la décoration, la façon de parler du personnel… Tout y passait ! Comme ils étaient plus nombreux, ils ne cessaient de comparer leurs expériences et donnaient leur avis, lequel semblait parfois diverger. Shany et Anna, quant à elles, avaient commandé une délicieuse assiette de mignardises composée de nougat chinois et de makis sucrés parsemés de graines de sésame qu'elles dégustaient en plaisantant. Tous regardaient régulièrement leurs montres, s'agaçant visiblement de plus en plus du retard conséquent que le guide prenait.

Comme Qiang n'arrivait toujours pas, Shany demanda à la réception si quelqu'un avait une information ou si le guide n'avait pas laissé un message à leur intention. L'employé de l'hôtel lui répondit que non. Par acquit de conscience, un membre du groupe vérifia la date du jour sur le programme des visites, pour le cas où ils se seraient trompés. Il n'y avait aucune erreur, ce qui n'était pas surprenant. Il était clairement indiqué que Qiang prendrait en charge le groupe à l'accueil de l'hôtel, le matin à 8 heures précises, pour l'emmener en excursion.

— Qiang est vraiment en retard ! dit John en anglais, langue adoptée par l'ensemble du groupe pour parler entre eux.

Anna leva la tête, s'empressa d'avaler une bouchée au miel et répondit :

— Oui, c'est vrai. J'espère que ce n'est pas une habitude chez lui mais bon, pour notre deuxième jour de visite, c'est dommage.

— Absolument dommage, ajouta un autre membre du groupe. Nous perdons un temps précieux et j'espère que nous pourrons tout de même visiter tout ce qui est prévu sur le programme.

Certains acquiescèrent. D'autres, plus procéduriers, envisageaient déjà d'éventuels dédommagements.

— Il a tous nos numéros de téléphone, n'est-ce pas !

— *Yes, of course* ! s'empressa de confirmer un Anglais. Il les a scrupuleusement vérifiés hier pour éviter toute erreur.

— Effectivement ! Je m'en souviens. Mais personne n'a pensé à lui demander le sien.

— Mince alors, mais puisqu'il est injoignable, il aurait pu nous appeler tout de même et nous dire ce qu'il en est !

— Oui, ce serait la moindre des politesses, renchérit l'Anglais.

— Restons calmes ! Après tout, nous sommes en vacances. Il faut relativiser. Il a peut-être eu un problème et un motif sérieux le retient ailleurs, intervint Shany. Et puis les embouteillages existent, surtout à Pékin.

— Vous avez raison. Je vais me renseigner à mon tour.

L'homme s'adressa à l'hôtesse dans un vague chinois qu'elle comprit tout de même. Ne pouvant lui répondre, elle s'entretint avec un collègue puis quitta l'accueil. Elle revint deux minutes plus tard, passa un appel téléphonique pour finalement faire comprendre au touriste qu'elle n'en savait pas plus que lui. Au passage, elle ferma la porte arrière, agacée par le courant d'air qui n'avait cessé de l'importuner. D'un dernier geste rapide, elle plaça la mèche de cheveux rebelle derrière son oreille. Elle y demeura.

— La demoiselle ne sait rien, précisa l'homme, la moue consternée.

Chacun l'avait déjà compris.

— Cela fait maintenant plus d'une heure que nous attendons. Nous n'allons tout de même pas nous éterniser ici. Nous n'avons pas payé un voyage en Chine pour visiter le hall d'un hôtel. C'est insensé ! Nous devons bien avoir dans nos brochures un numéro de téléphone à contacter en cas d'urgence.

— C'est une excellente idée. Je vais la chercher dans ma chambre et je reviens, fit remarquer un des Allemands, s'exprimant dans un anglais germanisant qui prêtait à sourire.

L'homme s'éloigna et revint quelques instants plus tard, des lunettes sur le nez, consultant un document avec beaucoup d'attention.

— Alors ? Vous avez trouvé quelque chose ?

— Je regarde, je n'ai pas encore repéré ce qui nous intéresse. C'est peut-être bien ici. Non ! Voyons, euh ! Le consulat de, euh, l'ambassade de na na na. Décidément, il y a tout sauf ce qu'on veut.

— Regardez mieux, c'est peut-être indiqué ailleurs.

— Qu'est-ce que je fais à votre avis ? Mais si vous êtes plus doué que moi, vous pouvez le faire à ma place, fit l'homme quelque peu vexé.

Il continua ses recherches et quelques secondes plus tard, il s'exclama :

— Ah voilà, je crois que j'ai trouvé ! Un numéro à contacter pour tout problème concernant le séjour. Parfait, j'appelle.

Une fois le numéro composé, chacun prêta l'oreille à la conversation engagée, essayant de comprendre pourquoi leur guide n'était pas encore là. Ceux dont l'anglais était incertain tapotaient sur l'épaule de leur compagnon afin d'obtenir des informations plus précises.

Le délégué improvisé du groupe se présenta tout d'abord puis exposa clairement la situation. Après un échange de quelques minutes, il raccrocha, l'air agacé.

— Ils n'ont aucune nouvelle de Qiang mais ils m'ont assuré qu'ils faisaient le maximum et nous tiendraient au courant s'ils avaient d'autres informations. Ils cherchent actuellement à le localiser. D'après ce que j'ai compris, il est prévu qu'ils envoient un autre guide pour le cas où Qiang ne réapparaîtrait pas avant la fin de la matinée.

— Alors ça, c'est formidable ! Et que faisons-nous en attendant ?

—Vous venez de le dire : attendre !

— Au prix où j'ai payé ce voyage, l'attente revient cher !

— Je suis bien d'accord avec vous !

Tout à coup, Shany prit la parole et coupa court aux jérémiades :

— Je trouve que nous nous conduisons un peu en égoïstes. À un moment ou à un autre, il nous est arrivé à tous d'être en retard. Un peu de patience tout de même.

Elle chercha du soutien dans le regard d'Anna avant de poursuivre :

— Nous nous plaignons et ne pensons qu'à nous. Oui, l'attente est désagréable mais hier vous trouviez tous Qiang sympathique et compétent. Il est peut-être tout simplement coincé dans un embouteillage.

— Il est peut-être mort ! renchérit un des Russes.

Les regards de ceux qui avaient compris se croisèrent, surpris. La dernière supposition paraissait extrême.

— Pourquoi dites-vous ça ? Ne pensons pas au pire. Décidément, c'est un drôle de voyage ! Et en attendant que décidons-nous ?

— Nous n'allons pas rester dans le hall ainsi ! Voilà déjà des heures que nous patientons. J'en ai assez ! Je n'ai pas encore vu la muraille et je suis déjà fatigué !

Le groupe se dispersa. Quelques-uns sortirent fumer une cigarette, histoire de passer le temps. D'autres allèrent au bar. Shany et Anna se regardèrent, incapables de prendre la moindre décision.

— Que faisons-nous ?

— Je n'en ai aucune idée. Boire au bar ne me tente pas. Aller faire un tour dans les environs, ce serait pas mal mais il ne faut pas trop s'éloigner. Remonter dans la chambre mais pour quoi faire ? Franchement, je ne sais pas.

— Je ne sais pas non plus mais j'espère sincèrement qu'il ne lui est rien arrivé de grave ! dit Shany.

— Je l'espère aussi mais je me demande pourquoi le Russe a envisagé qu'il pouvait être mort !

— Effectivement, quelle drôle d'idée ! fit-elle songeuse. Allez, ne nous laissons pas abattre. Sortons prendre l'air, juste histoire de faire quelques pas. J'ai besoin de marcher et de me dégourdir les jambes.

— Je te suis !

Anna se dirigea vers la porte qu'elle ouvrit, laissant Shany sortir la première. Au même moment, elle remarqua du coin de l'œil la réceptionniste pointer un doigt dans leur direction. Elle tourna aussitôt la tête et aperçut Shany percuter un homme qui entrait d'un pas décidé. Il s'excusa.

— Je suis désolé de vous avoir bousculée mademoiselle.

— Ce n'est rien, rétorqua Shany tout en ajustant son gilet qui s'était accroché à la boutonnière de l'individu.

En relevant les yeux, elle le reconnut.

— Qiang ! Ah, enfin, c'est vous ! Je suis ravie de vous voir, s'exclama-t-elle. Tout le monde vous attend.

Surprise dans un premier temps, elle fut sensible au sourire qu'il lui adressa en guise de réponse.

— Bonjour ! Je suis sincèrement désolé pour ce contretemps, fit-il. Je vais tout vous expliquer. Entrons !

*

— Où sont les autres ? Je ne les vois pas, demanda Qiang essoufflé.

— Ils sont soit au bar, soit sortis, déclara Anna.

— Et c'est ce que nous allions faire aussi, intervint Shany. Sortir bien entendu, pas aller au bar.

— Bien entendu, je comprends.

— Mais Qiang, que s'est-il passé ? Pourquoi arrivez-vous seulement maintenant ? Vous avez vu l'heure ? Nous commencions à nous inquiéter !

— C'est normal mais je vous assure que j'ai fait mon possible pour respecter l'horaire. Je suis flatté de voir que vous vous êtes inquiétée pour moi, Shany, mais tâchons de rassembler les autres membres du groupe. En chemin, je vous expliquerai ce qui s'est passé.

Quelques instants plus tard, il ne manquait plus personne. Qiang prit le temps d'échanger deux ou trois mots avec chacun pour s'excuser. La chemise ample qu'il portait flottait au gré de ses mouvements. Quelques gouttes de sueur perlaient encore à son front : il avait dû redoubler d'efforts pour tenter de rattraper son retard. Shany le regardait aller de l'un à l'autre, distribuant des poignées de main amicales ou des compliments gratuits. Alors qu'il s'adressait aux autres touristes, elle remarqua que de temps à autre, il jetait subrepticement un œil dans sa direction. Elle s'efforçait alors de regarder ailleurs. De toute façon, le travail prenait trop de place dans sa vie. Il n'était pas dans ses projets immédiats qu'un homme y prît place, ni Qiang ni aucun autre. Pourtant, ses mains devenaient moites lorsqu'il s'approchait d'elle, elle se sentait légèrement rougir quand elle croisait son regard et son assurance s'effritait. Elle admit qu'il la fascinait mais aussi qu'elle résisterait à la tentation d'une aventure impossible. Elle avait les pieds sur terre, même en Chine. Qiang était son guide. Il le resterait.

Un mini car sobrement décoré et arborant des inscriptions chinoises avança devant le perron de l'hôtel et chacun fut prié de s'installer à bord. Qiang s'empara d'un petit micro et prit la parole :

— Encore une fois bonjour à tous. Nous allons passer une excellente journée ensemble car vous allez pouvoir admirer la célèbre et monumentale muraille de Chine, mondialement connue. Mais avant, je me dois de vous donner quelques explications quant à mon retard et j'espère que vous accepterez mes excuses. Je comprends néanmoins votre impatience autant que votre agacement !

Tous écoutaient avec attention, se demandant quel motif il invoquerait pour expliquer une telle entorse au programme.

— Eh bien voilà : ce matin, j'allais prendre ma voiture pour vous rejoindre, j'ai été attaqué par des lamas et comme ils étaient particulièrement féroces, j'ai eu beaucoup de mal à m'en défaire !

Un silence de plomb s'abattit dans le véhicule avant qu'un des Anglais n'intervienne :

— Des lamas ? À Pékin ?

Qiang affichait un sourire d'une ironie significative.

— Je plaisante bien sûr ! Non, je n'ai pas été attaqué par ces charmants animaux, mon réveille-matin n'est pas tombé en panne, mon train n'a pas déraillé et je ne reviens pas du futur !

S'il s'exprimait dans un anglais parfait, la compréhension approximative de certains lissait ses plaisanteries. Son humour contagieux dérida cependant les visages figés.

— En fait, continua-t-il, avant de venir ici, très tôt ce matin, je me suis rendu dans un immeuble réputé de Pékin où nous avons une de nos antennes. J'avais un travail à terminer. Lorsque j'en suis parti et alors que je m'engageais dans la rue, je me suis aperçu que j'avais oublié mon téléphone portable sur mon bureau. J'étais encore dans les temps à ce moment-là. J'ai donc fait demi-tour et j'ai repris l'ascenseur pour le récupérer. Malheureusement pour vous et pour moi, il est tombé en panne.

— Et il a fallu tant de temps pour que vous en sortiez ? demanda un Allemand dubitatif.

— C'est plus compliqué que ça en a l'air. L'immeuble en question a une particularité qui fait qu'il est depuis longtemps l'objet d'une polémique incroyable. Il est unique au monde, du moins pour quelque temps encore.

— Qu'a-t-il d'unique ? interrogea Anna.

Qiang n'avait pas son pareil pour captiver l'attention et même s'il justifiait son retard, tous s'attendaient à une révélation.

— Un homme d'affaires milliardaire possède un appartement au dernier étage, qu'il a fait agrandir sans aucune autorisation. Il espérait alors, si mes sources sont bonnes, acheter la totalité de l'immeuble.

— Jusque-là il n'y a rien d'original, répliqua un mécontent, croyant déstabiliser Qiang et désireux d'exprimer haut et fort son mécontentement.

— Vraiment ! Vous croyez ? Eh bien, sachez que cet agrandissement a consisté à créer une montagne artificielle au sommet de l'immeuble, lequel comptait déjà vingt-cinq étages. Vous avez bien entendu, une montagne ! J'essayerai de vous emmener le voir afin de me faire pardonner, cela vaut vraiment le coup d'œil d'autant que les autorités ont exigé sa destruction. En haut de l'édifice, on peut voir un énorme dôme fait de verdure et d'arbres. C'est une véritable petite forêt. Vous verrez, c'est très surprenant. On l'appelle l'immeuble montagne de Pékin. Comme ses jours sont comptés, le voir est un privilège et je trouverai un moment afin que vous passiez à proximité. C'est, comment dire, un projet démesuré, hors norme, inimaginable. L'homme d'affaires s'est probablement dit que les autorités de Pékin approuveraient et que son immeuble deviendrait une attraction touristique majeure et donc rentable.

— Et quelle relation y a-t-il avec la panne ?

— Justement, au moment où j'étais dans l'ascenseur, les opposants à cette surélévation illégale ont réussi à couper le courant dans tout le secteur autour de l'immeuble et je suis resté bloqué dans la cabine ! Bien entendu, on compte parmi eux beaucoup d'habitants mais d'autres voix se sont aussi élevées contre l'homme d'affaires. Le fait qu'il soit passé outre aux autorisations les rend fous de rage. Il a sans doute misé sur le pouvoir de l'argent et ses relations personnelles.

— Mais pourquoi ont-ils coupé le courant ?

— Ils protestent contre les infiltrations d'eau dues à cette montagne. Sans entrer dans les détails, ils estiment que leurs logements sont dégradés et qu'ils risquent à tout moment de s'électrocuter. Ils craignent aussi d'importants dégâts des eaux. De plus, les façades se fissurent du fait du poids considérable de cette terre rapportée qui s'entasse au-dessus de leurs têtes et de leur habitat. Ils menaçaient de passer à l'action depuis des mois. Malheureusement pour vous et pour moi, ils l'ont fait ce matin. Cela a créé une pagaille monstrueuse dans le quartier à ce que j'ai pu constater en sortant. Je ne pouvais ni vous prévenir, ni joindre personne. Croyez bien que j'en suis profondément désolé.

— C'est effectivement une bonne raison et en ce qui me concerne, je vous pardonne à la condition de voir cet immeuble montagne avant qu'il ne soit rasé, intervint Shany qui était assise juste derrière Qiang.

Les autres approuvèrent. La circulation était dense et le car avançait péniblement, ne parcourant que quelques mètres entre les arrêts. Qiang se leva et discuta avec le chauffeur. Il semblait lui indiquer un autre itinéraire. Lorsqu'il voulut regagner sa place, un coup de frein brutal le déstabilisa. Il se rattrapa *in extremis* au dossier du siège où se trouvait Shany, le buste incliné vers elle. Il la regarda droit dans les yeux. Il était si près qu'elle put s'enivrer des notes épicées de son parfum.

Assise de l'autre côté de l'allée centrale, Anna avait observé la scène, comme beaucoup dans le car. Elle resta cependant perplexe. Le freinage d'urgence pouvait être le fait du hasard mais elle songea aussi que Qiang avait pu demander au chauffeur de provoquer ce léger incident. Après tout, personne ne maîtrisait suffisamment le chinois pour comprendre ce que les deux hommes avaient pu se dire. *Mais pourquoi Qiang aurait-il fait cela ?*

Le véhicule se dirigeait désormais vers Simatai, à cent trente-cinq kilomètres de Pékin. Qiang changeait fréquemment de place pour expliquer à chacun le programme de la journée. Lorsqu'il retourna à l'avant du car, il s'adressa à Shany :

— Puis-je prendre place à côté de vous ?

Elle accepta et se glissa sur le siège à côté de la fenêtre afin de lui céder le sien.

— Vous êtes ravissante ce matin !

La jeune femme n'eut pas le temps de rétorquer qu'il entama la conversation :

— Je ne crois pas vous avoir dit que je ne suis pas né à Pékin même si je connais parfaitement la ville. J'ai passé mon enfance dans le village de Niao'ai. Il se trouve dans une région magnifique.

À ces mots, Shany eut une curieuse impression. Elle n'était pas étonnée de ce qu'il venait de lui dire. Elle avait l'intime conviction de le savoir.

— Il s'agit d'un village du Sichuan, n'est-ce pas ?

Le visage de Qiang fut frappé d'étonnement, lequel disparut aussitôt.

— Effectivement. Vous m'étonnez Shany ! Rares sont les personnes qui connaissent Niao'ai. C'est un si petit village !

Shany parut tout d'abord troublée elle-même par la précision qu'elle venait d'apporter. Elle ne se rappelait pas avoir lu cela dans les brochures qu'elle avait consultées avant son départ. *Peut-être l'avait-elle vu en rêve !*

— Ce doit être un lieu magnifique.

— Oui et même s'il y a d'autres très belles provinces en Chine, le Sichuan est, pour moi, la plus belle. Puisque le programme prévoit de larges plages d'autonomie, que diriez-vous de le visiter ? Je pourrais vous accompagner ! Je dois justement rendre visite à mes parents. Ce serait pour vous l'occasion d'apprécier un site que vous ne pensiez probablement pas découvrir.

Shany ne s'attendait absolument pas à une telle proposition. Elle hésita, même si cela la tentait.

— Je ne sais que vous dire. J'avoue que je suis tentée mais c'est tellement inattendu. Et puis il y a Anna, je ne peux pas la laisser.

— Je ne peux pas proposer cette excursion à votre amie car je me rends là-bas en avion privé et il n'y a qu'une place vacante.

—Ah, je comprends ! Dans ce cas, je vous promets d'y réfléchir, répondit-elle.

— À la vérité, je dois avouer que Niao'ai par lui-même est un village insignifiant qui ne vaut pas particulièrement le détour. Il est extrêmement isolé dans la campagne chinoise mais c'est là que je suis né. Il est de plus, comme vous dites en français je crois, pittoresque. Je ne suis pas très sûr du terme.

— C'est le mot pour désigner ce qui sort de l'ordinaire, précisa Shany.

Anna n'avait pas manqué une miette de la conversation.

Qiang resta encore un long moment auprès de Shany, discutant de choses et d'autres. Ils avaient de nombreux points communs. À l'occasion de leur avancée dans les rues pékinoises toujours embouteillées, le jeune guide, passionné par sa mission, déroulait son savoir sur cette capitale étonnante. La moindre ruelle, le moindre recoin étaient pour lui l'occasion d'ouvrir une page d'histoire ou d'élargir des horizons de légendes aussi surprenantes les unes que les autres.

— À quoi correspondent ces boîtes rouges et noires qui se trouvent à chaque coin de rue du quartier ? On dirait des boîtes aux lettres.

— Ce ne sont pas des boîtes aux lettres. Ce sont des pagodes dans lesquelles les passants peuvent déposer un don ou une offrande pour conjurer le mauvais sort lié à une légende. Des moines qui voulaient soulager les maux liés à une redoutable épidémie auraient exigé que la population leur remette un trésor caché. Face à leur refus, un dragon tombé du ciel aurait dévoré les habitants des maisons avoisinantes. Au matin, on ne retrouva personne. Comme vous le voyez, la Chine est un pays de contradictions : à la fois moderne mais encore chargé de superstitions. D'ailleurs sur votre droite, la maison qui ressemble à un palais miniature aurait abrité les amours d'une princesse de l'époque Ming et d'un modeste soldat de la garde impériale. Victime d'une dénonciation, le couple découvert aurait choisi de s'immoler par le feu pour sceller leur amour éternel. Pourtant constitué de boiseries précieuses, le palais ne brûla pas tandis que les amants se consumèrent dans les flammes. Belle légende, n'est-ce pas ?

Shany l'écoutait, passionnée par ses récits. Elle admirait son savoir inépuisable. Elle goûtait aussi au plaisir de sa présence.

— Certaines nuits, poursuivit-il, des brasiers s'allument spontanément dans cette demeure ainsi que dans les jardins clos qui l'entourent et l'on peut encore entendre les amants se déclarer leur flamme, si j'ose dire.

Tous étaient aussi captivés par les explications de Qiang que par la ville qui se dévoilait à eux au fil des rues animées. Il fallait rester concentré pour suivre et ne rien manquer des détails fabuleux qu'il donnait.

— C'est aussi un quartier très touristique, fit remarquer l'Allemand installé sur la banquette arrière du véhicule afin de bénéficier d'une vue panoramique.

— C'est évident, répondit un autre, mais heureusement que nous avons un guide car on ne peut lire ni les secrets, ni les légendes en regardant les façades.

— C'est vrai. Ah, si les murs pouvaient parler ! Je pense que celui qui conduit la voiture qui nous suit depuis notre départ de l'hôtel aimerait être dans notre car et bénéficier des lumières de Qiang.

La remarque n'avait pas échappé au guide. Il abandonna Shany pour se diriger vers la baie arrière, perplexe.

— Êtes-vous sûr que cette voiture nous suit depuis que nous sommes partis ?

— J'en suis certain. À la vitesse à laquelle on roule et avec tous les détours que l'on a pris, il n'y a aucun doute. Mais c'est peut-être un hasard !

— Il y a toujours des profiteurs qui suivent les cars touristiques afin de découvrir des endroits oubliés par les brochures. Ce sont de petits malins, fit remarquer Qiang. Certains vont même jusqu'à s'immiscer à l'intérieur des groupes importants lors des visites afin de bénéficier gratuitement des commentaires. C'est peut-être le cas.

Le car marqua un arrêt afin de laisser passer des hordes de vélos et de piétons qui avançaient pêle-mêle. Lorsque le visage de Qiang apparut derrière la vitre, la voiture se laissa progressivement distancer. À l'intersection suivante, elle tourna brutalement à droite, manquant de renverser un pousse-pousse qu'un Chinois maigre, aux muscles aiguisés et saillants, tentait d'infiltrer dans le flot de circulation. Se faufiler relevait du grand art. Qiang n'eut pas le temps de voir celui qui se trouvait au volant.

— Je crois que vous lui avez fait peur, dit l'anglais.

Qiang ne répondit rien mais resta songeur un long moment.

La voiture ne reparut plus.

DEUXIÈME PARTIE

L'AUTRE

10 LA MURAILLE DES *DIX MILLE LI*

De détours en raccourcis empruntés pour éviter les engorgements si fréquents à Pékin, le chauffeur déposa finalement le groupe non loin de la "Longue muraille des *Dix Mille Li*", la muraille de Chine.

Qiang avait profité de la fin du trajet pour expliquer que la muraille était classée au patrimoine mondial de l'Unesco. Elle avait été construite entre le IIIe et le XVIIe siècle et les prémices de son édification avaient été entamées sous la dynastie Qin, entre 221 et 206 avant Jésus-Christ.

— Voyez-vous, à l'époque, il fallait absolument se prémunir des invasions. Quoi de mieux qu'un rempart pour décourager les ennemis et ralentir leurs attaques ! Dans les premiers temps, la muraille n'était pas telle que vous la verrez aujourd'hui. Elle était constituée de matériaux rudimentaires, de terre, d'herbe, etcetera. Cela ne signifie pas qu'elle ait été d'une solidité moindre, au contraire. Il subsiste encore, dans certaines régions, des tronçons du mur antique assez bien conservés, suffisamment pour permettre aux chercheurs actuels d'étudier les méthodes de construction de l'époque. Or, ils se sont heurtés à quelques énigmes.

— Avec les moyens techniques actuels, ils ont dû rapidement trouver les solutions, fit remarquer quelqu'un.

— Eh bien, détrompez-vous ! Le mortier, par exemple, est resté d'une résistance et d'une blancheur exceptionnelles. Il a longtemps interpellé les bâtisseurs et seules des analyses poussées ont pu révéler le secret de ce blanc éternel et de cette solidité liés à sa composition surprenante – le mot n'est pas exagéré –. Mais passons sur les détails techniques qui risquent de vous lasser.

— Non, Qiang ! Vous ne pouvez pas vous taire. J'aimerais bien connaître ce secret, intervint le Russe qui se retournait vers les autres pour qu'ils appuient sa demande.

— Soit ! Les scientifiques se sont aperçus qu'une substance, très répandue en Chine mais jamais utilisée pour bâtir, rendait le mortier à la fois blanc, plus résistant et moins cassant. Elle a permis aux scellements de la muraille qui court sur des milliers de kilomètres de ce côté-ci de la Chine, de lutter contre l'érosion et le temps. Quelqu'un a-t-il une idée de ce dont il s'agit ? Je vous ai donné quelques indices !

Ils se regardèrent mais personne ne proposa de solution.

— Il s'agit du riz, oui, tout simplement du riz, révéla Qiang, ravi de l'effet de surprise produit.

— Du riz ! s'étonnèrent-ils en chœur.

— Oui, du riz tout simplement.

— Et quelle est la longueur de la muraille ? demanda un curieux.

Qiang répondit qu'on l'évaluait à 6700 kilomètres. Il s'attarda ensuite sur sa largeur comprise entre 5 et 7 mètres et sa hauteur pouvant aller de 5 à 17 mètres.

Shany l'écoutait, appréciant chaque détail qu'il glissait toujours à bon escient. Qiang était comme un livre ouvert et il partageait volontiers son savoir. Décidément, c'était un homme particulièrement cultivé dont l'érudition la fascinait. Il semblait connaître tous les recoins de son immense pays, toute son histoire. Il avait en plus un don réel pour piquer la curiosité de ses interlocuteurs.

Le car se gara enfin et le groupe en descendit, laissant dans les soutes une partie des bagages, l'autre étant restée au Beijing Shatan hôtel, établissement de référence pour le séjour.

— Naturellement, nous ne visiterons pas tous les tronçons de la muraille, poursuivit Qiang, il faudrait beaucoup trop de temps, plusieurs vies à vrai dire ! Aussi je vais commencer par vous emmener découvrir celui qui est le plus proche de nous, le tronçon de la muraille appelé Simatai. Pour cela, nous allons marcher pendant environ une heure puis nous atteindrons un lac artificiel. Attention, le chemin est en pente raide ainsi que je l'ai précisé sur vos brochures. Mais je vois que vous êtes tous chaussés en conséquence. Soyez tout de même vigilants et avancez à votre rythme. Quant au paysage, il est vraiment fabuleux.

Qiang prit les devants et tous le suivirent. Un instant plus tard, la muraille surgit dans leur champ de vision, éclipsant tout ce qu'ils avaient vu auparavant. Ils s'arrêtèrent comme un seul homme, subjugués par cet édifice millénaire qui ne ressemblait à rien de ce qu'ils connaissaient. Elle s'imposait, unique, exceptionnelle, majestueuse, au-delà de ce qu'ils avaient imaginé. Elle méritait amplement sa place parmi les sept merveilles du monde. Les appareils photo immortalisaient déjà ces instants privilégiés, ces panoramas uniques.

Arrivés sur le monument, il y avait foule et il n'était pas simple de se faire photographier seul ou même à deux. Le guide se proposait fréquemment pour prendre les clichés. Il évoluait avec une grande facilité sur le monument pourtant très pentu, tout en donnant des explications à chacun.

— La muraille comprend un monument à ses deux extrémités. L'un est nommé "La Première Porte sous le Ciel", il est à Shanhaiguan. Le second, "La Dernière porte sous le Ciel" est à Jiayuguan, au nord-ouest. C'est le plus proche de Pékin.

La muraille se méritait. Le sol pierreux irrégulier, les variations de dénivelé et la distance à parcourir rendaient la progression difficile. Certains s'octroyaient de temps en temps une halte pour reprendre leur souffle. Anna collait au groupe, photographiant la muraille sous toutes ces faces. De son côté, happée par la beauté des lieux et une luminosité sans pareille,

Shany gardait les yeux rivés sur son objectif à la recherche de photos originales. Peu à peu, elle se laissa distancer sans même s'en rendre compte. Lorsqu'elle s'en aperçut, les autres étaient déjà loin. Elle décida néanmoins de profiter de l'ensoleillement particulier et de continuer ses prises de vues. Qiang, habitué au terrain, avalait la distance avec une facilité déconcertante. Il avait remarqué que Shany prenait son temps. Il fit donc signe au groupe de continuer sans lui jusqu'à l'escarpement suivant. Un moment plus tard, la jeune femme le rejoignit.

— C'était inutile de m'attendre, fit-elle en arrivant à sa hauteur.

— Je n'ai pas pour habitude d'égarer mes volailles !

Shany éclata d'un rire franc et irrépressible.

— Pourquoi riez-vous ?

Elle dut se calmer un peu avant de pouvoir lui répondre.

— Vous êtes vraiment très drôle Qiang. Vous parlez le français à merveille mais là, vous vous êtes bel et bien trompé. On dit égarer ses ouailles, pas ses volailles.

— Eh bien, à présent je le saurai, ajouta-t-il lui-même amusé par son erreur. Toutes les langues ont leurs subtilités. C'est ce qui fait leur charme.

— C'est vrai. Merci de m'avoir attendue.

— Il faut rester groupé. Il y a beaucoup de monde. Rattrapons les autres.

— Vous avez raison.

Elle le dépassa et il lui emboîta le pas.

— Quelles études avez-vous faites, Qiang, pour connaître aussi bien l'histoire de votre pays, ses légendes et pour parler autant de langues ?

— Oh, je n'ai rien fait de bien extraordinaire. Je suis un autodidacte par obligation. À Niao'ai, je n'avais pas vraiment le choix : soit j'étudiais seul, soit je restais dans l'ignorance. J'ai toujours aimé lire et apprendre. Je suis curieux. Voici l'origine de mes connaissances ! Arrivé à Pékin, j'ai approfondi ce que j'avais étudié tout seul. Et vous ?

La montée était difficile et Shany cherchait à reprendre son souffle. Elle évoqua succinctement son enfance et sa scolarité bien ordinaire à côté de celle de Qiang. Elle n'aimait pas raconter sa vie. Malgré le retard pris sur le groupe, elle ne pouvait s'empêcher de photographier la muraille, à la recherche du meilleur angle, jouant avec les ombres, la perspective ou les contrastes. Elle proposa à Qiang de réaliser un *selfie* devant une tour dont la restauration était particulièrement réussie. Il accepta et entoura alors très naturellement les épaules de Shany qui déclencha l'instantané au moment où il lui dit :

— On sourit !

Clic !

— Dans la boîte ! renchérit-il. C'est bien ainsi que l'on dit !

— Tout à fait !

Alors qu'elle éteignait son appareil, Shany se sentit soudain emportée vers l'avant. Qiang s'était emparé de sa main pour l'aider à monter. Ils progressèrent ainsi durant plusieurs minutes jusqu'à un promontoire où le panorama était superbe. Là, ils se reposèrent un instant avant de reprendre l'ascension.

— Eh bien, fit Shany, quand on regarde la muraille dans les guides, on est loin d'imaginer que la parcourir est aussi difficile !

— Vous regrettez ?

— Absolument pas.

— Les touristes sont rarement insensibles à tant de beauté. Ne trouvez-vous pas qu'il émane de cette muraille une puissance colossale ?

— C'est indéniable. À côté d'elle on a l'impression d'être peu de chose.

Ils accélérèrent le rythme, profitant d'un terrain redevenu plat sur quelques mètres. Des escaliers abrupts et grossièrement taillés se présentaient ensuite

— Tu en as mis du temps ! ironisa Anna qui attendait le couple en haut du raidillon.

Shany leva la tête. Accoudée à un mur, son amie la regardait.

— Je crois que ce sont les marches les plus raides de tout l'édifice. Voulez-vous que je vous aide ?

— J'avoue que oui, répondit Shany. J'ai les jambes coupées.

Pour la seconde fois, il lui prit la main. Elle eut aussitôt l'impression de retrouver ses forces. Juste avant de rejoindre le groupe, Anna les prit en photo. Ils ne remarquèrent rien. Elle montrerait le cliché à son amie plus tard, dans la chambre de l'hôtel. Elle espérait qu'en le voyant, Shany oublierait provisoirement les blessures de l'année écoulée.

La journée se poursuivit, rythmée par un parcours alternant des portions sinueuses ou rectilignes et de nombreuses montées suivies de terribles descentes. La puissante muraille se déployait devant et derrière eux, immuable, éternelle, et chacun avait le sentiment de n'être qu'un insecte égaré dans cette immensité. La couleur de la pierre se détachait nettement sur le vert de la végétation environnante, telle une palette à deux tons déclinés en une infinité de nuances. Le poids de l'histoire imprégnait aussi l'édifice et l'imagination faisait le reste. Shany songea qu'un empereur était peut-être venu mourir ici ou qu'une malédiction courait sur ces remparts. La muraille semblait avoir des pouvoirs sur elle. Elle était subjuguée. Qiang le remarqua.

— Vous avez pu reprendre un peu votre souffle ?

— Oui, ça va mieux. Merci de m'avoir aidée. répondit-elle sans parvenir à détourner ses yeux du paysage.

— Ce n'est rien.

Il marqua un silence.

— On l'appelle la muraille des âmes, ajouta-t-il. Tant d'hommes ont péri pendant sa construction ! Certains disent qu'ils errent encore, prisonniers des lieux et qu'ils feront le guet jusqu'à la fin des temps.

— Vous vivez dans un pays étonnant. Je me faisais une certaine idée de la Chine avant d'y venir mais j'étais loin de la réalité.

— Vous avez simplement succombé au charme de l'Empire du Milieu.

Shany ne lui répondit pas. Elle se contenta de lui sourire tandis que d'autres pensées traversaient son esprit. Puis Qiang s'adressa au groupe :

— Vous me semblez fatigués. Je vous rassure, moi aussi. Nous avons pu voir tout ce que j'avais prévu malgré notre retard de ce matin, mon retard devrais-je dire. Pour vous remercier de vos efforts, à notre arrivée à l'hôtel, je vous offrirai un apéritif chinois dont vous me direz des nouvelles. Cette boisson s'appelle *Su Lei,* donc « soleil », et elle est à base de vin de lychee et de soho. Elle est à la fois fraîche et puissante. Nous allons redescendre par le chemin que vous voyez là, sur votre gauche, pour reprendre le car. C'est un raccourci.

Plus tard, les passagers descendirent devant le Sima Hôtel qui offrait une vue incomparable sur la muraille proche et sur un lac. L'eau ondulait à cause du vent et les nuages dans le ciel s'y reflétaient.

À la réception, Qiang, qui avait précédé le groupe, insista pour modifier l'attribution de certaines chambres. Mais la réceptionniste contestait :

— *Wèishéme ne ? Rán'ér, zhè shì nǐ de, shuí yě yāoqiú liǎng wèi niánqīng de fùnǚ yǒu fángjiān 14* !

— Je sais cela, objecta Qiang. Je vous ai peut-être demandé la chambre 14 mais maintenant je veux changer !

— Je crois comprendre qu'il s'agit encore d'un problème avec une chambre qui comporte le chiffre 4, fit remarquer Anna à Shany en aparté.

L'employée paraissait particulièrement exaspérée par ce changement de dernière minute. Elle fit remarquer à Qiang qu'il avait lui-même procédé à la répartition des chambres de chacun et qu'il avait insisté.

— *Nǐ xūyào zhè jiān wūzi, nǐ shì cūlǔ, wú lǐ shènzhì yǔ wǒ zài shǒujī shàng !*

— Oui, vous avez parfaitement raison, répondit le guide et j'en suis désolé.

Il se montra si persuasif qu'au bout d'un moment la réceptionniste capitula et accéda à sa demande.

Le groupe prit possession des chambres et une heure plus tard, chacun dégustait l'apéritif promis. Les ampoules, dont beaucoup souffraient, animèrent les conversations ainsi que les remèdes miracles des uns et des autres. Outre ces banalités, la beauté de la muraille fit l'unanimité.

Shany resplendissait dans une robe de soie aux couleurs de l'arc-en-ciel.

— Vous avez eu un problème de réservation ? demanda-t-elle à Qiang.

— Rien d'important, c'est réglé !

— Je suis quand même curieuse de savoir ! C'est la seconde fois que cela se produit et la chambre incriminée comporte toujours le chiffre 4. Pourquoi donc ?

— C'est un problème de superstitions.

— Des superstitions ? Vous en avez trop dit ou pas assez, insista-t-elle.

— Bon très bien ! Je vais satisfaire votre curiosité. Les Chinois évitent généralement le chiffre 4 ! L'attribuer à une personne est un mauvais présage. Les portes, les étages ne contiennent généralement pas un tel chiffre.

— C'est surprenant, admis Anna qui écoutait aussi. Pourtant, dans les deux hôtels, des chambres avec ces chiffres existent bien.

— Dans certains hôtels, il n'y a pas de chambre avec le chiffre 4. Mais la Chine se modernise et quand ce chiffre apparaît, les chambres sont attribuées aux touristes étrangers qui ne connaissent pas ces croyances !

Qiang sollicita l'écoute du groupe.

— De nombreuses superstitions ont cours. Le chiffre 3 par exemple est un chiffre tabou. On prétend aussi que le chiffre 7 est mauvais à cause des sept péchés capitaux. Le 20 est un signe de mauvais présage car Ershi, fille de l'empereur de l'Etat Wu, est morte à cause d'une arête de poisson coincée dans sa gorge. Or en chinois "Ershi" est prononcé comme 20 ! Vous voyez, les superstitions sont très vivaces même si la modernité tend à les estomper. Elles appartiennent à notre patrimoine et plus l'on s'enfonce dans le pays, plus les coutumes et les croyances sont tenaces.

— Justement, à ce sujet, pouvez-vous m'éclairer sur ce qui s'est passé le premier soir, au restaurant Daodong Kaoya, quand j'ai demandé une fourchette ? demanda Shany.

D'autres attendaient aussi la réponse.

— Ce n'est pas la fourchette qui a jeté le trouble, Shany.

— Alors, qu'est-ce que c'était ?

— Avant de la demander, vous avez planté les deux baguettes dans le bol de riz. Nous ne faisons jamais cela en Chine. C'est un signe de malheur ! C'est la raison pour laquelle l'employé du restaurant vous a saluée plus longuement et que des clients vous ont dévisagée.

— Décidément, entre les baguettes dans le bol de riz et le chiffre 4 auquel j'ai déjà été associée, j'avoue que je suis un peu troublée, admit Shany.

— Il ne s'agit que de superstitions et même si je n'y crois pas vraiment, j'ai préféré qu'Anna et vous n'occupiez pas la chambre 14.

— Vous ne vouliez pas tenter le diable, fit remarquer John en plaisantant.

Qiang braqua sur lui un visage sombre qui disparut presque aussitôt.

— Merci pour votre sollicitude Qiang, remarqua Shany. Cependant, j'ai cru comprendre, sauf erreur de ma part, que c'est vous qui aviez choisi de nous attribuer cette chambre 14 lors de la réservation. Je me trompe ?

Le jeune guide parut embarrassé par cette remarque.

— Même en chinois, rien ne vous a échappé !

— Rien, n'exagérons pas. Il s'agit juste d'une association d'idées et je vous ai entendu prononcer le chiffre 14.

— Lorsque j'ai réservé, j'ai demandé que l'on ne me donne aucune chambre avec ce chiffre. Je pense que l'employé a compris l'inverse. C'est tout !

— Pourtant, vous vous êtes excusé ! renchérit Anna. Ce n'était pas difficile à comprendre, vous l'avez fait en anglais puis en chinois.

— Je ne m'en étais pas aperçu. Réflexe de guide, je traduis toujours. Mais vous savez, si je l'ai fait, c'était simplement par politesse et parce que je ne voulais pas tergiverser. Vous n'allez pas me faire un procès tout de même, ajouta-t-il, afin de railler la jeune touriste.

Agacé, il changea de sujet de conversation et annonça que le repas était servi dans la salle à manger de l'hôtel.

— Je meurs de faim. Pas vous ?

Anna demeura perplexe un moment. *Pourquoi Qiang leur aurait-il attribué la chambre 14 pour ensuite insister afin qu'elles ne l'aient pas ?* Si elle l'appréciait, il semblait parfois réfractaire à toute explication. Elle n'y pensa plus et dîna auprès de son amie, faisant honneur aux spécialités qui leur étaient servies.

La soirée s'étira et chacun regagna sa chambre. Celle de Qiang était juste à côté de celle de Shany et d'Anna, qui y entra la première.

— Shany ! appela le guide.

La jeune femme s'arrêta et se retourna vers lui.

— Oui !

Qiang revint sur ses pas.

— Avez-vous réfléchi à ma proposition de visiter le Sichuan et de le survoler en avion ?

— Comme je vous l'ai dit, cela me semble intéressant mais je n'ai pas encore pris ma décision.

— Songez-y ! Ce serait dommage de gâcher cette place disponible dans l'avion !

— Tout à fait, mais vous pouvez tout aussi bien la proposer à un autre. Les volontaires ne manqueraient pas.

— Je le sais mais c'est à vous que j'ai fait cette proposition.

Shany avait gardé la main sur la poignée. Le groom de la porte était puissant et menaçait de la refermer à tout instant. Elle avait glissé la pointe de sa chaussure dans l'ouverture pour la garder entrebâillée. Finalement, elle retira son pied et se retourna vers lui. Il était si près qu'elle remarqua pour la première fois une cicatrice sur sa joue, probablement très ancienne. L'intensité de leurs regards à ce moment-là les dispensa de réponse. Ni l'un ni l'autre n'étaient indifférents. Cependant, Shany resta sur la défensive.

— Je dois encore y réfléchir. Il n'y a rien d'urgent j'espère ?

— Rien d'urgent, vous avez raison mais si je puis me permettre, oubliez Paris et la tragédie qui vous poursuit.

Shany revit en un instant le drame qui avait tout bouleversé. Elle ne put dissimuler sa surprise. *Pourquoi Anna avait-elle parlé de ses parents à un quasi-inconnu ? Elle réglerait ceci plus tard avec son amie.* Elle prit une profonde inspiration et répondit :

— Je tâcherai de vous donner une réponse demain.

— Demain est un autre jour, Shany.

Il s'interrompit brutalement.

Elle frappa trois coups brefs à la porte. Anna lui ouvrirait dans quelques secondes. Qiang fit un pas de plus vers elle, écarta une mèche de ses cheveux et l'embrassa délicatement sur la joue.

— Bonne nuit Shany ! Ne dit-on pas que la nuit porte conseil ?

Émue par ce geste tendre, elle se contenta de répondre que oui, tandis qu'il s'éloignait. La porte s'ouvrit. Elle dut à nouveau la bloquer.

— Qiang, comprenez-moi, je ne veux pas d'une aventure !

Immobile dans le couloir, dos à elle, il lui répondit avant d'insérer finalement la carte dans la fente d'ouverture de la porte de sa chambre.

— Une aventure, c'est attendre quelqu'un depuis qu'on le connaît. Aimer, c'est attendre quelqu'un depuis toujours. Ce n'est pas de moi, c'est de Jérôme Touzalin. Je crois que je vous ai toujours attendue, Shany. Dormez bien !

Il disparut. La porte de sa chambre se referma dans un bruit feutré et l'on entendit le pêne de la serrure tourner à deux reprises pour en interdire tout accès.

Dans le couloir, la jeune femme demeura un instant immobile, pensive, avant d'entrer à son tour dans sa chambre. Anna perçut immédiatement l'émotion qui se dégageait du visage de son amie.

— Quelque chose ne va pas ?

— Si, si !

— Qu'est-ce que tu as ? Comme tu parlais avec Qiang, j'ai préféré vous laisser.

Shany paraissait songeuse.

— Qiang se montre surprenant parfois !

— Oui, je l'avais remarqué ! De quoi avez-vous parlé ? demanda Anna.

— Il a renouvelé sa proposition de l'accompagner dans le Sichuan.

— Et qu'as-tu répondu ?

— Que j'allais y réfléchir encore. Que ferais-tu à ma place ?

— Je ne sais pas. Nous sommes fatiguées, la journée a été éprouvante et la nuit porte conseil.

— C’est amusant, il a dit exactement la même chose que toi.

Perturbée par la conversation qu’elle avait eue avec Qiang sur le pas de la porte, Shany ne parvenait pas à s’endormir. Elle se tournait et se retournait désespérément dans son lit.

— Tu as un problème ? finit par lui demander Anna dérangée par l’agitation de son amie.

Shany hésita mais finit par poser la question qui la tracassait :

— Pourquoi as-tu parlé à Qiang de mes parents et de ce qui leur est arrivé ?

— Je ne vois pas pourquoi je l’aurais fait ! répondit Anna, surprise par l’agressivité perceptible dans la question.

— Tu en es bien sûre ?

— Évidemment !

Un silence s’installa. Anna éclaira la lumière et aperçut son amie qui s’était redressée sur son lit.

— Alors comment se fait-il qu’il semble avoir entendu parler de ce qui est arrivé ? s’interrogea Shany tout haut.

— Je ne sais pas mais je t’assure que je n’y suis pour rien.

Anna comprit qu’il fallait détendre l’atmosphère. Elle eut une idée.

— Attends ! fit-elle en se levant et en faisant le tour du lit. J’ai quelque chose qui te fera plaisir.

— Qu’est-ce que c’est ? demanda Shany, sans aucun enthousiasme dans la voix.

Anna fouillait dans ses affaires et tâtait au milieu de son linge. Au bout d’un moment, elle trouva enfin ce qu’elle cherchait.

— Tu vas voir ! annonça-t-elle.

Shany la regardait, les yeux dans le vague, l’esprit accaparé par une seule question : *Comment Qiang savait-il ?*

11 RÉSURRECTION

— Allez ! On n'a plus rien à faire ici. Les corps sont chargés. On laisse le terrain aux engins. La route doit être nettoyée des hydrocarbures et il faut la rouvrir à la circulation sinon on ne va pas tarder à déplorer un nouvel accident, déclara le chef de l'équipe de désincarcération.

— Docteur, avant de partir, je voulais vous dire que j'admire votre ténacité. Vous avez tout tenté pour sauver cet homme, précisa un secouriste.

— C'est normal. C'est mon métier ! Mais si le passager était déjà mort à notre arrivée, j'aurais dû sauver le conducteur.

— N'était-il pas fichu d'avance ? Un hémothorax est généralement fatal, non ?

— Souvent mais pas toujours ! Cet homme avait une chance de s'en sortir. Il réagissait positivement et il était en voie de stabilisation. Je ne comprends pas ce qui s'est passé.

— Son cœur a lâché, c'est tout. Cela arrive. Il avait tant de fractures et de traumatismes. La médecine ne remplacera jamais Dieu !

— Je sais tout cela, mais c'est dur pour un médecin de voir un homme si jeune mourir.

— Comme chaque fois que la vie nous glisse entre les doigts. C'est toujours difficile à accepter mais vous le savez mieux que moi !

— Je ne m'habituerai jamais ! ajouta Guo Sen. Quand je l'ai pris en charge, je n'étais pas certain qu'il vivrait. Il était extrêmement faible. Mais les injections que nous lui avons faites l'ont aidé et le pronostic vital s'est amélioré. Il était plus stable, j'en suis sûr. Si nous avions pu, si nous avions eu le temps de le conduire à l'hôpital, on aurait pu le sauver. Il était en pleine force de l'âge. Mais quelque chose m'échappe.

— Quoi donc ?

— Je ne sais pas. Au moment où j'ai vu que j'allais le perdre, il a ouvert les yeux. Il semblait me supplier. Malgré le masque à oxygène, il a répété ce mot : « vivre ». Je ne pouvais pas lui affirmer qu'il vivrait. Je lui ai simplement demandé de s'accrocher et il répétait « vivre, vivre », comme une incantation.

— Il devait être conscient de la gravité de son état !

— Peut-être ! Peut-être pas !

La police prenait des photos de l'accident et les flashs crépitaient comme si une vedette était présente. Un officier finalisait la déposition de monsieur Lou Wan dont il releva les coordonnées.

Les corps reposaient à l'arrière d'une ambulance dont le chauffeur ferma les portes. Les médecins monteraient dans un autre véhicule.

— Je dois vous laisser docteur, nous sommes appelés sur un autre accident, fit le secouriste. Sachez qu'en vous regardant faire, ce soir, j'ai beaucoup appris. Pourrais-je connaître votre nom ?

— Bien entendu, je suis le docteur Guo Sen, médecin-chef des urgences de nuit à l'hôpital Xiehe de Pékin et mon collègue là-bas est le docteur Fuo Sin. Nous sommes rarement en binôme sur les interventions. C'est une exception cette nuit. Je suis ravi de vous avoir connu même en ces circonstances. Bravo pour votre intervention jeune homme, vous avez été efficace.

— Je m'appelle Su Wu.

Ils se serrèrent la main puis ils se séparèrent.

Guo Sen rejoignit son collègue qui l'attendait dans un véhicule.

— Bon, quittons cet endroit !

Et il s'installa dans la voiture.

— Malgré toutes ces années, chaque vie qui m'échappe est une torture et ce soir je suis aussi découragé que fatigué. J'ai vraiment envie de rentrer. Pas toi ?

— Moi aussi. En revanche, j'arrive à mettre de la distance entre mon métier et ma vie. Tu devrais en faire autant, sinon tu vas craquer.

Le chauffeur démarra et le convoi redescendit doucement vers Pékin dont les lumières scintillaient au loin. Guo Sen plaqua sa joue contre la vitre fraîche du véhicule, les yeux grands ouverts et, impassible, il regardait défiler le paysage. Les phares qui arrivaient à contresens l'éblouissaient. Son collègue s'était assoupi. Devant eux, l'autre voiture emportait les corps vers le funérarium.

Monsieur Lou Wan fut autorisé à repartir à bord de son camion qui pouvait encore rouler. Particulièrement robuste, le poids lourd avait bien encaissé le choc. Cependant, privé de lumières à l'arrière, il devrait les faire réparer en atteignant la première ville. Par mesure de sécurité, les pompiers avaient pris soin d'installer un système d'éclairage provisoire afin de permettre au véhicule de regagner la ville par ses propres moyens. Le chauffeur avait eu beaucoup de chance mais il n'oublierait jamais cette nuit-là.

Peu de véhicules circulaient à cette heure avancée. La route était dégagée, la nuit tranquille. Soudain, une sonnerie retentit dans l'ambulance. Le chauffeur appuya sur un bouton du tableau de bord. Le système bluetooth lui permettait de garder les mains sur le volant et de prendre la communication :

— *Tā de dòngzuò... Tā de dòngzuò... Tā de dòng...*, hurlait une voix nasillarde à l'autre bout du fil.

Guo Sen croisa le regard du conducteur dans le rétroviseur intérieur. Ce dernier demanda :

— Je ne comprends pas. Vous pouvez répéter ? Qui est à l'appareil ? Qui parle ? Ne criez pas comme ça, je ne comprends rien !

La voix devint hystérique :

— *Tā de dòngzuò... Kuàisù, yǒu suǒ wéi yǒu suǒ bù wéi !*

— Que se passe-t-il ? demanda l'interne, tandis que son confrère émergeait du sommeil, alerté par les cris qu'il entendait.

— Je ne sais pas, on dirait un appel de détresse. Il répète toujours la même chose.

— De qui cela provient-il ?

— On dirait la voix du chauffeur de l'ambulance devant nous ! Mais il tient des propos insensés.

— Oui, il me semble l'avoir entendu dire "ça remue" ou quelque chose comme ça.

— J'ai entendu la même chose que vous. Et puis il a ajouté "au secours !".

Leur interlocuteur affolé continuait de répéter les mêmes paroles sans parvenir à s'identifier.

— On ne va pas pouvoir l'aider s'il ne nous dit pas quel est le problème.

— Que se passe-t-il ? demanda le chauffeur. Soyez plus précis, on ne vous comprend pas !

Tout à coup, un cri déchirant envahit l'habitacle. Juste devant eux, l'ambulance faisait des embardées, accélérant brutalement puis freinant sans raison. Elle paraissait incontrôlable et zigzaguait sur la chaussée sans aucun respect du sens de circulation, comme si le chauffeur se débattait.

— Mais il est devenu fou ! Il va se foutre en l'air !

— Que peut-on faire ? dit l'urgentiste se sentant impuissant.

— Pas grand-chose ! Il ne maîtrise plus rien. S'il ne s'arrête pas, il va avoir un accident.

À force d'écarts inconsidérés, le véhicule fou ne parvint pas à éviter une voiture arrivant en sens inverse. Dans un crissement aigu, les ailes et les portières se frottèrent sur toute leur longueur, imprimant de longues traînées horizontales sur les carrosseries. Le bruit de métal déchira le silence relatif de la nuit qui tentait encore de résister aux assauts du lever de soleil. Parmi les quelques voitures qui circulaient, la première avait stoppé sur le bas-côté afin de ne pas être percutée et la seconde, une Mercédès, éraflée de part en part, avait réussi à s'arrêter quelques mètres plus loin. Le véhicule fou, quant à lui, acheva sa course contre la paroi rocheuse. Son moteur rendit l'âme dans un fracas impressionnant tandis qu'une fumée blanche s'échappait du capot plié. Le chauffeur cessa enfin de hurler.

— Ce n'est pas vrai, dirent de concert les deux médecins en sortant de leur véhicule pour porter secours aux nouveaux accidentés et au chauffeur hystérique.

— C'est une nuit maudite ! ajouta Fuo Sin.

Un petit attroupement se forma comme sur une scène de spectacle, au centre de la lumière des phares. Le chauffeur de la Mercédès, indemne mais choqué, criait au scandale. Au même moment, le conducteur de l'ambulance qui hurlait quelques minutes plus tôt dans son téléphone, sortit du véhicule en titubant, le visage ensanglanté, répétant inlassablement la même phrase :

— *Tā de dòngzuò !*

— Il est vivant mais bien amoché, constata Guo Sen. Bon Dieu, quel choc !

— C'est lui qui nous a appelés ?

— Oui, de toute évidence !

Fuo Sin lui prodigua les soins nécessaires. Il essayait de le calmer tout en lui demandant ce qui s'était passé.

— Pourquoi répétez-vous toujours « *Tā de dòngzuò !* » ? Que s'est-il passé ? Pourquoi avez-vous perdu le contrôle de la voiture ?

Quelques dents manquaient à la mâchoire du chauffeur qui avait heurté le tableau de bord. Néanmoins, il put articuler :

— *Houmian de ju... kan... kuai !*

Tandis que l'un pansait les plaies du pauvre homme, l'autre urgentiste tentait de comprendre ce que le blessé articulait.

— Vous voulez que j'aille à l'arrière de la voiture, c'est bien ça ?

Le malheureux pressait fortement sur le gros pansement que Fuo Sin venait d'appliquer sur son front et l'une de ses joues mais, de l'autre main, il fit signe à Guo Sen que oui.

Le médecin abandonna momentanément son confrère et contourna le véhicule. Une des portes arrière avait été arrachée sous le choc, la seconde béait. Il se hissa précautionneusement à bord où il lui semblait percevoir de légers bruits, comme des grincements. Les deux cadavres reposaient dans leurs sacs mais un des linceuls était déchiré et entrouvert. Un bras livide en sortait. Délicatement, Guo Sen descendit la fermeture Éclair et se pencha au-dessus du cadavre blême et figé dont la peau s'était marbrée. Il observa un instant le visage de l'homme qu'il n'osait toucher. Ses mains tremblaient. *La fatigue peut-être !* Qiang, quoique mort, était d'une surprenante beauté.

— Je ne vais quand même pas commencer à craindre les morts ! se murmura-t-il à lui-même. J'en ai vu d'autres ! Mais celui-ci est différent.

Finalement, il prit le poignet du jeune homme afin de vérifier son pouls.

— C'est ridicule ! Prendre le pouls d'un mort !

Le bras était particulièrement lourd, raide et déjà presque froid. Les lividités avaient envahi le corps. Comme il ne sentait rien sous ses doigts, il laissa retomber le membre doucement et apposa ses mains autour des yeux afin d'en soulever les paupières. Le vide s'était emparé du regard fixe du jeune homme. Seul, le médecin parlait à haute voix.

— Bon, rien d'anormal. Le sac a dû se crever lors de l'accident et le bras est sorti... Et puis zut ! Un mort est un mort !

Il descendit du véhicule, agacé.

— Alors ? lui demanda Fuo Sin. Tu as vu quelque chose ?

— Non, rien. Je ne sais pas ce qui s'est passé. Le chauffeur a certainement eu peur. Un serpent est peut-être entré dans l'habitacle pendant l'intervention ou un scorpion. Il a dû s'affoler. Mais je n'ai rien vu de tel à l'intérieur, juste un sac mortuaire déchiré.

Toujours sous le choc, le chauffeur ne parvenait pas à leur donner davantage de précisions mais il comprenait ce que disait Guo Sen et il ne semblait pas l'approuver.

— Qu'est-ce qu'on fait maintenant ?

Une certaine lassitude pesait sur les hommes. Il était temps de rentrer, d'autant qu'une nouvelle voiture appelée allait arriver.

— Je vais encore jeter un œil dans le véhicule et tâcher de colmater le sac avec de l'adhésif, si j'en trouve. Il faudra transporter les corps dans la nouvelle voiture. Autant que les sacs soient bien fermés.

— Ok ! Enfin si tu n'en trouves pas, ce n'est pas grave, le cadavre ne va pas s'échapper. Au fait, quel sac s'est crevé ? demanda Fuo Sin.

— Celui du gars qu'on a tenté de sauver.

Guo Sen fit demi-tour. Il inspecta entièrement l'avant du véhicule, mais il n'y avait pas plus de Scotch que de serpent ou de scorpion. Rien de particulier n'attira son attention. Il expira longuement puis retourna auprès des corps. D'une main, il se massa la nuque. Ses muscles étaient tendus, ses épaules nouées et il manquait de sommeil. Il regarda l'ouverture béante, s'assit sur le passage de roue, le temps de jeter un dernier coup d'œil autour de lui, et estima qu'il n'avait plus rien à faire là. Il décida alors de se relever mais quelque chose venait de le saisir. Il sentit nettement une étreinte glacée. On lui attrapait fermement le bras pour le retenir. Le praticien abaissa les yeux vers le cadavre qui le regardait. Celui-ci venait de se redresser et, tout en fixant le docteur, il déclara d'une voix venue d'outre-tombe :

— Je veux vivre !

Le médecin resta pétrifié sans chercher à se dégager. Ses certitudes lui disaient que cela était impossible. Il ne savait pas s'il fallait porter secours à cette chose. Les deux hommes se regardaient et Guo Sen remarqua à nouveau cette lueur étrange qu'il avait déjà vue briller dans les yeux du jeune homme. Elle s'était rallumée. Aux pieds du médecin venaient de tomber ses convictions et ses connaissances médicales accumulées depuis de longues années. Guo Sen ne parviendrait jamais à les redresser. Il se souvint brusquement des dernières paroles de Qiang avant son décès. *Peut-être était-ce là la clé !*

*

Une fois à Xiehe, le chauffeur du véhicule continua de tenir des propos incohérents. Il fut interné.

Le jeune médecin dut modifier son rapport, lequel fut contresigné par Fuo Sin. Cette nuit-là, ils venaient d'être confrontés à l'impossible. Ils devraient maintenant se frotter à la haute autorité de santé qui ne manquerait pas de mettre en doute leurs compétences et leur objectivité.

Avant de mourir, Qiang avait exprimé un souhait chimérique, un souhait impossible pourtant exaucé. Désormais Guo Sen le savait !

12 QUI ES-TU VRAIMENT ?

Dans l'hôtel, le silence régnait. Tout le monde semblait dormir. Sans faire de bruit, Anna revint auprès de Shany et lui glissa son appareil photo allumé entre les mains. Elle avait sélectionné un cliché.

— Regarde, lui dit-elle sûre de l'effet qu'elle allait produire.

— Mais quand as-tu fait cette photo ? demanda Shany en se redressant.

— Le moment et l'endroit étaient parfaits. J'étais en avance sur vous et du haut de la côte, je vous dominais. On voit bien, sur l'image, que la montée était difficile. Je n'ai eu qu'à appuyer sur le bouton pour immortaliser cet instant. Alors, qu'en dis-tu ? Ne suis-je pas la meilleure ? Elle te plaît ? Tu pourras la tirer sur papier si tu veux.

Shany regardait l'image, songeuse. Elle avait sous les yeux un instant de bonheur car sur la photo, elle riait.

— J'avais les jambes coupées tant nous cavalions pour vous rattraper. Tout est dans cette prise : la muraille, la lumière, la pente de l'édifice et surtout le plaisir de ce voyage en Chine. C'est vraiment gentil d'avoir pensé à nous photographier.

Shany ne parvenait plus à décoller ses yeux de la photo. Elle se rappelait parfaitement cet instant. Elle était émue. Elle ne s'était pas amusée ainsi depuis longtemps.

— Et toi, comment la trouves-tu ? demanda-t-elle.

Anna ne put s'empêcher de plaisanter.

— Vous formez un très beau couple sur ce cliché mais ceci est dû à la dextérité de la photographe.

— Oh, un couple, tu exagères. Je suis lucide et je sais qu'entre Paris et Pékin, il y a 9000 kilomètres, que les langues sont différentes ainsi que les façons de vivre. Enfin, j'ai une entreprise à gérer. Tout nous sépare !

— « Celui qui passe à côté de la plus belle histoire de sa vie n'aura que l'âge de ses regrets et tous les soupirs du monde ne sauraient bercer son âme », comme le dit si bien Yasmina Khadra. Réfléchis bien Shany !

— C'est tout réfléchi. Mais qu'est-ce que vous avez tous à me balancer des citations ? Déjà Qiang dans le couloir tout à l'heure et toi maintenant ! J'ai besoin d'y voir clair. Je ne peux pas tirer un trait sur le passé.

Anna reprit son appareil, le rangea et ajouta :

— Certes, mais pense que ton avenir est devant toi !

— Ne me donne pas de leçon alors que tu es aussi seule que moi dans la vie !

Anna prit sur elle pour ne pas se vexer.

— Ce n'est pas sur moi que Qiang a flashé. En ce qui me concerne, je n'ai pas encore rencontré celui qui fera mon bonheur mais je ne désespère pas. Si je le croise demain, je ne le laisserai pas filer. Sur ce, bonne nuit !

Elles préférèrent clore la discussion, même si intérieurement chacune était agacée. Shany se releva, prit un somnifère et une heure plus tard, elles dormaient.

*

Aux environs de minuit, le bruit d'un objet qui venait de percuter une cloison tira Anna de son sommeil. Quelque chose venait de heurter un mur. Sans allumer la lampe de chevet, la jeune femme se leva. Des éclats de voix montaient, provenant de la chambre d'à côté. À tâtons, elle s'approcha de la cloison, y plaqua ses deux mains et y accola une oreille. Elle retint son souffle pour mieux entendre. Au bout d'un instant, elle perçut des éclats de voix. Cela ressemblait à une dispute. Les paroles d'abord confuses devinrent progressivement plus claires et dans la chambre, on marchait. Par moments, les deux protagonistes devaient se trouver juste de l'autre côté de la cloison, si prêts qu'Anna avait l'impression qu'elle aurait pu leur répondre. Mais ils parlaient en chinois et elle ne comprenait strictement rien. Leur différend était cependant évident ainsi que l'animosité qu'ils nourrissaient l'un envers l'autre.

— J'en ai assez. Cette situation ne peut plus durer ! Laisse Shany tranquille sinon…

L'autre se mit à rire avant de rétorquer :

— Shany ! 它是你所想要的！你恳求, 你想住 ！

— Oui et alors ! N'importe qui aurait fait exactement la même chose que moi ! Je ne suis qu'un homme.

Anna reconnaissait la voix de Qiang tandis que l'élocution de l'autre la dérangeait. Perdue dans l'incompréhensible, elle reconnut toutefois le prénom de son amie. La discussion se poursuivit.

— Qui aurait pu se douter de ce qui allait se produire ? Tu n'étais pas là à ce moment ! Jamais je n'aurais imaginé cela. J'avais de l'ambition, je travaillais, je me préparais depuis des années et j'ai consenti à bien des sacrifices. Il était normal que je prie pour que mes espoirs se concrétisent enfin, et alors que je touchais au but, alors que tout était planifié, voilà que c'est arrivé. Si j'avais su !

Qiang s'interrompit. L'émotion l'étranglait.

— Pourquoi est-ce que je te répète tout cela ? Tu le sais déjà, aussi bien que moi, mieux peut-être, mais tu t'en moques.

L'autre rétorqua par un sarcasme. Puis il se mit à fredonner.

— Je m'obstine à te parler pourtant tu ne m'écoutes jamais ! Je suis fatigué de tout cela. De toute façon je n'ai pas le choix. Je ne l'ai jamais eu !

— 个人谁在事故发生前已经恳求魔鬼走出自己的小命太狭隘, 太可怜了...

— Et puis arrête de parler comme ça. Le chinois traditionnel n'est plus utilisé ! C'est ridicule. Tu te crois supérieur ? C'est pour montrer ta différence par rapport à moi, pour marquer ton territoire comme un chien ? Tu es si sûr de toi, si arrogant ! Mais à mes yeux tu n'es rien !

— 我喜欢它, 它更美丽 ! ou Wǒ xǐhuān tā, tā gèng měilì ! si tu préfères. Moi, ça m'est égal.

— Tu es pitoyable ! Comme si parler ainsi faisait de toi quelqu'un.

— Non, moi ça me plaît et c'est dans mes gênes. Tu devrais renoncer tout de suite parce qu'au fond Qiang, tu sais bien qu'un jour je te remplacerai. Ça a déjà commencé. Il te suffit de me le dire, là, maintenant et ce sera terminé.

— Jamais tu entends, jamais je ne renoncerai. Je me battrai jusqu'au bout.

— Comme tu veux ! Mais compte sur moi pour faire ce pour quoi tu m'as appelé. Je te laisserai de moins en moins de place, de moins en moins de temps. Ça arrivera et tu le sais.

— Peut-être mais en attendant notre destin est lié ! Méfie-toi !

L'autre éclata de rire.

— Me méfier ! Tu ne doutes de rien. Après tout c'est toi qui l'as cherché.

Quelqu'un ouvrit le minibar de la chambre. Des bouteilles s'entrechoquèrent.

— On trinque avant que tu partes Qiang, car tu dois t'en aller. Voyons, je boirai bien quelque chose : whisky, vodka, il y a même du champagne.

Anna entendit un bouchon sauter. Soudain, elle crut entendre des coups, comme une bagarre. Elle résista à l'envie de retourner dans son lit et faire comme si elle n'avait jamais rien entendu. Mais peu à peu les bruits s'estompèrent. *Que se passait-il ?* À nouveau, la voix de l'interlocuteur de Qiang résonna :

— Il est l'heure. Même si tu ne le veux pas, tu dois partir. Je lève mon verre au Grand Choix ! Je t'ai assez vu, allez dégage ! Je saluerai de ta part Shany. Elle t'adore tu sais !

Plus aucun bruit. Anna se demanda ce que les deux hommes pouvaient bien faire. À tout moment, elle s'attendait à entendre un claquement de porte. Mais rien ! Rien ! La querelle semblait avoir cessé et seul l'un d'entre eux parlait comme s'il était seul. Le moteur du minibar se mit soudain en marche. *Devait-elle bouger ou bien rester là ? Et Shany qui dormait !* Quelqu'un marchait dans la chambre et, de toute évidence continuait à boire.

*

Figée dans cette position depuis un long moment, Anna voulut remuer. Sa nuque était douloureuse, les muscles de son corps ankylosés, ses mains moites. Délicatement, elle se décolla du mur. Elle fit deux pas en arrière, fixant la tapisserie comme si elle redoutait d'y voir surgir le pire. Tout était redevenu calme, trop peut-être ! Accoutumée à l'obscurité, elle jeta un regard en direction de la chambre. Shany remua dans son lit.

Le silence était complet. Anna ne parvenait pas à rassembler ses idées. *Que faire ?* Elle choisit la solution la plus simple : se recoucher.

Elle se dirigea vers la salle de bains pour boire un peu d'eau et repoussa la porte. Elle ne voulait pas déranger Shany avec la lumière. Elle se regarda longuement, appuyée sur la porcelaine fraîche, la mine défaite. Elle s'interrogeait. *Qui était avec Qiang ?* Elle était fatiguée et avait besoin de dormir. *Dormir ! Comment pouvait-elle l'envisager ? Elle n'avait pas rêvé. Qiang avait bien reçu quelqu'un. Mais qui ? Et pourquoi tout ce bruit !*

Elle en était certaine, elle avait bien distingué le prénom de Shany dans la conversation qui venait de se dérouler à côté. *Que lui voulaient-ils ?* Elle cherchait désespérément une explication plausible à ce qu'elle venait d'entendre mais sans résultat. Tout lui semblait incohérent. Elle renonça à comprendre.

Alors qu'elle s'apprêtait à presser sur l'interrupteur pour éteindre les spots, elle perçut un léger craquement. On aurait dit une souris qui grignotait quelque chose tandis que d'infimes miettes atterrissaient sur le sol. Elle se tourna vers la baignoire d'où provenait le bruit, s'en approcha et vit qu'un peu de plâtre s'amoncelait sur le rebord. Déjà un petit monticule s'était formé. Au-dessus, le porte-savon vibrait légèrement.

— Il n'a pas l'air d'être bien fixé, dit-elle en le saisissant et en le faisant osciller de bas en haut.

À peine appuya-t-elle sur l'objet que celui-ci lui resta dans les mains. De minuscules particules jaillirent aussitôt du trou, suivies de la cheville qui tomba elle aussi.

— Zut ! C'est toujours à moi qu'arrivent ces choses-là.

Elle posa le porte-savon sur le rebord du lavabo, ouvrit le robinet pour se rincer les mains et, au même instant elle entendit des éclats de voix qui provenaient à nouveau de la pièce d'à côté.

— Encore ! se dit-elle. J'en ai assez !

Quelqu'un parlait et riait. Elle prêta d'abord l'oreille, sans trop comprendre puisqu'elle pensait que Qiang était désormais seul.

— Jiǔjīng, qímiào de yǐnliào duì rénlèi. Gàobié qiáng, míngtiān !

Les paroles provenaient bien de chez Qiang, de la salle de bains cette fois.

— Fichtre, ça ne va pas recommencer ! S'il prend un bain, il va se noyer ! Il a trop bu.

— Qīn'ài de Qiang, Wǒ huì jīngqí.

Elle n'avait plus aucun doute. Qiang était saoul et il divaguait. Poussée par la curiosité, Anna plongea un doigt dans le trou afin d'en agrandir l'orifice. Plus qu'entendre, elle voulait voir ce qui se passait. Elle se pencha et plaqua ensuite un œil devant l'orifice. Elle aperçut Qiang qui parlait tout seul. Sa démarche était hésitante et il semblait ivre. Il disparaissait dans la chambre, revenait dans la salle de bains, se parlait à lui-même face au miroir et recommençait. Dans sa main droite, il tenait une bouteille déjà bien entamée. Il se mit alors à parler en français.

— Je vais bien m'amuser demain ! Ce groupe est tristounet. Si je précipitais l'un ou l'une des touristes du haut de la muraille ! Oui, c'est une excellente idée ! J'imagine déjà la tête de Qiang quand il découvrira ce que j'ai fait !

Anna n'en croyait pas ses oreilles. Sous l'emprise de l'alcool, il n'était plus le même et tenait des propos insensés. Il se parlait à lui-même à la troisième personne du singulier. Elle se mit alors à trembler de fatigue et de peur. Puis elle se dit qu'au matin il aurait dessoulé et qu'il ne s'agissait probablement que de paroles en l'air. Mais il continua.

— Mais qui choisir ? L'homme ou alors la femme du petit couple d'Allemands ? Ce serait pas mal ! Ou alors un Russe. Il y en a un qui m'agace avec ses questions et son accent ! Quel cri peut bien pousser un Russe lorsqu'il est projeté dans le vide ? Je dois vérifier. Voyons, réfléchissons ! Suis-je bête ? Il y a bien mieux : la petite Shany !

Qiang disparut du champ de vision d'Anna. Désireuse d'en savoir davantage, la jeune femme scruta méticuleusement les moindres recoins de la petite pièce qu'elle pouvait apercevoir mais en vain. Il avait dû retourner dans la chambre. Peut-être même s'était-il couché puisqu'elle ne l'entendait plus. Elle se redressa et réfléchit. Le calme le plus absolu régnait. Elle colla une dernière fois son œil au trou et fut aussitôt comme propulsée en arrière par la peur. Qiang, le regard injecté de sang, la regardait de l'autre côté. Il lui parla d'une voix calme et inquiétante.

— Anna, je sais que tu es là. Tu as tout entendu, n'est-ce pas ? Prends garde à toi !

Puis, plus rien ! Une porte claqua violemment. Qiang avait quitté sa chambre.

Cette nuit-là, Anna n'accéda même pas à un sommeil agité.

13 LA PART DU VRAI ET DU FAUX

C'était l'effervescence dans le service des urgences du Xiehe hôpital de Pékin. Quelques cas d'appendicites côtoyaient des accidents domestiques, des pathologies cardiaques ou pulmonaires et, au fond d'un couloir au bout duquel une lumière orange clignotait, du personnel en blouse blanche s'activait intensément auprès des patients les plus gravement atteints. Qiang était de ceux-là, récemment admis au service des urgences. Des perfusions pendaient au-dessus de son visage et il était relié à une machine qui évaluait sa fréquence cardiaque et à une autre qui calculait son taux d'oxygène dans le sang. Comme dans beaucoup d'hôpitaux modernes, une caméra filmait en permanence le patient, contrôlée à intervalles réguliers par une infirmière.

À l'étage supérieur, Guo Sen, le médecin qui l'avait secouru quelques heures plus tôt, était attablé au réfectoire, avalant son troisième café. Il ne parvenait pas à prendre la seule décision qui s'imposait : rentrer et dormir. Les traits tirés, les lèvres exsangues, les mains hésitantes, il remuait une cuillère dans sa tasse de façon machinale. Une partie du café se renversa sur la table sans qu'il s'en aperçût. Une consœur vint s'asseoir à côté de lui :

— Je pense que tu ne devrais pas rester ici. Rentre chez toi au lieu de boire des cafés les uns après les autres. Fuo Sin est parti. Tu as fait ce que tu pouvais. On m'a dit que la nuit avait été éprouvante.

— Éprouvante ! C'est le mot qu'ils ont employé ? Éprouvante, c'est un euphémisme ! Si seulement elle n'avait été qu'éprouvante, je ne serais pas dans cet état !

— Je sais, ajouta-t-elle pour le réconforter, Fuo Sin m'a tout expliqué. C'est vraiment très étrange.

— Tu ne peux pas comprendre ! Il n'y a rien à expliquer et il n'y a rien d'étrange. C'est tout simplement impossible, tu entends Fang ? Impossible !

— C'est aussi ce que Fuo Sin a dit mais je voulais l'entendre de ta bouche. Écoute-moi : chacun ici sait que tu es un médecin exceptionnel, sans doute le meilleur. Nul ne se permettrait de mettre en doute tes affirmations. Ce que tu as vécu aurait pu arriver à n'importe lequel d'entre nous. Crois-moi !

L'interne la regarda mais il ne répondit rien, concentrant son attention sur la vapeur qui s'élevait de sa boisson. Il y avait peu de monde à cette heure-là dans le réfectoire mais le personnel qui y entrait les regardait.

— Si tu voyais ta mine : on dirait un déterré ! L'équipe de jour a pris le relais auprès de ceux que tu as sauvés cette nuit. Il n'y a pas que le cas de ce jeune homme. Tu as secouru trois autres personnes et elles sont en vie. Alors, cesse de te tourmenter, rentre chez toi et dors.

Elle se leva, se servit un café au distributeur et revint s'asseoir. Un autre médecin, le responsable du service des urgences de jour, venait d'arriver, accompagné d'un anesthésiste. Ils s'installèrent à la table juste à côté d'eux, ignorant toutes les autres places libres.

— Alors cher collègue, lança-t-il sarcastique, tu sillonnes les routes, la nuit, pour sauver des cadavres vivants ?

Tous deux étouffèrent fort mal des rires moqueurs.

— J'ai examiné ton patient, l'accidenté de la route, le fameux Qiang Mong, celui pour lequel tu as signé l'acte de décès. Il se porte comme un charme ! Il a seulement quelques contusions bénignes. Bien entendu, je n'ai pas pratiqué l'embolisation que tu préconisais dans ton premier rapport, avant de le déclarer mort.

Il prit un ton goguenard et continua :

— Heureusement que tu as rectifié le document après avoir constaté la résurrection de ton patient, sinon on aurait eu un gros problème à la morgue. Soyons sérieux : je ne le garderai pas en réanimation contrairement à ce que tu suggérais, cela va de soi. Je le place en observation pour quelques jours puis il rentrera chez lui.

Le praticien avait débité sa tirade en toisant son principal rival dans le service. Il le fixait d'un air de défi. Les yeux rouges et larmoyants à cause de la fatigue, Guo Sen lui répondit :

— Fais comme tu veux, ce n'est plus mon problème mais le tien et s'il se passe quoi que ce soit que tu ne puisses pas maîtriser ou que tu ne comprendrais pas, appelle-moi ! Entre collègues il faut se montrer solidaires, n'est-ce pas !

Il porta la tasse à ses lèvres et but une gorgée de café.

Visiblement l'autre n'apprécia pas la réflexion. Il repoussa sa chaise d'un geste brusque puis se ravisa. Guo Sen, intérieurement blessé par les propos de son confrère, passa outre les allégations et les calomnies. Il reposa sa tasse et se leva. Il tapota l'épaule de Fang Li à deux reprises, en signe d'amitié et quitta le réfectoire avant de disparaître derrière les portes automatiques.

Dans le service des soins intensifs, on surveillait les indices vitaux de Qiang même si on ne savait pas vraiment ce qu'il fallait craindre. I.R.M, scanner, tous les examens avaient été pratiqués et il fallait se rendre à l'évidence : le polytraumatisé de la nuit se portait bien. Des curieux, membres du personnel de l'hôpital ayant entendu parler de l'affaire, se rendaient dans le service pour constater, de visu, l'état du blessé. Certains disaient de lui que c'était un miraculé. D'autres murmuraient que Guo Sen n'avait pas été à la hauteur, ou que pour tenir le rythme des gardes il se droguait. Cependant, la grande majorité convenait que ces hypothèses ne cadraient pas avec l'éminent médecin qu'il avait toujours été. De plus, Fuo Sin confirmait en tout point les constats de Guo Sen et avait lui aussi apposé sa signature sur l'acte de décès avant de cosigner la demande d'hospitalisation du ressuscité à Xiehe. La déclaration du chauffeur du véhicule chargé de ramener les deux corps était plus déconcertante. Lui aussi était hospitalisé. Malgré sa bouche édentée, il ne cessait de répéter qu'il avait été agressé par un mort. Comme il était arrivé dans un état d'agitation extrême, il était sous sédatifs. Depuis, il dormait.

Après l'altercation au réfectoire, Fang Li quitta elle aussi les lieux pour rejoindre son service. Elle se rendit auprès de Qiang, dans la chambre 125. Il reposait, les yeux fermés. Elle prit son poignet pour vérifier son pouls. Le jeune homme se réveilla.

— Je suis le docteur Fang Li. Ne soyez pas inquiet.

— Je ne le suis pas. D'ailleurs, je ne souffre pas. Je crois que j'ai eu de la chance, une sacrée chance.

— On peut le dire ainsi ! Vos jours ne sont pas en danger mais nous préférons vous garder en observation, c'est plus prudent. Vous souvenez-vous de ce qui s'est passé exactement ?

— Je me souviens de certains moments seulement. J'étais dans la voiture avec un ami. On m'a dit qu'il était mort.

— En effet, je suis désolée !

— On m'a dit que je roulais peut-être trop vite et je n'ai pas vu le camion devant moi.

— C'est ce qu'on m'a dit aussi.

— Pour le reste, c'est le trou noir et je me rappelle seulement avoir eu mal, très mal.

— Où aviez-vous mal ? Montrez-moi précisément.

— Dans la poitrine, au niveau des côtes et puis ma tête me faisait terriblement souffrir. Ensuite, j'ai dû m'évanouir car je ne sais plus. Je me rappelle que, plus tard, il y a eu du bruit. C'est ce qui a dû me réveiller. Sans doute les secours qui intervenaient. J'ai cru entendre du monde autour de moi. Les pompiers ont dû me sortir du véhicule et après j'ai vaguement discerné des hommes en blanc. Mais tout est très flou.

— Les hommes dont vous parlez sont les docteurs Guo Sen et Fuo Sin, des urgentistes de cet hôpital. Ils se sont très bien occupés de vous. Ils sont très compétents et vous en êtes la preuve vivante.

— J'aimerais les remercier si c'est possible.

— Bien entendu mais pas dans l'immédiat. Tous deux sont rentrés se reposer. Ils ont effectué d'autres interventions avant la vôtre. Leur nuit a été longue. Il faut vous reposer maintenant. Je constate que vous avez vraiment tous vos esprits. Cependant ne surestimez pas vos forces, un accident est toujours déstabilisant. Ménagez-vous et dormez, cela vous fera le plus grand bien. Le personnel veille sur vous et le docteur Yong Me, responsable du service, passera vous voir d'ici un moment.

— Un instant docteur Fang Li !

— Oui !

— Vous ne m'avez pas parlé du troisième médecin présent sur les lieux de l'accident !

— Il n'y a jamais trois médecins dans nos équipes d'intervention. Comme je vous l'ai dit, il y avait les docteurs Guo Sen et Fuo Sin, c'est tout. C'est d'ailleurs exceptionnel. Habituellement il n'y a qu'un médecin. Ce soir-là l'infirmier était absent. Fuo Sin l'a remplacé.

— Je suis absolument certain qu'il y avait une troisième personne en blanc. Elle m'a tenu la main au moment le plus difficile alors que je souffrais et que je pensais y rester.

— C'est possible mais vous devez certainement confondre avec un des secouristes ou un pompier. Ils sont rapides et se trouvent souvent sur les lieux avant nous. Vous vous trompez sans doute dans la chronologie des faits.

— Je ne pense pas qu'il s'agissait d'un secouriste. Les deux médecins que vous évoquez étaient déjà auprès de moi. Je m'en souviens bien, je les entendais parler même si j'étais dans un état second. Quoi qu'il en soit, secouriste ou pas, quelqu'un était bien là quand j'ai cru mourir, j'en suis sûr !

— Mais vous êtes m…

Fang Li se ravisa. Même si le patient semblait avoir tous ses esprits, de tels propos pouvaient le choquer. Elle doutait d'ailleurs elle-même du mot qu'elle avait failli prononcer.

— Que vous a-t-il dit d'autre ?

— Alors que je ne sentais plus mon corps et que j'avais l'impression de flotter, il m'a promis que je vivrais. Il m'a demandé de répéter ses paroles. Je veux le remercier comme les autres. Je suis convaincu que sans lui je ne serais plus là !

— Je vais me renseigner, conclut-elle afin de clore une discussion dont elle ne savait comment s'extirper. Il est inutile de nous remercier, c'est notre métier. Comme je vous l'ai dit, le docteur Yong Me s'occupera de vous à présent. Je dois vous laisser. J'ai d'autres patients à visiter.

Elle allait quitter la pièce quand une question lui traversa l'esprit :

— Au fait, Monsieur Mong…

— Vous pouvez m'appeler Qiang !

— Au fait, Qiang, à quoi ressemblait cette personne dont vous parlez ?

— Je vais essayer de vous la décrire, ce sera plus simple. C'est un homme jeune, grand, de type asiatique. Il avait le regard très noir.

— L'adonis dont vous faites le portrait vous ressemble un peu en fait ! Ne trouvez-vous pas ?

— Peut-être ! fit Qiang dubitatif.

— Pour une personne qui a subi un choc aussi violent, je trouve que vous vous rappelez plutôt bien des événements qui se sont déroulés après l'accident ! Bon, ce n'est pas le plus important pour le moment. Ce qui compte, c'est que vous alliez bien.

— Alors qui était auprès de moi cette nuit ? Qui m'a dit « tu veux vivre, tu vivras » ? Qui a fait en sorte que soudain je n'ai plus ressenti cette douleur dans la poitrine ?

— Sachez jeune homme que vous devez d'être en vie aux efforts conjugués de toute une équipe : les secouristes, les pompiers et les médecins. À présent, vous devez vous reposer.

Tout en parlant, Fang Li avait appelé une infirmière. À sa demande, cette dernière injecta un liquide dans le tuyau auquel Qiang était relié. Quelques instants plus tard, Qiang avait retrouvé sa sérénité et dormait paisiblement.

Fang Li s'avança jusqu'au jeune homme, le regarda un moment puis elle sortit de la chambre. Sa main s'éternisa sur la poignée. Elle était perdue dans ses réflexions. Guo Sen avait dit vrai. Elle n'en avait jamais douté. L'intervention de la nuit avait été plus qu'étrange et désormais, Qiang lui-même tenait des propos qui ne cadraient pas avec la réalité, même si l'accident l'avait inéluctablement traumatisé. Rien de ce qui se passait n'était normal. Elle cherchait à comprendre en vain. Il lui faudrait attendre pour obtenir des réponses à ses nombreuses questions, attendre pour faire la part du vrai et du faux !

14 L'ENJEU

Que fallait-il faire ? Réveiller Shany pour lui révéler ce qu'elle venait de voir et d'entendre ? Jamais elle ne la croirait. Comment accepter des propos aussi étonnants que ceux qu'elle devrait lui tenir ? Et puis, ces révélations anéantiraient ce qu'elle venait de lui dire sur la belle histoire qu'elle risquait de laisser filer. Shany s'interrogerait, douterait et finirait certainement par dire que c'était invraisemblable.

La laisser dormir, afin de décider au petit matin de ce qu'elle ferait, était une autre option.

Anna avait beau retourner le problème, elle ne parvenait pas à se décider. Il y avait autre chose. Désormais, Qiang lui faisait peur et elle n'avait pas l'étoffe d'une héroïne. Elle savait qu'elle devrait tout révéler à Shany à un moment ou à un autre. Elle ne se pardonnerait jamais s'il arrivait quoi que ce soit à son amie.

Au matin, le soleil s'introduisit subrepticement dans la chambre sous l'apparence d'un rayon tamisé. Anna n'avait pas fermé l'œil de la nuit. Elle avait pris une décision : ne rien confier à Shany dans l'immédiat et se contenter de veiller sur elle. Pour se rassurer, elle se disait par moments que les menaces n'étaient peut-être que des paroles en l'air car, après tout, Qiang avait beaucoup bu. Cependant, ses derniers propos étaient clairs et elle se les était répétés à maintes reprises depuis : « Prends garde à toi ! ».

— Bonjour, fit Shany en s'étirant. J'ai vraiment bien dormi. J'étais si fatiguée hier. Cette fois je n'ai pas fait de mauvais rêve ! Et toi ?

— Moi aussi, j'ai bien dormi, mentit-elle.

— Il fait beau si je me fie à ce petit rayon de soleil !

— Oui, le ciel doit être dégagé !

*

Deux heures plus tard, le groupe s'installait dans le téléphérique qui allait le hisser sur la muraille pour visiter le tronçon Mutianyu, le plus touristique. Qiang s'était occupé des réservations. À bord de la cabine, il resta debout en face de Shany. Anna, assise à côté d'elle, l'observait.

— Vous avez une petite mine, Anna, ce matin.

Les effets de l'alcool s'étaient probablement dissipés. Était-il volontairement sarcastique ou ne se rappelait-il plus rien ?

— Je voulais absolument terminer un livre alors j'ai peu dormi, fit-elle ne trouvant pas d'autre excuse.

Finalement, c'était vrai. Cette dernière nuit, totalement blanche, l'avait épuisée. Mais plus encore, l'allusion de Qiang l'avait déstabilisée. Ses mains devinrent moites. Elle ne savait que penser de lui et redoutait cette journée. Un signal retentit. Les portes du téléphérique se refermèrent et la cabine commença à grimper.

Arrivés au sommet, ils découvrirent un paysage somptueux mais différent de la veille. Qiang laissa filer le groupe et Shany qui, poussée par la curiosité, en oublia son amie. Coincée par d'autres passagers, Anna sortit la dernière de la cabine. À ce moment-là, Qiang surgit devant elle. Elle sursauta. Sa voix d'ordinaire si claire tremblotait.

— Vous m'avez fait peur !

— Désolé, fit Qiang. Je m'inquiétais à votre sujet. Êtes-vous suffisamment en forme pour attaquer le parcours ?

— Oui, je vais bien !

— N'hésitez pas à m'appeler en cas de problème. Je suis là pour vous aider.

Elle l'écoutait mais ne savait que comprendre. Le sens de ses paroles contrastait avec le ton de sa voix.

— Je vous remercie mais ça va aller.

— Bon très bien. Je rattrape les autres car j'ai quelques explications à donner et je veux rejoindre Shany pour lui parler.

— Ah ? Et de quoi voulez-vous lui parler ?

— Vous êtes bien curieuse, remarqua-t-il de façon presque désobligeante.

Et il ajouta immédiatement :

— Je dois vous abandonner car je vois que les autres ont atteint un promontoire réputé dangereux. Chaque année, on y déplore des chutes mortelles. Mais vous, prenez votre temps pour monter !

Elle n'eut pas le temps d'ajouter le moindre mot qu'il avait déjà détalé. Il s'était montré prévenant et en même temps ses paroles pouvaient avoir un double sens. Il l'avait regardée droit dans les yeux, en lui parlant, mais elle l'avait trouvé différent. Ce n'était plus le même homme que celui de la place Tian'anmen, comme s'il était un autre. C'en était trop pour elle et la fatigue de la nuit aidant, elle faillit se mettre à pleurer. Elle se ravisa, reprit son courage à deux mains et commença à monter. Tout en marchant, elle réfléchissait.

Elle pensa un moment prévenir la police mais que pourrait-elle déclarer ? *Qu'elle avait vu et entendu le guide boire et divaguer ?* Elle pouvait aussi essayer de persuader Shany d'écourter le voyage. *Mais quel motif invoquer ?* Elle était dans une impasse. Il lui faudrait donc trouver un autre moyen afin de sortir de ce piège. Autour d'elle, rien ni personne ne lui était familier. Elle comprit alors qu'en cas de problème, elle ne serait qu'une goutte d'eau dans l'océan et que l'océan risquait de se déchaîner.

De loin, Anna aperçut Qiang qui avait rejoint le groupe. Elle le voyait montrer du doigt des points à l'horizon. Les autres s'étaient regroupés autour de lui sauf Shany qui se tenait à l'écart, semblant absorbée par les photographies qu'elle prenait. Elle ne prêtait qu'une oreille à ses explications mais se retournait régulièrement vers lui. Lorsque Anna arriva à sa hauteur, son amie lui sourit.

— Tu ne te sens pas bien ?

— Si, ça va ! J'ai lu trop tard dans la nuit. Je suis un peu fatiguée mais je vais assurer, comme d'habitude !

— Tant mieux alors. Je voulais aussi te dire, Anna…

Shany parut embarrassée. Elle avait relâché son appareil qui pendait à son cou. De la pointe du pied, elle esquissait des formes géométriques dans la terre.

— Finis ta phrase ! Quand tu hésites comme ça, c'est que tu me caches quelque chose.

— Pas vraiment mais vois-tu, j'ai bien réfléchi hier, avant de m'endormir et ce matin encore à la proposition de Qiang. J'ai repensé à tes paroles et je me suis dit que tu avais raison. À force de fuir, je vais finir par avoir des regrets et par passer à côté de ma propre vie. J'ai décidé d'accepter son invitation mais je voulais d'abord t'en parler. Après tout, ce ne sera probablement qu'une excursion dans le Sichuan et rien de plus !

Pour Anna, la situation se compliquait. La veille, elle avait tenté de convaincre son amie d'accepter et elle aurait maintenant voulu la persuader du contraire.

— Tu ne dis rien ! fit remarquer Shany.

Anna essayait de trouver une réponse plausible.

— Je pensais que tu approuverais tout de suite !

Elle devait absolument répondre. *Que dire ?*

— C'est super et je suis contente pour toi. Mais je t'avoue que rester seule m'ennuie un peu, improvisa Anna.

— Tu plaisantes ! Tu voulais que j'accepte, c'est fait et maintenant si je comprends bien, tu préférerais que je reste avec toi !

Anna l'interrompit.

— Tu as déjà donné ta réponse à Qiang ?

— Non, pas encore mais je compte le faire tout à l'heure. Pourquoi ?

— Ce serait mieux pour moi, si tu programmais cette excursion avec Qiang vers la fin du séjour, le temps que je m'habitue davantage au groupe.

— Je ne choisis pas la date. L'avion est déjà réservé et ma décision est prise. Et puis, si ça ne t'ennuie pas, j'aimerais passer une partie de l'après-midi avec lui. Nous avons deux ou trois choses à nous dire.

Sans attendre de réponse, Shany tourna les talons et s'inséra dans le groupe. Qiang détaillait les magnifiques créneaux qui se trouvaient de part et d'autre, et dévoilait l'origine du nom Mutianyu :

— Mutianyu est composé de *moo-tyen-yoo* qui signifie « Admirez champs et vallées ». C'est une des portions les plus sauvages de la muraille, un véritable chef-d'œuvre de restauration qui comporte 22 tours de guets. 1500 ans d'histoire l'accompagnent et c'est l'empereur Hongwu…

Pendant près de 10 minutes, il étala son savoir, répondit aux questions qui fusaient, un œil sur le groupe, l'autre sur Anna, restée en retrait.

— Bon, conclut-il. Je ne vais pas vous retenir ici toute la matinée. Maintenant que vous connaissez l'histoire de ce tronçon, je vous invite à le parcourir librement. Nous nous retrouverons ici dans quatre heures. Bonne balade !

Anna vit Shany et Qiang discuter puis son amie l'interpella alors que les autres commençaient à s'éloigner.

— À tout à l'heure Anna. Que vas-tu faire ?

— Peut-être rejoindre les autres ou rester seule pour profiter du panorama. Ne vous en faites pas pour moi, je saurai m'occuper.

— À plus tard !

— Je l'espère ! murmura Anna entre ses dents, se sentant abandonnée par son amie.

Si Qiang avait un plan qui consistait à séparer les deux femmes, il n'avait pas eu à le mettre à exécution. Shany s'en était involontairement chargée. Anna resta seule un moment à les regarder s'éloigner, hésitant sur la conduite à tenir : visiter le site en faisant comme s'il n'y avait aucun risque ou pister le couple. Après quelques instants de réflexion, elle fut prise de regrets. *Elle aurait dû raconter à Shany ce qui s'était passé pendant la nuit pour qu'elle soit sur ses gardes.*

Et si Qiang la précipitait vraiment dans le vide comme il l'avait dit sous l'emprise de l'alcool ! L'affolement finit par gagner la jeune femme restée seule au milieu des remparts. N'ayant pas d'alternative, elle décida donc de les suivre. Déjà, ils n'étaient plus qu'une vague forme au loin, perdue dans la foule. Il y avait beaucoup de monde sur la muraille, plus que la veille. Commettre un meurtre serait très compliqué. *Un meurtre !* Jusqu'à présent elle n'avait pas pris conscience de la gravité de la situation mais la seule évocation du mot « meurtre » la fit tressaillir. Elle accéléra le pas, courant presque, ne ressentant plus la fatigue liée à la nuit passée. Il lui fallait rattraper son amie pour essayer de la protéger. La forme au loin se rapprocha progressivement mais pas assez vite au gré d'Anna dont la marche était gênée par l'affluence des visiteurs. Le couple ne marchait pas très vite et Shany prenait fréquemment des photos. Quand Anna fut suffisamment proche, elle s'arrêta et reprit son souffle. Embusquée derrière un groupe de touristes, elle ne pouvait pas être repérée. Elle resta ainsi un moment aux aguets. Chaque fois que Qiang et Shany bougeaient, elle les suivait mais restait à une distance raisonnable. Ni l'un ni l'autre ne l'avaient remarquée.

Elle était absorbée par sa filature quand un inconnu l'accosta !

— Mademoiselle !

15 YONG ME

Le docteur Yong Me commença son service par un tour rapide auprès des patients. Il préférait consulter leurs dossiers sur ordinateur plutôt que de supporter leurs jérémiades. Aussi expédiait-il souvent cette tournée obligatoire qu'il détestait. À l'hôpital, il avait réussi à obtenir le poste de responsable du service de jour, laissant le travail de nuit, plus contraignant, aux autres. Cependant, avec l'âge, il récupérait de moins en moins bien et, à la fin de la journée, la fatigue se faisait sentir.

Lorsqu'il arriva devant la chambre 125, il eut un curieux pressentiment. Il ressentit une sorte de malaise indéfinissable. Il poussa la porte et fut stupéfait de voir qu'une abondante fumée flottait dans la pièce.

— Mais que se passe-t-il ici ? demanda-t-il en s'adressant au patient assis sur le rebord de son lit, dos à lui.

Celui-ci ne répondit pas.

— Monsieur, ohé monsieur, euh Qiang Mong, fit-il, en consultant rapidement la feuille cartonnée placée à proximité de l'entrée. Je vous parle !

Qiang jeta un regard indifférent par-dessus son épaule mais il ne bougea pas. Le médecin fut alors pris d'une quinte de toux.

— C'est irrespirable ici ! D'où vient cette fumée ?

Yong Me venait de contourner le lit. Il sortit une clé plate afin de déverrouiller la fenêtre pour aérer la pièce. Il se planta ensuite face au patient. Qiang l'ignora comme s'il était transparent, un énorme cigare à la bouche l'occupant davantage. Il tira une bouffée qu'il souffla en direction du médecin penché vers lui.

— C'est vous qui fumez ? C'est interdit ! Vous savez que vous êtes dans un hôpital et que les détecteurs peuvent se déclencher à tout moment. Un cigare en plus ! C'est la première fois que je vois ça.

L'air était suffocant. Les yeux de Yong Me étaient irrités et, depuis qu'il était entré, il éprouvait constamment le besoin de se racler la gorge. Tout en parlant, il regardait autour de lui et il finit par découvrir une tasse pleine de restes d'autres cigares. Certains, mal éteints, se consumaient encore.

— Éteignez immédiatement ce cigare !

— Je n'ai pas d'ordre à recevoir de vous ! répondit Qiang étonnamment calme. Quand pourrai-je sortir ? J'ai à faire et je ne veux pas m'éterniser ici !

Il se tut un instant et jeta une nouvelle bouffée de son cigare à la cannelle et au gingembre dans les yeux du médecin.

— Dites donc Qiang…

Yong Me se mit à tousser et ne put achever sa phrase.

— Monsieur Qiang Mong ! rectifia ce dernier.

— Peu importe ! Vous étiez plus poli hier lorsque je vous ai examiné.

— Fichez-moi la paix ! Soit vous me laissez sortir, soit vous dégagez ! Vous voyez cette porte ? Vous allez l'ouvrir et sortir immédiatement ! C'est compris ?

— Je vous interdis de me parler ainsi. Pour qui vous prenez-vous ? Je suis le professeur Yong Me, responsable des urgences de jour dans cet hôpital. Je vous prie de me respecter.

À ces mots, Qiang se mit à rire. Il posa calmement son cigare sur le rebord de la table de chevet et attrapa Yong Me par le col de sa blouse blanche. Celui-ci se sentit brutalement décoller. Seuls ses orteils restèrent en contact avec le carrelage. Il aurait voulu appeler à l'aide mais il en était incapable autant qu'il craignait de le faire. Son agresseur le fixait droit dans les yeux et le maintenait d'une poigne de fer.

— Écoute-moi bien petit docteur ! Je fais toujours ce que je veux et ce n'est pas un gars dans ton genre qui va me dicter ma conduite. Non mais tu t'es bien regardé ! Tu es aussi large que haut. Tu ressembles à une barrique et je ne reçois pas d'ordre d'une barrique ni de personne d'ailleurs. Tu te crois tout-puissant parce que tu es docteur mais justement, tu n'es qu'un tout petit docteur et pour moi tu n'es rien. Alors tu vas aller signer mon ordre de sortie sur le champ !

Yong Me n'en menait pas large. Étranglé dans sa blouse, il ne parvenait qu'à balbutier des onomatopées ou des sons gutturaux dénués de sens. Il n'avait pas l'habitude d'être traité ainsi. Le regard fixe et démesuré de Qiang l'inquiétait au plus haut point. Sur ses tempes, il voyait ses vaisseaux sanguins saillants battre lentement, de façon régulière. Qiang maîtrisait parfaitement la situation et le médecin crut, un instant, qu'il allait le tuer. Il avait en face de lui non pas un patient mais un déséquilibré mental ou un psychopathe bien différent de celui qu'il avait rencontré la veille. Il étouffait. Sous sa puissante étreinte, il commençait à manquer d'air.

Qiang lâcha subitement son pantin qui, tout en se massant la gorge, zigzagua jusqu'au couloir. Il sortit aussitôt en refermant la porte derrière lui. Il s'arrêta un peu plus loin, se mit à tousser et à inspirer bruyamment. Il lui semblait que sa trachée avait été broyée. Le visage bleui, il ressemblait à un noyé sauvé *in extremis* et amené sur la berge. Dans la chambre, Qiang impassible s'allongea sur le lit, plaça une main sous sa tête, reprit un nouveau cigare et se remit à fumer. Il semblait réfléchir.

Une heure plus tard, le médecin avait recouvré ses esprits mais il demeurait hors de lui. Il ne supportait pas d'avoir été malmené et humilié dans son propre service. Il réunit plusieurs infirmiers pour leur expliquer la situation et donner ses instructions. Qiang allait savoir de quel bois il se chauffait.

— Que se passe-t-il dans ce service ? Le type de la 125 fume dans sa chambre. Il a totalement perdu la tête et il est devenu incontrôlable. Il représente un danger pour lui et pour les autres. Vous allez lui administrer un tranquillisant pour qu'il dorme, vous m'avez compris, je veux qu'il dorme ! J'ai déjà noté sur le tableau la prescription et les dosages à lui administrer. Soyez prudents tout de même, c'est un vrai forcené !

Le médecin éprouvait des difficultés à s'exprimer et il passait constamment la main sur sa gorge. Pour mieux respirer, il avait déboutonné sa blouse et son cou rougi n'échappa à personne. Les questions et les suggestions fusèrent :

— Il vous a attaqué monsieur ?

— Il a cherché à vous étrangler ?

— S'il est devenu fou, pourquoi ne pas le transférer en psychiatrie ?

— Vous a-t-il menacé ? Ne faudrait-il pas le signaler à la police ?

— Non, c'est inutile, coupa aussitôt Yong Me. Avec le sédatif que vous allez lui administrer, il sera sous contrôle. C'est la meilleure chose à faire pour le moment !

Tout le monde acquiesça, comprenant entre les mots que la situation avait échappé à Yong Me. Ses directives relevaient plus d'un désir de vengeance que de la volonté de protéger un patient dangereux pour lui-même.

Quatre infirmiers, habitués aux malades les plus récalcitrants, firent irruption dans la chambre 125. Ils entrèrent, étonnés de trouver Qiang particulièrement calme. Il lisait. Il les salua, posa son journal et les laissa faire sans objecter. Il les regardait, amusé et docile, installer des sangles et une large ceinture abdominale, qui devaient l'immobiliser. Une infirmière, assez jeune, s'approcha ensuite de lui une seringue à la main :

— Ne craignez rien monsieur, ce ne sera pas douloureux !

— Faites, mademoiselle, faites ce qu'on vous a dit de faire !

Puis il se détendit complètement afin de la laisser procéder à l'injection. Elle posa un garrot et du bout des doigts elle tâta l'avant-bras, repéra une veine et piqua l'aiguille. Elle injecta ensuite le liquide. Les yeux de Qiang plongés dans son décolleté se délectaient de la courbe de ses deux seins.

— Voilà qui est fait. Vous allez dormir et vous vous sentirez mieux après !

Les paupières du patient se mirent à papillonner et tous ses muscles se relâchèrent. Un instant plus tard, il dormait. Les infirmiers qui l'entouraient tournèrent les talons et quittèrent la pièce.

— Dis donc, Yong Me nous a bien dit qu'il était fou furieux, déclara l'un d'eux.

— Je crois que c'est Yong Me qui ne tourne pas rond. Ce gars ne correspond pas au portrait qu'il nous en a fait.

— Il voulait qu'il dorme, il dort. Le reste ne nous regarde pas. C'est lui le chef du service.

Dans le couloir, une lumière clignotait. Un malade avait besoin d'eux. Le débat fut donc clos mais à l'hôpital Xiehe d'autres problèmes attendaient, latents pour le moment.

*

L'incident entre Yong Me et Qiang Mong alimenta, des jours durant, les rumeurs et le personnel ne pouvait s'empêcher de jaser. Sur ordre du médecin, le patient fut maintenu sous sédatifs.

Comme à son habitude depuis l'incident, un matin, Yong Me finit sa tournée par la chambre 125. Lui, qui avait été à sa merci, se délectait de pouvoir contempler le jeune homme vulnérable sur son lit. Il jubilait. Lorsqu'il entra dans la chambre, il avait le sentiment d'être puissant, presque investi par les dieux. Ce dont il ne se doutait pas, c'est que Qiang l'attendait de pied ferme.

*

Le docteur Guo Sen dormait profondément quand le téléphone sonna. Il ne décrocha qu'à la quatrième sonnerie.

— Docteur Guo Sen ?

— Oui, répondit-il, encore perdu dans ses rêves.

— Bonjour docteur. Ici le secrétariat de Xiehe. Vous êtes appelé de toute urgence à l'hôpital.

— Il est encore tôt mademoiselle et même si je ne suis pas très réveillé, je sais que je reprends mon service à 21 heures. D'ici là, d'autres médecins figurent sur le tableau des urgences ! Voyez avec eux !

— C'est exact docteur mais il s'agit d'autre chose !

— Que se passe-t-il ?

— C'est à propos du docteur Yong Me que je vous appelle !

Guo Sen pensa qu'il avait encore fait des siennes et qu'il avait cette fois agressé verbalement Fuo Sin. L'animosité couvait depuis quelques jours. Elle devait éclater à un moment ou à un autre. Il n'aurait pas été surprenant qu'il ait demandé une enquête à propos du cas de Qiang Mong mort puis ressuscité. Dans l'hôpital, la tension était palpable et deux clans s'étaient formés, la majorité rangée aux côtés de Guo Sen et de Fuo Sin qui étaient plutôt estimés.

— Quel est le problème ?

— C'est difficile à dire docteur !

— Mademoiselle, je suis fatigué. J'ai travaillé toute la nuit et je suis rentré il y a à peine deux heures. Alors s'il vous plaît, donnez-moi la raison de votre appel et cessez de tourner autour du pot !

Il s'était assis sur le bord du lit et tentait de s'étirer.

— Le docteur Yong Me est mort monsieur !

— Mort, Yong Me ? C'est impossible ! La dernière fois que je l'ai vu, il allait très bien. Qu'est-il arrivé ?

— Il est tombé d'une fenêtre de l'hôpital.

— D'une fenêtre ? Comment a-t-il pu basculer ? Les fenêtres sont normalement fermées, l'hôpital est climatisé.

— Il est tombé de la fenêtre de la chambre 125. Elle était déverrouillée.

— De la chambre 125, celle de Qiang Mong ?

— C'est cela docteur, en effet ! Nous avons appelé la police et le docteur Fang Li est là, avec nous. Elle a ordonné de placer le patient dans une autre chambre. C'est elle qui a demandé que l'on vous appelle. Je suis désolée de vous avoir réveillé.

— Ne vous excusez pas mademoiselle. Les circonstances sont exceptionnelles. Et le patient de la chambre, où était-il quand cela s'est produit ?

— On l'a retrouvé allongé sur son lit. Il était toujours sédaté, il n'a rien pu voir ni entendre. Il dormait.

— Il dormait ?

— Oui, vous avez bien entendu, il dormait. Cela ne fait aucun doute puisqu'on venait juste de lui administrer une nouvelle dose de somnifères.

— Bon, dites au docteur Fang Li que j'arrive tout de suite.

Il raccrocha.

Dans la chambre 125, le silence régnait. Il n'y avait plus aucune trace de cigare, aucune volute de fumée. Qiang, confortablement installé au numéro 127, dormait du sommeil paisible de l'innocent. Il savait que le lendemain serait pour lui un tout autre jour. Il en était ainsi désormais !

16 LE TEMPS D'UN OBJET OUBLIÉ

Paris. Des années auparavant.

Un objet, juste un objet oublié !

Le duplex jouissait d'une vue splendide sur Paris et d'un ensoleillement sans pareil. Le quartier où il se trouvait suscitait l'intérêt des spéculateurs immobiliers car la Tour Eiffel était proche. Ce secteur de la capitale française était convoité par les plus grandes fortunes qui rêvaient de posséder un pied-à-terre proche des Champs-Élysées, du Louvre ou de Notre-Dame. Paris était désiré.

Malgré cela, il n'avait pas été difficile à l'homme d'affaires le plus discret et l'un des plus influents du moment, de dénicher les 300 mètres carrés promis à son épouse. Lisa Morand en avait toujours rêvé : un duplex parqueté et marqueté, proche de la plus prestigieuse avenue de la capitale. Avocate de formation, elle dirigeait désormais, avec son mari, leurs sociétés de produits de beauté et de joaillerie.

À l'occasion de leur cinquième anniversaire de mariage, tous deux s'étaient établis dans leur cocon parisien, heureux et comblés. Trois ans plus tard, ils y fêtaient une naissance et bien des années après, leurs noces de porcelaine, entourés d'amis venus du monde entier. La presse internationale se fit l'écho de leur réussite restée longtemps à l'abri des convoitises. Les journaux américains, australiens, chinois, pour ne citer qu'eux, évoquèrent leur empire et vantèrent les mérites de leurs actions menées auprès d'œuvres caritatives. Pour la première fois, leurs photos s'étalaient à la une, tout près de la dernière interview d'Angelina Jolie et de Brad Pitt, de la conférence sur le réchauffement climatique ou du conflit syrien. Mais le devant de la scène ne faisait pas partie de leurs priorités et ils préféraient se conformer à l'adage : « pour vivre heureux, vivons cachés ! ». L'anonymat était donc retombé sur eux comme une chape de plomb dans laquelle une brèche avait pourtant été creusée. Le monde entier savait désormais qu'ils existaient et où ils vivaient.

*

— Je crois que nous allons être en retard si tu ne te dépêches pas ! fit remarquer Lisa à son mari qui ne voulait pas se montrer.

— Je ne sais pas où je l'ai mise ! C'est probablement toi qui as dû la ranger.

— Je suis certaine que non et puis qu'est-ce que cela fait si tu ne la portes pas ce soir ? Ce n'est pas grave. Tu n'y as jamais accordé beaucoup d'importance.

Dans le dressing attenant à la chambre à coucher, William continuait à ouvrir des tiroirs et à fouiller. Pendant ce temps-là, Lisa s'impatientait près de la porte d'entrée.

— Le taxi est déjà là depuis un bon moment, Will.

— Chérie, il est impensable de ne pas la porter à cette occasion. Je dois la retrouver et comme je ne la sors jamais, je ne sais plus où elle est.

Lisa se déchaussa, abandonnant ses talons aiguilles. Elle prit les pans de sa robe longue dans ses mains et quitta le hall pour rejoindre William. Elle était éblouissante.

— Tu es très belle tu sais, fit-il en la voyant arriver. Merci de m'aider à la chercher.

— Je ne viens pas t'aider, Will, mais te chercher pour partir. Cela fait dix minutes que le taxi nous attend en bas de l'immeuble. Le chauffeur, poliment, ne klaxonne pas mais il doit vraiment s'impatienter car il est mal stationné. Allez Will, dépêche-toi ! Nous avons toujours considéré cette distinction comme secondaire. D'ailleurs, depuis toutes ces années, tu ne l'as jamais portée. Alors viens !

— Lisa, la Légion d'honneur tout de même ! Il serait incorrect de ne pas la porter quand tant d'autres l'auront, qu'ils l'aient ou non méritée. Il y aura le Président à cette soirée.

— Et alors, le président, le pape ou le dalaï lama, que nous importe Will ! Nous l'avons acceptée pour ne pas froisser notre entourage mais en dépit de nos convictions. Tu dis toi-même qu'elle est donnée à tout le monde : acteurs, sportifs même des dictateurs et j'en passe. Will, il est temps de partir et en ce qui me concerne, ce qui compte le plus à cette soirée, c'est que je sois à tes côtés. Viens, partons !

Elle lui tendit la main qu'il prit volontiers. Dans le hall, elle chaussa ses escarpins, regagnant aussitôt les douze centimètres qui l'avantageaient. Elle ajusta ses boucles d'oreilles serties de diamants tandis qu'il l'admirait.

Ce fut le dernier geste de Lisa. Ce fut le dernier regard de Will pour elle. Et un voile noir tomba tel un couperet !

Un objet, juste un objet oublié qui décide de l'instant et de l'endroit où l'on se trouve. Un objet qui façonne le destin et le fait basculer du côté de la vie ou de la mort.

*

— Vous êtes sur BFM TV, mesdames et messieurs bonsoir !

Nous interrompons nos programmes pour un flash spécial.

Une terrible explosion vient de secouer la capitale et notre équipe se trouve déjà sur place, dans le quartier des Champs-Élysées, à Paris.

Charles Dormont, vous êtes en ce moment même sur les lieux du sinistre. Que savez-vous sur cette tragédie qui secoue la capitale ? La piste criminelle est-elle privilégiée ou bien s'agit-il d'un accident ?

— Eh bien, à l'heure où je vous parle, un immeuble a été fortement endommagé par une explosion pour l'instant inexpliquée. Comme les constructions attenantes sont peut-être fragilisées, les sapeurs-pompiers de Paris, rapidement arrivés sur place, ont fait évacuer les habitants. Pour des raisons de sécurité, je n'ai pas le droit d'approcher mais peut-être apercevez-vous, derrière moi, les sauveteurs qui recherchent des victimes parmi les décombres et bien entendu d'éventuels rescapés. Des équipes cynophiles sont arrivées avec des chiens de décombres dont le flair est entraîné pour détecter des êtres humains ensevelis sous les épaisseurs de gravats. Quant aux causes de l'explosion : suicide, fuite de gaz, incident électrique, attentat ? Il est encore trop tôt pour le dire. Toutefois, étant donné qu'il s'agissait d'un immeuble de luxe, il respectait, comme on peut s'en douter, les normes en vigueur en matière de sécurité. Des témoins qui ont assisté à ce terrible drame parlent d'une très forte déflagration mais pas d'odeur de gaz. Seule l'enquête nous éclairera quant à l'origine du sinistre. Après les événements tragiques de Charlie Hebdo, que chacun

a encore en mémoire, et la menace terroriste qui pèse toujours sur la France, ce soir nous pouvons nous interroger sur l'origine de cette explosion qui a ébranlé le prestigieux quartier des Champs-Élysées. Aucune piste ne sera écartée, m'a-t-on assuré. Ici Charles Dormont, en direct pour BFM T.V.

— Merci Charles, et bien sûr n'hésitez pas à intervenir à l'antenne dès que vous aurez de plus amples informations.

*

Des antidépresseurs, des anxiolytiques, des somnifères, un bon psychanalyste et une profonde amitié furent les seuls refuges de Shany juste après.

Pourquoi l'immeuble avait-il explosé ?

Pourquoi n'était-elle pas avec eux ce soir-là ?

Pourquoi ?

Trop de questions restées sans réponse la torturaient. Anna, son amie d'enfance, lui ouvrit les portes de son appartement dans le vingtième arrondissement de Paris. Shany s'y installa même si les murs ne pouvaient être poussés. Anna annula toutes ses sorties, toutes ses soirées, même les visites à ses parents, pour se consacrer uniquement à son amie.

Le temps passa et progressivement cautérisa les plaies sans parvenir à les refermer totalement. Au printemps, Shany accepta à nouveau quelques balades dans les rues peuplées et indifférentes de la capitale. Elle remontait tout doucement la pente de sa vie.

Depuis la tragédie, elle était à la tête d'un empire financier qu'elle gérait, aidée de l'homme de confiance de ses parents. Il avait fallu faire face, elle l'avait fait ! Elle assurait désormais pleinement la gestion du patrimoine reçu en héritage.

Elle était déjà reconnue par ses pairs comme une redoutable femme d'affaires.

Lorsqu'elle se sentit plus forte, elle choisit d'emménager non loin de chez Anna, un quartier populaire à l'écart des fastes de la vie parisienne. Cette proximité la rassurait. « Pourquoi ? » était devenu son leitmotiv et même si l'origine criminelle de la tragédie ne faisait aucun doute, la police n'avait jamais arrêté le moindre coupable. L'enquête avait été classée.

— Tu te rappelles ces voyages que l'on faisait avant ? demanda un soir Anna. Notre escapade à Londres, le rocher de Gibraltar, Séville, l'Île Maurice, la Californie. Je crois que ça te ferait du bien de voyager à nouveau.

— Peut-être ! Mais toi aussi tu devrais partir ! Dis-moi, tu n'aurais pas une idée derrière la tête ?

— Depuis quelque temps, ma boîte aux lettres et ma boîte mail regorgent de publicités de voyages. Il y a beaucoup d'offres à destination de la Chine. C'est même la grande majorité.

— Je l'ai remarqué moi aussi ! fit Shany. C'est drôle, on a toujours rêvé d'y aller ! Bien entendu, tu serais mon invitée et ce n'est pas négociable compte tenu de tout ce que tu as fait pour moi. De toute façon, je ne partirai pas sans toi. Par ailleurs, tu as raison, il y a trop longtemps qu'on ne fait plus rien. Et si on sortait ce soir, pour en parler ! Un petit resto, ça te dit ?

— Ok ! capitula Anna face à la détermination et à l'enthousiasme de son amie.

Peu à peu, elles affinèrent leur projet. Elles avaient décidé de comparer les offres à destination de la Chine. Parmi leurs exigences, il leur fallait partir assez longtemps pour profiter au maximum du pays, bénéficier de visites guidées mais aussi d'une certaine liberté. Ainsi, elles pourraient voir l'essentiel et revenir totalement dépaysées.

Elles consacrèrent de nombreuses soirées et plusieurs week-ends à trier parmi la multitude d'offres qu'elles recevaient. Au bout d'un moment il ne resta plus que trois propositions, dont deux formules de la même agence. Toutes étaient aussi alléchantes les unes que les autres.

— Il va falloir se décider. Les trois offres proposent un volant de liberté suffisant et si ça ne t'ennuie pas, j'en profiterai pour t'abandonner quelques jours. Deux tout au plus !

— Pas de soucis. Mais que comptes-tu faire ? Ce n'est pas pour le travail tout de même !

— Un peu mais c'est une occasion à ne pas manquer. Au sud de Pékin, il y a une ville, Weifang, connue pour être la réserve la plus importante de saphirs de Chine. À plusieurs reprises j'ai eu des contacts avec des fournisseurs dans ce secteur mais je n'ai jamais donné suite. En y allant, je pourrai me rendre compte de la qualité de leur marchandise et de leur travail. Tu comprends ?

— Absolument ! répondit Anna.

Les jours suivants, Shany fit jouer la concurrence. Une offre intéressante ne tarda pas à tomber. L'agence « Envol » de Pékin leur proposa un tarif de dernière minute qu'elles ne devaient pas manquer. Le programme semblait avoir été concocté exactement pour elles. Au dernier moment, Shany pourtant enthousiaste hésita encore.

— La Chine, tu en as toujours rêvé, moi aussi, et cette offre est extraordinaire. J'ai déjà posé mes vacances et s'il le faut, je payerai ma part. Je n'imagine même pas que tu veuilles renoncer !

— Ce n'est pas ça qui me gêne. J'ai l'impression que partir, c'est oublier ce qui s'est passé et quelque part trahir mes parents.

— Tu te trompes et tu le sais. Lisa et Will auraient voulu que tu partes car ils voulaient avant tout ton bonheur. Ils t'auraient mis eux-mêmes dans l'avion !

— Tu as raison. On y va mais je t'offre le voyage comme prévu.

Elles débouchèrent une bouteille de champagne pour fêter cette décision. Au moment de trinquer, Anna fit remarquer :

— C'est bizarre, tu ne trouves pas ? Cette offre correspond exactement, point par point, à ce que nous voulions. On dirait que ce voyage a été fait pour nous !

— Il y a probablement des caméras chez nous et des logiciels espions sur nos ordinateurs, rétorqua la jeune femme d'affaires, en éclatant d'un rire communicatif.

Ce soir-là, la tête sur l'oreiller, avant de s'endormir, Shany pensait toujours à ceux qu'elle avait perdus. Elle ne pouvait s'empêcher de se demander encore : *Pourquoi ?* La réponse ne se trouvait pas à Paris.

*

Plus tard. Une chambre d'hôtel, à Paris.

Comme l'aurait fait un détective ou un voyou en embuscade, fier de lui, le client de la chambre étala sur le lit toutes les photos qu'il avait prises à l'insu de la jeune femme depuis des mois. Elles étaient tirées sur papier, classées et numérotées minutieusement. Des notes étaient associées à chaque cliché. Elles étaient cependant étalées dans le temps à cause d'absences régulières, justifiées par la nécessité de retourner régulièrement à Pékin. Son plan se déroulait comme prévu !

<u>Septembre</u>
04/09 : 13 heures, enterrement. Elle est là. Mignonne !
21 heures, elle dîne avec des amis. 6 photos :1124, 1125, 1126, 1132, 1133, 1138.

Plusieurs jours R.A.S.

14/09 : Maître Nordier, notaire. Succession bouclée. Pas d'autre famille.
Retour domicile. 5 photos : 1275, 1277, 1279, 1285, 1286.

Plusieurs jours R.A.S.

21/09 : Restaurant : gourmande, curieuse…

Plusieurs jours, ne fait rien, sort peu R.A.S.

Octobre / novembre : Beijing.

<u>Décembre</u>
11/12 : 21 heures, théâtre : 2 photos : 088, 089.

R.A.S plusieurs jours.

Janvier / février : Beijing.

<u>Mars</u>
Galeries Lafayette, Printemps Haussmann, boutiques…

Sortie entre amies. Le moral semble revenir.

Avril : Beijing.

<u>Mai</u>
Visite musée Cernuschi de Paris, (arts de l'Asie, c'est un signe) 1 photo 5144 + Office du tourisme de Chine, rue Berry.

<u>Juin</u>
Bureau des visas, Champs-Élysées. 3 photos des deux : 5399, 5400, 5405.
Rue Eylau 2 photos et bar Di Vino rue de Longchamp : 042 et 043.

17 LE TRONÇON DE MUTIANYU

— Mademoiselle ? *Sīniàn* ? Française ? Vous êtes Française ? Allemande, Anglaise ? Belle muraille !

Anna entendait qu'on lui parlait mais ses yeux restaient rivés sur les silhouettes de Qiang et de Shany qui disparaissaient progressivement au loin.

— Oui, répondit-elle instinctivement sans même regarder son interlocuteur.

— Ah, Française alors ! Paris, la Tour Eiffel, les Folies Bergères.

— Oui, répéta-t-elle sans plus de conviction.

— *Vous voulez souvenir de la muraille* ? Vous êtes intéressée, vous voulez bien acheter ?

En jetant un rapide coup d'œil, Anna s'aperçut que l'homme était couvert de foulards aux couleurs vives. Il paraissait momifié. Plusieurs chapeaux superposés le faisaient paraître plus grand. Il tenait un sac de toile contenant divers objets sans valeur dont des reproductions de plâtre de monuments chinois. Elle lui dit :

— Non, je ne suis pas intéressée.

Elle avait à peine détourné les yeux quelques instants, que déjà, elle ne parvenait plus à distinguer le couple. Pour ne pas le perdre de vue dans la foule, elle décida de se rapprocher.

— Mademoiselle ? répéta le camelot.

Mais Anna qui s'était déjà éloignée ne l'entendait plus. Elle ressentait encore toute la fatigue de la nuit blanche passée à écouter ce qui se déroulait dans la chambre d'à côté. Le sol était particulièrement irrégulier et à plusieurs reprises, elle s'était tordu les chevilles. Elle devait malgré tout éviter d'être semée. Elle n'avait pas le choix. En son for intérieur, elle espérait que Shany resterait prudente et s'apercevrait de la personnalité ambiguë de Qiang. *À présent elle s'en voulait d'avoir cherché à la convaincre d'accepter de partir avec lui !* Tout en marchant, elle ressassait inlassablement ce qui s'était passé. Mais c'était si incroyable que son esprit cartésien lui disait qu'elle avait peut-être exagéré. La nuit déforme souvent les choses. Cependant, l'attitude de Qiang à la sortie du téléphérique laissait peu de place au doute. Certes, la veille il avait trop bu, mais ses allusions ne plaidaient pas en sa faveur. Il jouait un double jeu. Shany et elle étaient ses jouets !

— Hey Anna ! *Why are you running* ? demanda l'un des Anglais du groupe qu'elle venait de dépasser sans le voir.

Elle ne répondit pas et se contenta d'agiter la main. Mais l'autre ajouta :

— *Your friend Shany is a little further out there* !

Comme elle le savait, elle acquiesça d'un signe de tête. Elle n'avait qu'une obsession : ne pas perdre de vue son amie. Le couple n'avait pas progressé aussi vite qu'elle et même s'il parlait, Shany ne résistait pas à l'envie de prendre des photographies. Elle s'arrêtait fréquemment.

Anna s'était suffisamment rapprochée. Pour les observer, elle se glissa dans l'un des nombreux renfoncements de la muraille et en profita pour reprendre son souffle. Il s'agissait d'anciens postes d'observation ou de tirs. Ainsi, le couple qui s'était arrêté ne pouvait pas la remarquer. Elle s'assit finalement sur un rebord de la muraille et attendit, rassurée d'avoir en ligne de mire le duo qui discutait. Quelques pierres manquantes au mur lui permettaient d'avoir une vue dégagée, tout en étant relativement dissimulée. Elle n'avait pas besoin de se pencher pour observer. Bien installée dans ce lieu stratégique, elle massa sa cheville douloureuse et, recroquevillée, elle attendit. Sa position n'était pas particulièrement confortable et, peu à peu, ses membres commencèrent à s'engourdir. Elle était immobile depuis moins de cinq minutes quand une voix retentit :

— Mademoiselle ? Mademoiselle ? *Sīniàn* ?

Le vendeur ambulant chinois était là, planté devant elle.

— Oh non, pas vous ! Je ne suis pas intéressée, je vous l'ai déjà dit. Laissez-moi !

— Je vends des foulards, des chapeaux, des souvenirs de la Chine. Vous voulez acheter ?

— Non, moi pas acheter, marmonna-t-elle irritée.

— *Vous pas admirer paysage non plus. Moi ai remarqué !*

— Très bien. Puisque vous parlez et comprenez le français, vous comprendrez ceci : fichez-moi la paix ! Je ne veux rien vous acheter.

— Ok, rétorqua-t-il sans s'offusquer, mais j'ai l'habitude et généralement les touristes qui se trouvent ici admirent le paysage ou bien l'édifice.

— Tiens, votre français s'est subitement amélioré, comme par magie ! À quoi jouez-vous ? Je n'ai pas de compte à vous rendre. Libre à moi d'admirer le paysage ou de me reposer. Passez votre chemin, il y a d'autres touristes plus loin qui seront sûrement intéressés par vos babioles. Oust !

L'homme ne répondit pas. Il se contenta de la saluer poliment et il lui tourna le dos.

Anna resta un instant perplexe. Si le marchand était arrivé à peine quelques instants après elle, alors qu'elle avait marché assez vite, c'est qu'il devait la suivre. Il avait croisé bien des touristes sur le trajet et pour vendre sa marchandise, il aurait dû s'arrêter. *C'en était trop !* Ce voyage dont elles avaient rêvé, destiné à leur faire oublier leurs problèmes, devenait un vrai calvaire. La jeune femme était désemparée. *Cet homme était-il celui avec lequel Qiang discutait dans la chambre ? Non, sa voix était très différente. Pourtant, il la suivait. Si au moins elle avait pu se confier à quelqu'un ! Mais qui la croirait ?* Ce marchand se montrait trop curieux et perspicace. Il devait l'observer pour avoir remarqué qu'elle ne se comportait pas comme les autres touristes.

Une vingtaine de mètres plus loin, Shany et Qiang venaient de s'asseoir. Le marchand s'était quelque peu éloigné mais il ne partait pas. Il se retournait parfois et la regardait. *Il ne paraissait pas malhonnête !* Elle trouva instantanément cette pensée ridicule car la malhonnêteté ne se lit pas sur les visages des gens ! Toutefois, poussée par un curieux pressentiment qu'elle regretta aussitôt, elle se surprit à l'appeler :

— Monsieur, s'il vous plaît.

Il fit volte-face et en quelques pas il se rapprocha d'elle. Anna hésita, bafouilla mais finit par engager la conversation :

— Où avez-vous appris le français ?

— Êtes-vous sûr que c'est bien la question que vous devriez me poser ?

— Pourquoi ? Vous attendiez une autre question ?

— Peut-être que vous auriez pu me demander qui je suis, ce que je fais ici…

— …et pourquoi vous me suivez ! ajouta-t-elle à cette énumération.

— Par exemple ! Mais je ne vous suis pas. Vous n'avez pas l'exclusivité de la muraille. Je me trouve ici car il y a beaucoup de touristes, comme vous pouvez le constater, et j'en profite pour vendre des souvenirs.

— Bon, arrêtez votre manège. Je n'ai pas envie de jouer au plus fin avec vous, ajouta-t-elle agacée.

Elle s'interrompit un moment pour jeter un œil en direction du couple qu'elle ne voulait pas perdre de vue. Heureusement, il n'avait pas bougé. Anna poursuivit :

— Je trouve insolite qu'un marchand ambulant qui parle si bien le français se trouve constamment dans mon périmètre.

— Selon vous on ne peut pas être marchand et avoir étudié ?

— J'en ai assez, vous me fatiguez et j'ai autre chose à faire. Trouvez-vous quelqu'un d'autre pour vous amuser ou, comme vous le prétendez, pour vendre vos gadgets. Regardez, il y a plein de touristes qui arrivent !

Soudain, il posa sa caisse et enleva les foulards qui l'entouraient. Il ôta aussi sa veste sur laquelle il avait épinglé plusieurs drapeaux chinois. Il s'adressa à elle, résolument différent.

— Je ne voulais pas vous importuner et pour répondre à votre première question, je parle votre langue depuis toujours. Ma mère était française.

La jeune femme, surprise par le changement de ton, le regarda déconcertée. Il semblait sincère. Elle se surprit à lui demander :

— Ah ? Et d'où était-elle originaire ?

— De Bretagne, mais je n'y suis jamais allé. Je connais surtout Paris.

— Eh bien, balbutia-t-elle, c'est surprenant mais pourquoi pas après tout ! En revanche, vous ne me ferez pas croire que vous êtes un marchand ambulant !

— Quelle sagacité !

— Que me voulez-vous alors ? Pourquoi m'avez-vous suivie ?

Shany et Qiang qui n'avaient pratiquement pas bougé semblaient en grande conversation. Elle ne prenait plus de photos. Anna tourna un regard vers eux et elle remarqua que le marchand avait fait de même.

— Cela fait beaucoup de questions, ne trouvez-vous pas ?

L'homme s'exprimait dans un français irréprochable, ce qui tendait à prouver qu'il lui disait la vérité au sujet de ses origines. Il avait le sens de la répartie. Entendre quelqu'un lui parler en français en dehors de Qiang la rassurait presque, alors qu'elle se sentait démunie face à la situation.

— Vous les observez ? poursuivit le marchand improvisé.

— Qui ?

— Votre amie et le jeune guide !

— Oui, mais comment savez-vous qui ils sont ? Qui êtes-vous exactement ? Certes, j'ai posé beaucoup de questions mais vous n'avez répondu à aucune. D'ailleurs, je me demande pourquoi je suis en train de vous parler.

— C'est vrai.

— Qu'est-ce qui est vrai ? demanda-t-elle.

— C'est vrai que je n'ai répondu à aucune de vos questions. C'est vrai que je vous ai suivie. C'est vrai que je sais beaucoup de choses sur vous et sur votre amie. C'est vrai que je vous observe depuis un moment. Pour faire simple, je m'intéresse à vous depuis que vous côtoyez Qiang Mong.

— Qiang ? Vous connaissez aussi son nom ?

— Je connais son nom, sa vie, son travail, et je sais aussi qu'il n'est pas indifférent au charme de votre amie Shany. Peut-être même est-ce réciproque, je ne sais pas trop !

— Qui êtes-vous donc ? Vous n'avez pas le droit de suivre les gens comme ça !

Anna réfléchissait en même temps qu'elle parlait et la conclusion à laquelle elle aboutit n'était pas rassurante. Pour en savoir autant, cet homme devait être de connivence avec Qiang. La situation se compliquait à nouveau et, sur ses gardes, elle recula un peu. Comme s'il avait lu dans ses pensées, le marchand luit dit :

— Pas si vite mademoiselle. Ne vous inquiétez pas ! Je n'ai pas de mauvaises intentions.

— Pas de mauvaises intentions alors que vous nous observez à notre insu ? s'indigna-t-elle. Dans quel but et depuis combien de temps nous suivez-vous ?

Sur la muraille, le flux de touristes était incessant. Pourtant, la jeune femme se sentait extrêmement seule. La foule était totalement indifférente à ses problèmes. Elle aurait aimé pouvoir tourner les talons, prendre un avion et rentrer à Paris. Mais c'était impossible.

— Calmez-vous mademoiselle et écoutez-moi, dit-il d'un ton autoritaire qui dépareillait avec celui du marchand. Cessez de les surveiller, ils sont immobiles, rassurez-vous !

— Je ne les surveille pas et de quoi vous mêlez-vous ? Par contre, vous ne m'avez toujours pas dit pourquoi vous nous observez, insista-t-elle.

Elle s'interrompit. Son esprit croulait sous les questions.

— Je vous observe depuis assez longtemps pour savoir que votre amie est peut-être en danger !

Sa phrase atteignit Anna comme un coup de poignard et comme une délivrance. Il savait et ceci la confortait dans ses doutes au sujet de Qiang. Il affichait cependant un calme déconcertant et, tout en parlant, il sortit de sa petite boîte un sandwich qu'il lui proposa de partager. Elle refusa.

— Vous avez tort, il est excellent, fit-il en croquant une bouchée. Il est près d'une heure de l'après-midi et je pense que vous n'avez rien avalé. N'ayez pas peur de moi, je suis votre allié.

— Et pourquoi aurais-je besoin d'un allié ? reprit-elle méfiante.

— Vous savez très bien pourquoi, sinon vous ne seriez pas la seule à suivre votre amie ! Rappelez-vous, je sais beaucoup de choses.

Cette conversation ne menait à rien et plus le temps passait, plus elle s'interrogeait. Anna se ressaisit.

— Assez tergiversé. Dites-moi exactement ce que vous savez et qui vous êtes ou je vais prévenir la police ! Il doit bien y avoir un poste à proximité.

— Ok ! Vous vous appelez Anna. Vous êtes venue avec votre amie pour visiter notre pays. Le jeune guide est charmant et il a probablement proposé à Shany de l'emmener dans le Sichuan. Quant à vous, je dirais que vous vous interrogez à propos de Qiang.

— C'est exact, fit-elle décontenancée par ce résumé qui sonnait si juste.

Il poursuivit :

— Par conséquent, vous avez besoin d'aide.

Anna se contenta d'ouvrir de grands yeux étonnés. *Cet homme représentait-il l'aide inespérée qu'elle attendait ou était-il, comme elle l'avait supposé, un complice de Qiang ?*

— Besoin d'aide ? En quel honneur voudriez-vous nous aider ? Je ne vous ai rien demandé et je ne sais pas qui vous êtes réellement.

— Réfléchissez, Anna. Vous ne parlez pas le chinois, vous ne savez pas vraiment qui est Qiang Mong. Bref vous ne maîtrisez pas la situation !

— Je ne sais pas non plus qui vous êtes ! Pourquoi devrais-je me fier à un vulgaire marchand de souvenirs qui parle ma langue ? Je ne vous connais pas ! Allez partez, j'en ai assez entendu ! dit-elle encore plus sur la défensive. Cette conversation a assez duré.

Elle lui tourna le dos. Délicatement, il posa une main sur son épaule. Elle faillit réagir comme elle l'avait appris lors des cours de karaté qu'elle suivait régulièrement à Paris. Elle réussit cependant à se maîtriser *in extremis,* lorsqu'en se retournant elle vit qu'il brandissait une carte.

— Qu'est-ce que c'est ? Je ne comprends pas le chinois, dit-elle surprise.

— C'est ma carte. Je suis inspecteur de police, chargé de la section criminelle du BSP, bureau de sécurité publique de Pékin, et vous pourrez facilement le vérifier. Ceci explique pourquoi j'en sais autant sur vous et sur Qiang. Je ne suis pas ici du fait du hasard. Je n'ai pas le temps de tout vous expliquer mais n'ayez aucun doute, je suis vraiment votre allié.

Elle ne sut que répondre et prit sa carte pour l'examiner.

— Qui me dit que c'est une vraie ? Toutes ces inscriptions ne signifient rien pour moi.

— Vous avez parfaitement raison mais si vous le souhaitez, vous pouvez appeler le numéro de téléphone figurant sur ma carte. Une hôtesse vous confirmera, dans votre langue, qui je suis.

Elle était à la fois étonnée et rassurée. Jusque-là elle s'était sentie si seule et voilà que l'appui qu'elle espérait était là, devant elle. L'arrivée de ce policier sur l'échiquier qui l'opposait à Qiang était inespérée. En revanche, elle ne faisait que confirmer les craintes qu'elle nourrissait à propos du jeune guide. Face au policier, décidée à lui faire confiance, elle baissa enfin sa garde.

— Je ne sais plus où j'en suis ! avoua-t-elle, renonçant à polémiquer davantage.

— Êtes-vous prête à me faire confiance ?

— Est-ce que je peux faire autrement ?

— On a toujours le choix mais en ce qui vous concerne, refuser mon aide vous placerait dans une position bien compliquée !

Anna encaissa la réponse et se tut pendant quelques secondes. Les yeux dans le vague, elle n'était plus sous le charme du paysage qui entourait la muraille. Ce n'était plus une visite ni un voyage d'agrément. Elle venait de comprendre qu'elle se trouvait désormais au cœur d'une enquête policière.

— Vous ne m'avez toujours pas dit votre nom monsieur !

— Laissez tomber le monsieur, appelez-moi Zhao, Zhao Hansi.

— D'accord ! fit-elle laconique. Pouvez-vous m'en dire un peu plus ?

— Ce n'est pas vraiment le moment ni le lieu mais je vais essayer d'éclairer votre lanterne. Voyez-vous, je m'intéresse pour diverses raisons à ce jeune guide, Qiang Mong, et cela m'a mené jusqu'à vous. J'étais déjà à proximité de votre table lorsque vous avez dîné au Dadong Kaoya et j'ai discrètement pris le groupe en filature jusqu'à l'hôtel où vous résidez. Hier aussi j'ai suivi votre car. J'ai besoin de savoir ce qu'il prépare. Je ne veux pas vous affoler outre mesure mais je vous assure que le comportement de cet individu est louche. Vous avez besoin de mon aide autant que j'ai aussi besoin de vous pour l'approcher.

— Tout cela me dépasse. Je ne sais plus que penser et je ne m'attendais pas à rencontrer un policier. Mais j'avoue que votre présence me rassure.

— J'en suis ravi. À présent écoutez-moi très attentivement car nous n'avons que peu de temps. Je vois Shany et Qiang là-bas qui se sont levés et qui vont repartir. Je dois absolument m'insérer dans votre groupe et vous allez m'y aider. Comme je parle le français, je n'aurai aucun mal à me faire passer pour un Parisien en visite à Pékin. Vous direz que vous m'avez rencontré pendant le parcours et que nous avons sympathisé. C'est tout à fait cohérent, qu'en pensez-vous ?

Anna acquiesça, consciente qu'il avait déjà tout prévu. Il continua de lui donner les détails de son stratagème.

— Il est fréquent que des touristes autonomes se joignent finalement à des groupes déjà constitués. Les agences recherchent la rentabilité avant tout. Vous avez bien compris ?

— Oui.

— Je vous abandonne un instant, je dois appeler ma collègue pour confirmer votre accord. En fait, nous l'avions anticipé et l'agence de Qiang a déjà acté qu'un Français devait le rejoindre aujourd'hui sur le tronçon Mutianyu. Vous ne m'en voulez pas, j'espère ! J'ai pris les devants par souci d'efficacité.

— Mais Qiang vous a probablement remarqué tout à l'heure, quand vous vous faisiez passer pour un marchand !

— Non, ne vous inquiétez pas. J'ai fait en sorte de ne pas me montrer en sa présence et puis je portais des foulards et un chapeau, souvenez-vous. Qui me reconnaîtrait à présent ?

À ce moment-là, l'inspecteur lui parut presque sympathique. Puis il s'écarta un instant pour téléphoner avant de revenir.

— C'est fait ! Je change de conversation Anna mais l'endroit est vraiment magnifique ! Vous devriez faire comme moi et prendre des photos. Il faut que Qiang et Shany nous repèrent. Déplacez-vous un peu plus à droite, là, encore un peu. Voilà, ne bougez plus, c'est parfait ! Souriez !

Il prit ainsi plusieurs clichés. Il venait de se glisser sans aucune difficulté dans la peau du touriste pour lequel il se faisait passer. Auparavant, il avait pris soin de ranger son attirail de marchand dans un sac à dos qu'il avait emporté avec lui. Il semblait avoir tout prévu et ce détail rassura Anna. Elle pourrait compter sur lui.

— Allez, venez. Il faut qu'on nous voie ensemble.

Elle se prêta elle aussi à son nouveau rôle et progressivement ils rejoignirent Qiang et Shany. Avec aplomb, Zhao tendit une main au guide pour se présenter.

— Enchanté. Cette jeune femme, Anna, m'a gentiment dit que vous étiez le guide. J'espère que l'agence « Envol » vous a informé de mon arrivée dans votre groupe !

— Oui, bien sûr, on m'a prévenu. Je suis Qiang Mong et vous devez être le Français qui devait nous rejoindre ici !

Qiang le dévisageait, perplexe.

— Oui, je sais, je ne ressemble pas vraiment au Français type. Mon père, que je n'ai pas connu, était chinois et ma mère française. Je vis actuellement à Paris mais j'ai toujours rêvé de connaître la Chine, pays qui est aussi celui de mes origines. Me voici !

— Vous connaissiez Anna ? demanda Qiang suspicieux.

— Pas du tout mais l'agence m'avait indiqué l'heure à laquelle vous deviez prendre le téléphérique. Je vous ai précédés et je vous ai attendus. Quand vous êtes arrivés, j'ai entendu que cette jeune femme parlait français avec vous mais le temps de regrouper mes affaires, vous étiez parti. Je suis donc resté avec elle et je ne le regrette pas, elle est aussi jolie que sympathique. Enfin, l'essentiel c'est que j'ai rejoint le groupe.

Il interprétait son personnage à merveille.

— Très bien. Mais vous voyagez seul ?

— Hélas oui et c'est d'ailleurs la raison pour laquelle je rejoins votre groupe aujourd'hui. Initialement je devais partir avec un ami mais une stupide crise d'appendicite l'a cloué en France.

— Je vois, fit Qiang en consultant un petit carnet de notes. Et vous vous appelez, euh…

— Oh excusez-moi, je ne me suis pas présenté : Xi Lefèvre. Ça ne s'invente pas ! À moitié chinois, à moitié français.

À compter de cet instant, Zhao accompagné d'Anna ne quitta plus le guide ni Shany. Celle-ci était ravie de voir que son amie semblait entretenir de bons termes avec le nouvel arrivant. L'après-midi se déroula sans autre événement majeur et en fin de journée tout le monde se retrouva au point de ralliement. Devant eux, la nature s'étendait toujours à perte de vue, contrastant avec l'édifice qui se frayait un chemin au beau milieu. Le soleil dardait déjà ses derniers rayons, jouant avec les murs crénelés, se nourrissant d'ombre et de lumière, de la fraîcheur diffusée par la végétation et de la chaleur emmagasinée dans la pierre. Le jeune guide se manifesta. Il fallait rentrer.

Dans le téléphérique qui redescendait, les visages fatigués étaient tournés vers le panorama qui s'éloignait. Zhao s'adressa à Qiang :

— Qu'est-ce que c'est que ce voile de brume que nous apercevons au loin ?

— C'est Pékin. Un brouillard de particules lié à la pollution flotte souvent au-dessus de l'agglomération.

— Un peu comme à Paris, intervint Shany.

— Effectivement mais ici cela prend de telles proportions qu'on l'appelle « l'airpocalypse ». Certains jours, surtout en hiver, on ne voit même plus le soleil.

Zhao feignant la curiosité demanda des précisions sur l'origine du phénomène. Anna ne prit part qu'une fois ou deux à la conversation, exténuée par les dernières 24 heures qu'elle venait de vivre.

Ils regagnèrent ensuite l'hôtel. Dans le hall de réception, Qiang fit le point sur le programme. Ils se retrouveraient le lendemain pour une journée consacrée à la calligraphie et à la cuisine chinoise. L'après-midi consisterait en une sortie au parc Beihai et, les jours suivants, ils visiteraient le village de Chuandixia, les tombeaux de Dingling, de Zhaoling, ceux de Ming, la lamaserie Yonghe, le jardin de la vertu et de l'harmonie, la maison de Confucius et feraient des balades dans les rues Qianmen et Yandaixie.

— Vous l'avez peut-être remarqué mais deux journées libres sont insérées dans ce planning. Je ne serai donc pas avec vous ces jours-là. Vous constaterez également que vous aurez ensuite une semaine entière de totale autonomie ainsi que c'était prévu. Beaucoup ont déjà programmé des activités, voire d'autres destinations. Quant à moi, je vous recommande l'ancienne capitale chinoise Xi'an. Il y a de nombreux vols à destination de ce site. Vous pourrez admirer les célèbres statues de pierre, la tombe du premier empereur, les deux pagodes bouddhistes et bien d'autres splendeurs.

Au cours des premières journées libres, Anna et Shany avaient prévu de rester dans la région et de découvrir le palais Yonghegong, pour admirer la statue du Bouddha sculptée dans du bois de santal, les ruines du Yuanmingyuan plus connues sous le nom de « jardin de la splendeur rayonnante », de flâner dans les Hutong, ces ruelles de la capitale, à pied ou en tricycle. Zhao avait choisi de les accompagner.

— Voilà, conclut Qiang. Je crois que je vous ai donné toutes les indications nécessaires et si vous n'avez pas de questions, je vais vous laisser. J'ai quelques obligations ce soir.

Alors qu'il allait s'éclipser, il toisa Zhao et finit par lui dire :

— On ne s'est pas déjà rencontrés ?

— Pas à ma connaissance ! Bonne soirée Qiang !

Le guide toucha deux mots à Shany avant de se retirer. Rien ne filtra de leur discussion. Zhao, quant à lui, dîna avec le groupe avant de regagner son hôtel.

— Xi, vous nous quittez ? fit remarquer un Anglais.

— Hélas, j'ai déjà réservé une chambre dans un autre hôtel et donc, le soir, je ne pourrai pas me joindre systématiquement à vous. Je n'ai pas le choix.

— À demain alors ?

— À demain !

Les autres ne s'attardèrent pas davantage et montèrent dans leurs chambres respectives. Dans l'ascenseur, Shany semblait pensive.

— Quelque chose te tracasse ?

— Pourquoi dis-tu cela ? questionna Anna.

— Oh, pour rien. Peut-être la fatigue. Au fait, tu te souviens de ce que je t'avais dit à Paris ?

— De quoi est-ce que tu parles ?

— Ah, tu as oublié.

Anna réfléchit un instant mais elle dut se rendre à l'évidence : elle ne voyait pas du tout ce dont Shany parlait.

— Mais si, rappelle-toi. Pendant la semaine libre, je dois me rendre à Weifang pour le travail. J'ai pris un rendez-vous.

— Oui, effectivement, maintenant que tu le dis. J'avais complètement zappé ce détail. Où est-ce Weifang ?

— Dans la province du Shandong et du district Fanzi. J'ai déjà réservé le vol. Et toi, que feras-tu ?

— Tu me prends un peu au dépourvu mais je pense que je ferai quelques visites avec Xi.

Anna était rassurée de savoir Shany loin de Qiang pendant quelque temps. Le guide, selon ses dires, serait occupé par un nouveau groupe. Mais, au fond d'elle-même, elle était inquiète. Qiang savait mentir quand il le fallait et Shany serait vulnérable, loin d'elle et de Zhao.

18 LE JEU DES APPARENCES

À l'hôpital Xiehe de Pékin, le personnel hospitalier s'interrogeait au sujet du patient de la chambre 127, à la fois suspicieux et craintif. Tant de faits inexplicables planaient sur lui et sur ceux qui l'avaient croisé. Déclaré mort après un accident, il était ensuite revenu à la vie. Dormait-il vraiment quand Yong Me avait basculé par la fenêtre ? Seuls les sédatifs plaidaient en sa faveur.

L'ensemble du corps médical faisait en sorte de le côtoyer le moins possible. Mais comment l'éviter ? Il fallait bien lui porter ses repas et lui prodiguer des soins. Ceux qui étaient contraints d'entrer dans sa chambre ne s'y éternisaient pas. Il devait pourtant être traité comme un patient ordinaire, rien de plus, rien de moins ! Mais beaucoup en doutaient en raison notamment de la présence, jour et nuit, d'un policier en faction devant sa porte. Les jours passaient mais la défenestration du médecin restait inexplicable.

*

Le chef du BSP de Beijing délégua des enquêteurs sur les lieux.

— Lian Chung-Tao, Zhao Hansi, dans mon bureau !

Délaissant aussitôt ce qu'ils étaient en train de faire, les deux policiers obéirent à leur supérieur.

— Allez immédiatement à l'hôpital Xiehe. Un médecin, un dénommé Yong Me, a été retrouvé mort. Il est vraisemblablement tombé d'une fenêtre. Je vous charge de l'affaire mais j'exige qu'elle soit bouclée sans tarder. Une équipe est déjà sur place et a pris les précautions d'usage en termes de scellés, de relevés d'empreintes ou balistiques et de dépositions… Enfin, vous verrez ! Cette enquête ne devrait présenter aucune difficulté. Vous avez deux jours !

— Deux jours ? Mais…

— C'est plus qu'il n'en faut pour un homme qui s'est défenestré, coupa le chef. Laissez-moi, j'ai du travail !

Selon son habitude, le chef était pressé et se disait débordé. Pourtant, son bureau était désespérément vide. Comme ni Zhao ni Lian ne bougeaient, il bougonna :

— Quoi encore ? Qu'est-ce que vous voulez ?

— C'est-à-dire, chef… Nous avons actuellement d'autres affaires urgentes en cours et puisque vous dites que l'enquête devrait être facile, peut-être que vous pourriez la confier aux *chegguans.*

À ces mots, le visage du bonhomme devint rouge de colère. Son ordinateur était allumé et l'écran affichait une partie de Mahjong qu'il voulait absolument terminer.

— Deux jours pour la boucler et pas un de plus ! renchérit-il.

Lian jeta un regard désappointé à Zhao. Jambes écartées, bras croisés, ce dernier regardait fixement son chef pour exprimer son désaccord.

— Qu'est-ce que vous avez encore Zhao ? Je vous ai dit que qu'il s'agit d'une enquête de routine mais Yong Me était un médecin connu à Beijing. Je ne peux pas envoyer des sous-fifres. Allez, j'ai autre chose à faire et fermez la porte en sortant !

Les deux inspecteurs durent se résigner. À peine eurent-ils le dos tourné, que le chef empoigna sa souris et se mit à pianoter sur son clavier. Tous savaient qu'il passait des heures à jouer en ligne au Mahjong. Zhao se ravisa soudain, fit demi-tour, rouvrit la porte du bureau et passa simplement la tête en disant :

— Amusez-vous bien, chef !

— La porte ! hurla le joueur pris en flagrant délit. Et que je ne vous revoie plus !

Zhao savait se montrer impertinent quand il le fallait. Il s'attendait souvent à recevoir un projectile en guise de réponse à ses réflexions qui frisaient parfois l'insolence.

— Tu es allé un peu loin cette fois, lui fit remarquer Lian.

— Je ne crois pas, râla Zhao. Il ne pouvait pas envoyer des *chegguans* plutôt que nous ! J'ai vraiment d'autres choses plus importantes à faire.

— Encore l'affaire Hui Ling ? Je te rappelle qu'elle est classée depuis longtemps et que le chef t'a interdit de rouvrir le dossier !

Il ne répondit pas. Tout ce qu'on lui disait concernant cette ancienne enquête n'avait aucune prise sur lui. Il n'en faisait de toute façon qu'à sa tête et il éluda la remarque de sa collègue.

— C'est lui le chef ! On y va ? se résigna Zhao.

*

Le patient encore sous l'emprise des sédatifs n'étant pas visible, ils ne se rendirent à l'hôpital qu'en fin d'après-midi.

Ainsi, ils avaient largement eu le temps de prendre connaissance du mince dossier qu'on leur avait remis.

— Je déteste les hôpitaux, fit Zhao en pénétrant dans le bâtiment.

— Tant que c'est pour une enquête !

Ils se présentèrent à l'accueil. Puis, tout en se dirigeant dans la direction indiquée par l'hôtesse, Zhao soumit à sa collègue ses premières impressions sur l'affaire.

— Le chef a raison et tort. Le gars est effectivement tombé d'une fenêtre et l'enquête peut paraître simple mais il y a quelques petites choses qui me dérangent. D'abord, le patient dormait profondément. Ensuite, dans ce type de bâtiment climatisé, les fenêtres sont toujours verrouillées et, au mieux, leur ouverture est limitée. D'autre part, d'après certaines dépositions, Yong Me aurait eu une altercation avec l'occupant de la 125. Enfin, s'il s'agit d'un suicide, pourquoi le médecin aurait-il choisi une chambre occupée ? Il aurait très bien pu le faire ailleurs, notamment de la terrasse ! Tout cela est étrange.

— Tu veux dire que tu ne penches pas forcément pour l'accident ou le suicide !

— Je n'en sais rien. Qu'est-ce que tu en penses toi ?

— Ces éléments méritent réflexion et ça pourrait tout aussi bien être un meurtre. A-t-on déjà le rapport du légiste ?

— Non, pas encore. Il faudra s'en passer pour le moment.

Les couloirs du bâtiment étaient relativement tranquilles. Il y avait çà et là des fauteuils roulants, des brancards et des lits vides ainsi que des chariots à tiroirs contenant les prescriptions. Il flottait dans l'air une odeur particulière, un mélange d'éther, de désinfectant et d'alcool. Comme on regarde une fourmilière sans comprendre quel est le rôle de chaque insecte, Lian et Zhao voyaient du personnel s'agiter de manière apparemment désordonnée et des malades déambuler sans but précis. Arrivés devant la chambre portant le numéro 127, ils se manifestèrent avant d'entrer.

— Bonjour. Vous êtes bien monsieur Qiang Mong ?

— C'est moi oui ! fit le patient étonné.

— Parfait ! Voici Lian Chung-Tao, ma collègue et je suis Zhao Hansi. Nous sommes inspecteurs à la police criminelle et scientifique de Beijing. Pouvons-nous vous poser quelques questions ?

— Bonjour, que puis-je pour vous ?

— Nous venons au sujet de l'accident.

— Au sujet de l'accident ? Je m'étonne que des inspecteurs de la criminelle soient chargés d'une affaire aussi banale qu'un accident de la route. Vous savez, je ne me rappelle pas grand-chose.

Qiang s'était partiellement redressé sur son lit. Il réajusta les oreillers afin de caler son dos.

— Excusez-moi, je me suis mal exprimé. Nous ne sommes pas ici à propos de votre accident mais suite au décès du docteur Yong Me, l'autre nuit.

— Le docteur Yong Me est mort ?

— Effectivement. Vous ne le saviez pas ?

— Non, on ne m'a rien dit. Je dormais et j'ai eu beaucoup de mal à émerger ce matin ! Qu'est-il arrivé exactement ?

— Pour faire simple : le médecin est tombé par la fenêtre de la chambre 125 que vous occupiez. Avez-vous entendu quelque chose qui pourrait nous aider même si apparemment vous dormiez ?

— Comment ça apparemment ? On m'administre des tranquillisants à haute dose, je me réveille dans une autre chambre, vous m'apprenez qu'un médecin s'est défenestré et vous semblez douter de moi en disant qu'apparemment je dormais ! s'agaça Qiang Mong.

Lian reprit l'interrogatoire en main pour calmer le jeu. Le jeune homme semblait sincère et particulièrement étonné mais il pouvait tout aussi bien mentir et feindre.

— Ne vous énervez pas monsieur. Nous nous efforçons de comprendre. Nous voulons simplement savoir si vous avez entendu un bruit particulier, une discussion ou une dispute !

— Je suis désolé mais je ne sais pas de quoi vous parlez. Je n'ai aucun souvenir de ce qui s'est passé. Je ne comprends même pas pourquoi on m'a administré de puissants sédatifs. Je pensais que vous veniez pour l'accident de voiture, pas pour un meurtre !

Lian prenait des notes et de temps en temps Zhao jetait un œil sur son calepin. Il réfléchissait puis reprenait la discussion.

— Personne n'a parlé de meurtre pour l'instant ! Le personnel affirme que le docteur Yong Me était particulièrement agité après vous avoir parlé. C'est ce qui l'aurait poussé à vous faire dormir. Il fallait que vous vous calmiez.

— Agité, moi ? Pas du tout ! Dites-moi plutôt pourquoi on me garde ici et pourquoi on me drogue !

— Nous sommes venus vous poser des questions, pas répondre aux vôtres. Vous ne vous rappelez vraiment rien ?

— Non ! affirma Qiang abasourdi.

Lian ajouta :

— Le docteur Yong Me affirmait que vous fumiez dans la chambre et que vous étiez incontrôlable.

— Vraiment ? C'est une farce ! Comment a-t-il pu vous dire cela s'il est mort ?

— Ce sont les infirmiers qui nous ont rapporté ses propos.

— C'est faux ! Je ne fume pas, je n'ai jamais fumé et il n'est pas dans mes habitudes d'être agressif. Je ne comprends pas pourquoi le Docteur Yong Me a prétendu cela. J'ai été admis ici à la suite d'un accident de voiture au cours duquel j'ai perdu un ami. Je ne peux accepter d'être traîné dans la boue. Je n'ai aucune responsabilité dans la mort de ce médecin. Cherchez plutôt de son côté, il a menti à mon sujet ! Si demain une infirmière se tord la cheville en pénétrant dans la chambre, j'en serai peut-être aussi responsable ?

Les affirmations du jeune homme étaient pertinentes et les deux inspecteurs durent en convenir. De plus, il n'avait aucun mobile pour le meurtre de Yong Me. Le dossier le concernant, même succinct, montrait clairement que les deux hommes ne s'étaient jamais rencontrés avant l'accident.

— Bon, ne vous énervez pas ! intervint Zhao. Il s'agit sans doute d'un quiproquo. Nous allons approfondir la question. Mais dites-moi, cet accident, ça a été un sacré choc à ce qu'on nous a dit !

— Oui, il paraît !

— Vous avez eu une chance inouïe. Vous semblez en pleine forme !

Qiang Mong voulut intervenir. Il avait parfaitement perçu l'ironie sous les paroles de l'enquêteur. Ce dernier ne lui laissa pas l'occasion de répondre.

— Nous allons vous laisser Monsieur Mong. Reposez-vous, un accident ce doit être éprouvant ! Nous reviendrons plus tard vous poser d'autres questions.

Ils quittèrent aussitôt la chambre et échangèrent leurs points de vue. Ils s'accordaient sur le fait qu'il y avait trop de zones d'ombre dans cette affaire. Si le patient était au cœur de l'affaire, il ne pouvait pas encore être considéré comme suspect. Son alibi était imparable : la victime, elle-même, avait fait en sorte qu'il dorme profondément. Il leur faudrait de nouveaux éléments pour comprendre ce qui s'était passé.

*

Une réponse partielle les attendait à leur retour au BSP. Le rapport du médecin légiste était prêt mais une note collée sur l'écran de Zhao l'invitait à contacter l'expert de toute urgence.

— Zhao Hansi, du BSP. Vous vouliez me parler docteur ?

— Oui. Je vous ai fait parvenir, sur votre boîte mail sécurisée, une copie du rapport d'autopsie du docteur Yong Me. Je ne sais pas si vous en avez déjà pris connaissance…

— Non, pas encore. Lian Chung-Tao et moi venons d'arriver. Je vous écoute.

En entendant prononcer son nom, la jeune inspectrice s'approcha de son collègue. Il lui fit signe de coller son oreille au combiné pour entendre. Il était hors de question d'utiliser le haut-parleur.

— Eh bien, il semble que le médecin ait été frappé, ce qui pourrait exclure la thèse du suicide. Mais je n'en suis pas sûr.

— Intéressant ! Et qu'est-ce qui vous fait penser qu'il a été frappé ?

— Notre homme présente des marques suspectes, comme si des coups lui avaient été portés à plusieurs endroits du corps. Les examens révèlent notamment que le foie a éclaté et que les reins ont été écrasés. Le pancréas n'était pas beau à voir non plus ! J'ai noté plusieurs fractures costales qui ont entraîné la perforation d'un poumon. Par ailleurs, j'ai observé une fracture très nette du tibia droit et d'autres, mais moins évidentes. Ah aussi, il n'a rien au visage à part quelques hématomes qui existaient peut-être avant. Enfin, j'ai constaté de multiples lésions au niveau de la boîte crânienne mais étant donné qu'il s'agit d'une chute, je ne peux en tirer aucune conclusion précise.

— Si je comprends bien, docteur, vous avez repéré des traces qui vous interpellent et qui pourraient correspondre à des coups portés par quelqu'un. C'est cela ?

— Exactement mais…

— Mais quoi ? L'a-t-on frappé ou non avant qu'il tombe ? Voilà ce qui m'intéresse.

— Justement, c'est ici que réside le problème car, voyez-vous, je ne peux rien affirmer. La mort du médecin a pu être causée par un passage à tabac en règle et, dans ce cas, les coups auraient été portés avec une redoutable précision. Mais il pouvait tout aussi bien être indemne avant sa défenestration car une telle chute peut provoquer toutes les blessures que je vous ai énumérées.

— Et en poussant les analyses, avec un peu plus de temps, pourriez-vous affiner votre diagnostic ?

— Inspecteur, j'ai examiné le cadavre sous tous les angles, j'ai vérifié plusieurs fois certains paramètres pour ne rien laisser échapper et, même si j'en suis désolé, je vais être formel : il n'y a, à ce jour, absolument aucun élément qui permettrait de faire pencher la balance dans un sens ou dans l'autre. En conclusion, je suis dans l'incapacité scientifique de vous dire si le docteur Yong Me a été assassiné, s'il est tombé accidentellement par la fenêtre ou s'il s'est suicidé. D'ailleurs, sa mort est peut-être le résultat d'une combinaison de ces éléments mais je ne peux rien affirmer aujourd'hui !

Lian espérait beaucoup du résultat de l'autopsie. Elle grimaça. Ils n'avaient pas de nouvel élément probant. Leurs doutes ne reposaient que sur des suppositions. La thèse du crime leur échappait. Si Qiang avait frappé le médecin, trop d'éléments plaidaient en sa faveur, notamment l'absence de mobile et surtout, il dormait au moment des faits. Sur ce point, les infirmiers étaient formels.

Zhao, de son côté, était embarrassé. Il ressassait toutes les données.

— Vous êtes toujours là, inspecteur ?

— Ah oui, excusez-moi. Je pensais à tout ce que vous venez de me dire.

— Vous avez une autre question ? J'ai encore une autopsie à faire avant ce soir et je suis en retard.

— Oui. Avez-vous noté des marques quelconques sur les mains du médecin ?

— Non, il n'y avait rien mais que cherchez-vous ?

— Est-ce qu'il s'est débattu ?

— Pas en apparence ! Il n'y a pas de marques qui laissent supposer qu'il ait lutté, si c'est ce que vous voulez dire. Je pense que s'il a été frappé, son adversaire devait être redoutablement expérimenté. Yong Me n'a rien pu faire. Ah, j'ai oublié de vous dire qu'il portait au cou des marques superficielles de strangulation.

— Superficielles ?

— Oui. On n'a pas vraiment voulu l'étrangler mais il a dû avoir une sacrée peur. Il a probablement été saisi par le col et serré. Une forme d'intimidation, je suppose. Mais attention ces traces sont bien antérieures à la chute. Je dirais un ou deux jours avant. Tout ceci figure dans mon rapport. D'autres questions ?

— Non. Je vous remercie docteur ! Si vous avez du nouveau ou si vous pensez à autre chose qui pourrait nous aider, n'hésitez pas.

— Je vous appelle s'il y a un nouvel élément.

*

Les enquêteurs avaient pris l'affaire à bras-le-corps et, le lendemain, ils étaient de retour à Xiehe. Même décor, même odeur, même aversion de leur part pour le milieu hospitalier mais la comparaison s'arrêta là.

— Je ne sais pas comment l'expliquer, fit remarquer Lian avant d'entrer dans la chambre de Qiang, mais ce qu'il nous a dit hier sonne à la fois vrai et faux !

— J'ai le même sentiment. Il y a quelque chose qui me dérange. Il est guide dans une agence de voyages et il roulait à bord d'une Maserati. Tu peux t'offrir une voiture pareille, toi ?

Lian secoua la tête pour lui signifier sa réponse.

— J'aimerais bien une Maserati ou une Porsche. Qu'importe mais avec mon salaire, je ne peux qu'en rêver ! ajouta l'enquêtrice. Je pourrais éventuellement m'acheter un porte-clés ou un tee-shirt de la marque mais pas plus. Bon. On y va ?

— Ok !

Trois coups brefs donnés sur la porte et le patient les pria d'entrer.

— Bonjour monsieur Mong, nous voici à nouveau !

Le policier s'approcha de Qiang. Ce dernier ne lui prêta pas la moindre attention. Il feuilletait un magazine.

— Épargnez-moi vos formules de courtoisie et venez-en au fait. Que voulez-vous ? leur déclara-t-il froidement.

— Vous poser des questions comme je vous l'ai dit hier.

— Hier ? Oui, hier peut-être.

Les deux inspecteurs se regardèrent quelque peu étonnés. Le jeune homme n'avait pas le sens de la répartie de la veille. Il semblait plutôt vouloir se défausser.

Comme ils ne bougeaient pas, Qiang jeta alors la revue qu'il lisait sur les draps blancs et fixa l'enquêteur du regard. Alors qu'il allait avancer, ce dernier s'arrêta net, intrigué par la façon qu'avait le patient de le dévisager. Même l'expression de son visage avait perdu cet air plutôt affable qu'il avait précédemment remarqué chez lui. Il éprouvait la désagréable impression d'avoir affaire à un autre homme, un homme dont il fallait se méfier. Il se ravisa et demanda :

— Que pensez-vous de la mort du docteur ?

— Je n'en pense rien. Il est venu m'examiner et je ne l'appréciais pas particulièrement. Je ne sais pas pourquoi il s'est suicidé si c'est ce que vous voulez savoir. Il en avait peut-être assez de se regarder dans la glace en se rasant le matin ! Qu'est-ce que j'en sais, moi !

Lian intervint :

— Dites-moi, monsieur, pratiquez-vous un sport de combat comme le karaté, le jiu-jitsu ou la boxe ?

— Quelle drôle de question ! Non, je n'ai jamais pratiqué ce genre de sport mais je sais très bien me défendre. Et vous ? Cela doit être nécessaire pour arriver à s'imposer dans votre métier quand on est une femme !

L'inspectrice passa outre la remarque et il reprit aussitôt :

— À quoi riment ces questions ? Je suis suspect ou pas ? Si je le suis, arrêtez-moi sinon dehors ! Je vous rappelle quand même qu'à l'heure du grand saut, je dormais profondément puisqu'il m'avait administré des doses de somnifères capables d'assommer un éléphant ! Autre chose ?

Non ! Alors la porte est derrière vous ! Je ne vous dis pas au revoir.

Zhao, loin de se laisser intimider, se plaça juste en face du guide et, le regardant droit dans les yeux, il poursuivit l'interrogatoire :

— Où êtes-vous né ?

— Dans le Sichuan, à Niao'ai mais je suis sûr que vous le savez déjà ! Maintenant, c'est fini ?

— Seulement pour aujourd'hui mais soyez certain que nous serons appelés à nous revoir.

— Vous n'avez rien contre moi. Mais si vous avez du temps à perdre, je ne peux pas vous empêcher de venir m'importuner. Je vous rappelle quand même que je suis ici pour me reposer et qu'à partir de maintenant, vous devrez demander l'autorisation à mon médecin pour me voir.

— À très bientôt monsieur Mong !

Une fois dans le couloir, Lian ne put s'empêcher de dire :

— Ce n'est pas vrai, on s'est trompé de chambre ! Ce n'est pas le même bonhomme qu'hier. Soyons sérieux : deux jours pour boucler cette enquête ! Impossible. Waouh, ce gars est ou très malin ou dingue.

Tout en discutant, ils regagnèrent leur véhicule.

— Comment expliques-tu cela ? demanda Zhao.

— Je ne me l'explique pas, du moins pas encore ! Mais mon flair me dit qu'il y a anguille sous roche ! Il faut fouiller dans le passé de cet homme.

— J'ai un étrange pressentiment moi aussi en ce qui le concerne. Je ne saurais pas dire exactement de quoi il s'agit mais laisse-moi un peu de temps et je t'apporterai des réponses. Quelque chose me dit que nous n'en avons pas fini avec Qiang Mong !

— Pour ce qui est du chef, il va falloir lui faire comprendre que le dossier Yong Me risque de prendre plus de temps que prévu. Je veux bien me charger de le lui expliquer mais il va faire une drôle de tête, dit Lian.

En quittant l'hôpital, ils assistèrent au ballet des ambulances et des voitures privées qui amenaient des malades, des blessés et des patients venus en consultation. Des membres du personnel hâtaient le pas pour prendre leur service ou pour regagner leur domicile.

L'hôpital était haut, long et vaste mais à l'un des étages du bâtiment, derrière une fenêtre, on les observait avec beaucoup d'attention. Le patient de la chambre 127 les épiait !

19 ENTENDRE L'IMPOSSIBLE

Zhao s'était joint au groupe pendant les jours suivants. Il s'était maladroitement essayé à la calligraphie aux côtés d'Anna et avait étonné tout le monde lors de l'apprentissage de la cuisine chinoise. Il abandonnait cependant sa nouvelle amie et Shany, chaque soir, et au bout d'un moment elles regrettèrent ses absences. Il faisait preuve de beaucoup d'humour et en sa compagnie, même les visites des tombeaux de Dingling ou de Ming devenaient drôles. Lors des journées libres, il avait accompagné les deux femmes pour des excursions plus insolites proposées par Qiang. Une complicité s'était installée entre eux mais certains jours, le guide semblait sur ses gardes. Puis vint la semaine où chacun avait quartier libre.

*

Un matin, Zhao attendait Anna devant l'hôtel depuis quelques secondes lorsque celle-ci lui adressa un petit signe de la main pour manifester sa présence. Le bracelet doré qu'elle portait au poignet se balança, renvoyant les rayons du soleil qui s'y reflétaient.

— Joli ! fit Zhao alors qu'elle s'installait dans la voiture.

— Quoi ?

— Le bracelet ! Cadeau d'un petit ami ?

— Cela aurait pu être le cas mais non, je n'ai pas de petit ami, répondit-elle pudiquement en plaquant son sac à main contre sa poitrine et en claquant la portière.

Elle croisa les jambes. Zhao les découvrit : légères, fines mais galbées. Elles étaient serrées l'une contre l'autre comme deux siamoises qui ne veulent pas être séparées. Jamais encore il n'avait vu la jeune femme ainsi : proche, confiante, prête à se fier à lui. Il la redécouvrait pour son plus grand plaisir. Absorbé par la conduite, il regardait dans ses rétroviseurs, jetant subrepticement, à chaque fois qu'il le pouvait, un regard sur Anna, assise à ses côtés telle une vestale[6] et qui, sans en avoir conscience, avait allumé un feu en lui. Elle était belle, avait du charisme et semblait douce. Cependant, leur rencontre sur la muraille et les jours suivants, passés en sa compagnie et celle de Shany, l'avaient convaincu qu'elle était aussi dotée d'une personnalité fougueuse. Elle n'appartenait pas au genre de fille qui se laisse aisément déstabiliser ou qui renonce facilement. Sa personne alliait la grâce et la fermeté, la réserve et la spontanéité, la candeur et la malice. Plus qu'un alcool de riz, elle l'enivrait.

— La nuit s'est bien passée ?

— Très bien merci !

— Et Shany ?

— Elle est partie tôt ce matin pour Weifang ! Elle a des rendez-vous et elle doit visiter des entreprises. Où allons-nous ?

— Au BSP. A-t-elle reçu un appel de Qiang ?

— Pas à ma connaissance. Elle paraissait songeuse et même tracassée. Ce doit être à cause des négociations qu'elle devra mener avec les fournisseurs.

---

[6] Dans l'Antiquité, prêtresse de Vesta, chez les Romains. Elle entretenait le feu sacré.

— Probablement. Et avez-vous fait ce que je vous ai demandé ?

— Oui, le voici.

Anna tendit à l'inspecteur le téléphone de Shany qu'elle venait de sortir de son sac.

— Elle n'a rien remarqué ?

— Non ! Je pense qu'elle ne s'est aperçue de rien. Je devais être Arsène Lupin lors d'une vie précédente, plaisanta-t-elle en décroisant ses jambes de sylphide. Vous connaissez ?

Le sourire qu'elle lui adressa était aussi gracieux que sa silhouette et ses dents blanches, parfaitement alignées, mettaient en valeur ses lèvres ourlées qui auraient rendu jalouse Betty Boop.

— Arsène Lupin, héros de Maurice Leblanc, gentleman cambrioleur. C'est cela ?

Elle confirma, agréablement surprise par sa connaissance de la littérature française.

— Parfait ! reprit-il en revenant sur le sujet qui les préoccupait. Nous allons pouvoir accéder à sa messagerie et aussi nous assurer que Qiang ne lui a pas donné un numéro de téléphone que nous ne connaîtrions pas.

— J'espère que ça ne lui posera pas de problème !

— Si vous faites allusion au fait qu'elle n'a plus de téléphone, ne vous inquiétez pas. En Chine, elle pourra s'en procurer un n'importe où. Ce serait même bien qu'elle vous communique son nouveau numéro.

— Nous verrons bien !

Zhao connaissait Pékin comme sa poche et il se dirigeait dans la ville aussi sûrement que s'il avait lui-même conçu le schéma d'urbanisation. Malgré cette science cachée et toute la dextérité dont il faisait preuve, parvenu au quartier Dongzhimen, il dut se rendre à l'évidence : la rue Guijie était bouchée. Anna en profitait pour admirer les étranges lanternes rouges qui se balançaient au-dessus des voitures et des nombreux vélos.

— C'est mignon par ici, fit-elle.

— On appelle cet endroit la rue des fantômes, justement à cause des lanternes. La nuit, elles sont toutes éclairées. C'est un lieu de rencontre prisé à Pékin.

Zhao tenait le volant d'une main et de l'autre, il tâtait sous son siège.

— Vous cherchez quelque chose ?

— Oui mais ça y est, je l'ai.

Il descendit totalement sa fenêtre, glissa son bras hors du véhicule et posa un gyrophare sur le toit.

— Parfois, on n'a pas le choix et nous sommes pressés.

Un son strident accompagné d'un jeu de lumière retentit, attirant l'attention des passants. Anna posa son coude sur la garniture de la portière, afin de masquer son visage aux touristes qui dégainaient déjà leurs appareils photo comme si elle était une star française venue incognito à Pékin.

Telle la mer Rouge s'ouvrant devant Moïse, les véhicules se rangèrent pour céder le passage à la voiture de Zhao. Peu de temps après, ils arrivaient au BSP.

— Anna, je vous présente ma collègue Lian Chung-Tao. Elle comprend à peu près notre langue, enfin je veux dire le français, mais elle ne le parle pas.

— Enchantée, fit la jeune femme à l'inspectrice qui lui proposa de s'asseoir en lui présentant un siège.

Zhao prit place en face d'elle, debout, appuyé sur le bord métallique du bureau. Il croisa les bras, adopta un air sentencieux, probablement de circonstance, qui inquiéta Anna et, le regard sombre, il dit :

— Voilà. Puisque nous avons un petit répit, Shany étant d'un côté et Qiang sans doute d'un autre, je dois vous révéler certaines choses.

La jeune femme cala son dos plus profondément dans le fauteuil en attendant la suite.

— Je travaille officieusement depuis des années sur l'enquête 強, l'affaire Hui Ling. Il s'agit d'une jeune professeure, portée disparue sans laisser aucune trace. L'enquête n'a jamais abouti, confiée à des incompétents, que l'on appelle ici *chegguans*. Ils n'ont jamais rien trouvé, pas la moindre piste. En fait, ils n'ont pas suffisamment cherché et l'enquête a été bâclée.

— En quoi cela nous concerne-t-il ?

— J'y viens. Hui Ling était une jeune femme sans problème, essentiellement motivée par sa carrière et proche de sa famille. Elle n'avait pas de relation particulière et après sa disparition, on n'a jamais retrouvé son corps.

— Elle est peut-être seulement partie, intervint Anna. Beaucoup de gens disparaissent chaque année, vous êtes bien placés pour le savoir dans la police ! Parfois il s'agit de personnes qui en ont assez et qui veulent changer de vie !

— Ce n'est pas le cas de Hui Ling !

— Comment pouvez-vous en être certain ?

Lian demanda à Zhao quelques précisions, vérifiant ainsi qu'elle suivait correctement la conversation. Alors qu'il allait reprendre son exposé de la situation, elle prit la parole dans un français très approximatif :

— *Dis-loui,* Zhao!

— Non ce n'est pas le moment !

L'inspectrice agacée répondit cette fois-là en chinois, pour insister auprès de son collègue. Anna ne voyait pas où elle voulait en venir, d'autant que sa connaissance de la langue ne lui permettait pas de comprendre les dernières paroles de Lian. Elle attendait la suite des révélations, la suite d'une enquête qui ne semblait pas la concerner. Ses yeux allaient de Zhao à Lian, de Lian à Zhao. Trop d'éléments lui manquaient.

— Pour le moment, je suis perdue ! avoua-t-elle.

— Le cas de Hui Ling n'est hélas pas isolé et nous avons malheureusement constaté la disparition d'autres jeunes femmes, dans des conditions analogues. Le phénomène n'est pas récent. Or, il y a quelque temps, deux points communs ont été établis entre ces femmes : elles étaient plutôt jolies et elles ont disparu subitement, sans donner à leur entourage la moindre explication : pas de lettre d'adieu, pas de raison de s'éclipser. Les enquêtes ont piétiné et ont été classées sans suite. Point barre ! Moi, je n'ai jamais renoncé et il m'a fallu du temps pour retracer leur parcours. C'est ainsi que j'ai fini par découvrir que toutes s'étaient systématiquement déplacées en direction de l'ouest.

D'un geste vif, Zhao fit pivoter à 180 degrés le siège sur lequel Anna était assise. Devant elle, une carte était affichée qui ne représentait toutefois qu'une petite partie de la Chine.

— Suivez-moi bien, demanda Zhao qui s'était emparé d'un stylo afin d'esquisser dans l'air des segments de lignes. Voici les itinéraires empruntés par quelques-unes de ces jeunes femmes : La première : Pékin puis Shijiazhuang et Linfen suivis de Hanzhong. La seconde : Pékin, Shanxi, Lüliang, Yan'an, on plonge au sud en direction de Baoji et après Longnan. Une autre Cangzhou, Liaocheng, Zhengzhou, Weinan puis Guanyuan situé au sud de Longnan.

Il posa son stylo sans quitter des yeux le tableau, prit du recul et posa ses mains sur ses hanches avant de déclarer d'un air satisfait :

— Comme vous pouvez le voir, on part toujours de Pékin et malgré les différents itinéraires empruntés, les déplacements se font à chaque fois vers l'ouest. Ils aboutissent plus précisément dans ce secteur.

Il désigna un cercle qui avait été préalablement tracé avec un marqueur.

— *Yīqiè dōu* ! ajouta Lian en plaquant ses mains sur la carte afin de cadrer la zone.

— Elle a dit que tout nous ramène ici.

— Et à quoi correspondent les autres traits ?

— Aux autres victimes.

Anna se leva, abasourdie. Elle fixait la carte sans parvenir à compter le nombre de lignes.

— Ne me dites pas que chaque trait correspond à une victime !

— Hélas, si !

Le tableau n'aurait pas dépareillé dans un cours de résolution d'équations de droites. Mais les élèves auraient rechigné face à la multitude de vecteurs non colinéaires à calculer.

— C'est effrayant ! Comment savez-vous que ces femmes étaient bien à ces endroits ?

— Cela relève d'un travail de longue haleine. Les compagnies de train et d'aviation tiennent des fichiers de voyageurs qui sont une mine d'or pour nous. De même, les caméras placées dans des lieux stratégiques jouent un rôle essentiel. Grâce à elles, nous avons pu identifier certaines personnes. Enfin, les enquêtes de terrain menées auprès des commerçants, photos des disparues à l'appui, permettent d'affiner les recherches. À force de recoupements, de patience et de déductions, nous en sommes arrivés là.

Lian toucha deux mots à Zhao qu'il traduisit.

— Elle me demande de préciser que j'ai glané une grande partie de ces informations pendant mes congés parce que ces enquêtes étaient classées.

— Même si c'est édifiant, cela ne me dit pas quel rapport Shany et moi avons avec ces affaires. Aucune de nous n'a disparu.

— Je le sais mais préparez-vous à entendre le plus troublant.

Anna eut soudain très chaud. Elle redoutait d'en apprendre davantage. Elle prit les devants comme pour se protéger.

— Je n'ai rien à voir avec tout cela. Mon amie et moi sommes simplement en vacances en Chine pour nous changer les idées et j'ai déjà prêté trop d'attention à toutes ces histoires sordides. Je m'en vais !

Lian se leva et se dressa devant Zhao :

— *Dis-loui* ! *Gàosù tā* ! insista-t-elle en chinois pour être certaine d'être bien comprise. *Dis-loui* pour Hui Ling ou ce sera moi !

Elle ne plaisantait pas et elle avait dû préparer sa réplique pour maîtriser à ce point la menace qui affleurait dans son propos sans faute de français. Acculé, l'inspecteur grimaça, se frotta le front puis soupira, jetant un regard désapprobateur à sa collègue plantée devant lui. Il finit par dire :

— Hui Ling était ma sœur. Sa disparition correspond à ce trait-là !

Alors qu'elle allait sortir, Anna se figea. Zhao en profita et pour la retenir, il lui asséna sa dernière tirade :

— Encore un détail, après vous pourrez partir si vous le souhaitez. Je vous rappelle qu'on n'a jamais retrouvé ces femmes, pas même Hui Ling et certaines d'entre elles étaient en vacances en Chine. Maintenant, jetez un œil sur les photos que voici. Elles sont parfois un peu floues, mais regardez-les quand même. Ensuite, libre à vous de rester ou non.

Anna tenait le pommeau rond de la porte entrebâillée dans sa main. Elle hésita : rester et savoir, ou fuir la vérité. Elle regarda Zhao, elle regarda Lian, elle regarda le petit paquet d'une dizaine de photos qu'il avait jetées en vrac sur le bureau. Finalement, elle relâcha la poignée de la porte, qui se referma en grinçant. Elle contourna le bureau, prit les clichés et les examina. Horrifiée par ce qu'elle découvrait, elle les laissa tomber au sol et porta les deux mains à sa bouche pour étouffer un cri.

20 EXPÉRIENCE DE MORT IMMINENTE

À l'enterrement du docteur Yong Me, on remarqua sa famille et de nombreux confrères qui, bien qu'émus, ne versèrent aucune larme. Pour l'occasion, Guo Sen, Fang Li et Fuo Sin avaient délaissé leur blouse blanche. Par respect, le premier oublia la discorde récente qui l'avait opposé au défunt et, tout en suivant le cortège funèbre, il repensait à la succession d'événements qui avait bouleversé l'hôpital Xiehe. Depuis quelque temps, rien n'était normal : son intervention sur les lieux de l'accident, le patient déclaré mort et finalement bien vivant, son altercation avec Yong Me au réfectoire, les propos déconcertants que lui avait rapportés sa collègue au sujet de Qiang et d'un troisième médecin, qui serait intervenu ce fameux soir. En dernier lieu, il y avait la mort de Yong Me, personnage controversé mais nullement suicidaire. Tout cela tournait dans sa tête mais rien ne s'expliquait.

Zhao et Lian s'étaient, eux aussi, glissés parmi la foule au sein de laquelle on comptait de nombreux notables. Yong Me jouissait d'une certaine notoriété et à Pékin, il avait trouvé sa place. Beaucoup savaient que pour cela, il n'avait pas hésité à écarter ceux qui représentaient des obstacles. Mais le jour de ses obsèques, chacun se confondit en compliments. Tous étaient intarissables sur ce qu'avait accompli le défunt. Zhao écoutait, l'esprit en éveil, cherchant toujours qui aurait eu intérêt à se débarrasser du disparu. Il cernait peu à peu sa personnalité et à la fin de la cérémonie, il en était convaincu : jamais Yong Me n'aurait volontairement mis fin à sa vie. Son existence était limpide. Qiang au contraire était, au moment des faits, à la fois trop proche de la victime et trop endormi ! Ce trop le gênait !

*

Persévérant, obstiné, pugnace, Zhao s'acharnait toujours et ne renonçait jamais. S'il avait de nombreuses affaires en cours, sur ordre de sa hiérarchie, il avait dû mettre momentanément entre parenthèses celle de Qiang, officiellement appelée l'affaire Yong Me. Cependant, la chance était avec lui. Le jeune guide fut contraint de rester hospitalisé plus longtemps qu'il ne le voulait. L'équipe médicale redoutait de profondes lésions, qui auraient pu échapper à tous les examens pratiqués. C'était du moins le motif annoncé, qui cachait les véritables intentions du nouveau responsable de l'hôpital de jour de Xiehe. Qiang était un cas d'école exceptionnel dont on voulait profiter. Parfois calme, d'autres fois irascible, le jeune homme s'était montré excessivement violent lorsque le personnel lui avait notifié la prolongation de son séjour.

— Vous n'avez pas le droit de me garder !

— C'est dans votre intérêt monsieur. Vous avez tout de même été victime d'un très grave accident. Or, étant donné votre rétablissement, disons inhabituel, nous devons rester extrêmement vigilants.

Ce fut le dernier mot que l'interne prononça. L'œil mauvais, Qiang l'insulta, la menaça et terrifiée, elle finit par détaler. Cet écart de conduite fournit à la remplaçante de Yong Me, une jeune femme carriériste et opportuniste, le motif qu'elle attendait. Elle voulait en effet le garder comme « cobaye » et parallèlement ne pas l'avoir sous sa seule responsabilité.

— Yong Me avait raison, déclara-t-elle à l'occasion du briefing matinal. Cet homme est dangereux pour les autres et pour lui-même. Quelque chose ne va pas chez lui. Il faut qu'il reste ici pour pratiquer des examens complémentaires.

Cinq minutes plus tard, elle apposait sa signature au bas d'un document d'internement, pour le transférer dans une aile du bâtiment réservée à cet effet. À titre de prescription, elle suggérait l'injection à haute dose de tranquillisants et le recours à une camisole de force, si nécessaire. Lorsque Qiang se réveilla, il était au calme, dans un écrin épais, doux et blanc.

*

Zhao profita de ce répit fortuit. Il espérait découvrir de nouveaux éléments, même s'il ne savait pas vraiment quoi ni où chercher. Il lui fallait trouver ce petit quelque chose qui lui manquait, trouver la petite erreur qui s'était nécessairement glissée quelque part et qui lui échappait. Ce petit rien, qui ferait basculer l'enquête du côté de la vérité lui faisait défaut.

Le passé de Qiang n'était pas très clair et fait de hauts et de bas, à l'image du personnage. Mais rien ne pouvait justifier le meurtre de Yong Me. L'inspecteur décida finalement de passer outre les ordres et de fouiller le domicile du suspect.

— Prends tes affaires, Lian, nous devons partir.

— Où allons-nous ?

— Rue Wangfujing, chez Qiang Mong.

— Et le chef, sait-il sur quoi nous enquêtons ?

Zhao ne répondit pas :

Lorsqu'ils entrèrent dans l'appartement du guide, l'alarme se déclencha. Il ne fallut que trois minutes à deux agents d'une société de sécurité pour arriver sur les lieux et qu'un instant à l'inspecteur pour se débarrasser d'eux. Il improvisa.

— Nous étions dans l'immeuble quand nous avons entendu une alarme, assura-t-il en montrant sa plaque de police. Vous êtes bien là pour ça, n'est-ce pas ? Pouvez-vous la couper, c'est assourdissant ?

Un des deux hommes entra le code.

— Merci. À présent vous pouvez partir. Puisqu'on est là, on s'en occupe. Donnez-nous votre carte, on vous recontactera.

Ils n'insistèrent pas. Les inspecteurs avaient le champ libre pour passer l'appartement au peigne fin.

Alors qu'ils commençaient à fouiller, Lian remarqua :

— Dis-moi, tu crochetais les serrures dans une autre vie ! Je ne te connaissais pas ce talent.

Il plaisanta :

— J'ai probablement fait un séjour à Alcatraz, dans une vie antérieure.

— Américain en plus ! Mais, trêve de plaisanterie, que cherchons-nous exactement ?

— Je ne sais pas mais si l'on tombe dessus, je suis sûr qu'on le reconnaîtra !

Ils explorèrent les tiroirs, ouvrirent les placards, tâtonnèrent derrière les meubles et les tableaux.

— Je vais quitter la police, fit remarquer Lian perchée sur une chaise en train d'explorer une trappe située au plafond. Appartement avec alarme, bons vins, dressing bien rempli... Guide, ça paye rudement bien !

— Il y a aussi la Maserati !

— Je l'avais oubliée celle-là !

Le temps filait mais ils ne découvraient rien, hormis que Qiang évoluait dans un luxe inconciliable avec sa condition d'ancien paysan de la province du Sichuan et sa nouvelle profession à Pékin.

— Si seulement on avait accès aux données de son ordinateur !

— Laisse-moi faire, dit Lian et avec un peu de chance, ce PC nous révélera tout ce qu'il sait !

— Je ne te connaissais pas ces talents de hacker.

— J'ai toujours adoré l'informatique.

Elle s'installa devant l'écran, tandis que Zhao continuait à fouiller, selon ses bonnes vieilles méthodes, quadrillant les pièces, centimètre par centimètre et se fiant à son intuition. De petits tapotements frénétiques vinrent rythmer la scène et un peu plus tard Lian s'écria :

— Je crois que j'ai trouvé quelque chose d'intéressant !

Zhao laissa échapper une panière d'osier où se mêlaient des objets hétéroclites qu'il examinait. Le contenu se répandit au sol.

— Qu'est-ce que tu as trouvé ?

— Je suis sur les relevés de compte de notre homme. Regarde bien les mouvements effectués. Tu ne remarques rien ?

Penchés au-dessus des épaules de sa collègue, les yeux de l'enquêteur balayaient les écritures comptables sans remarquer quoi que ce soit.

— On dirait qu'il trafique ! Ces montants-ci ont l'air de correspondre à son modique salaire de guide. Mais là, encore là, regarde une nouvelle fois ici, ces sommes rondes, j'en mettrai ma main au feu, sont trop importantes pour être légales. Sans mauvais jeu de mots, c'est stupéfiant. Il a aussi, outre son compte courant, une épargne substantielle, qui ferait bien mon affaire. Tu ne trouves pas cela suspect ?

— Tu as raison, ce n'est pas normal ! Quand on vient d'aussi loin, les tentations sont multiples et l'argent facile, un plan alléchant !

— Qu'est-ce qu'on fait maintenant ?

— Tu imprimes ces feuilles et on retourne au bureau pour brosser la situation au chef. Il n'appréciera pas que l'on soit à nouveau sur l'affaire mais on n'a pas le choix. J'espère qu'il nous couvrira sur ce coup, parce que l'intrusion dans cet ordinateur n'est pas légale.

— À mon avis, on a de quoi s'occuper un moment. Ce n'est jamais simple de remonter des filières, remarqua Lian.

— Restons calmes, nous avons le temps ! Notre ami est coincé dans une camisole de force et le plus souvent, il doit être shooté. Même si on voulait l'interroger, les médecins ne nous autoriseraient jamais à lui parler. Ce n'est pas plus mal, cela nous permettra d'y voir plus clair, sans être gênés. J'aimerais beaucoup approfondir son emploi du temps.

Lian avait fini d'imprimer les documents et comme elle semblait d'accord avec Zhao, il poursuivit :

— Dès qu'on en saura suffisamment, on pourra le coincer. Pour parer à toute éventualité, j'ai demandé à l'hôpital de nous tenir informés de tout changement de situation le concernant.

En quittant l'appartement, Zhao asséna de puissants coups de pied dans la porte.

— Mais qu'est-ce que tu fais ?

— On dira qu'elle était déjà défoncée à notre arrivée. D'ailleurs, l'alarme s'est déclenchée tout à l'heure. Tout coïncide !

Et sur le ton de la plaisanterie, il ajouta :

— Tu ne trouves pas que, pour un appartement de luxe, les portes pourraient être de meilleure qualité ! Remarque, cette faiblesse est largement compensée par la réactivité de la société de surveillance comme nous avons pu le constater.

— Justement, les deux agents de sécurité ont peut-être vu que la porte n'était pas dans l'état où tu viens de la mettre !

— Voyons Lian, c'étaient des employés, certainement pas des spécialistes ! De toute façon, on ne peut pas faire autrement et ce sera leur parole contre la nôtre. On préviendra le poste de police le plus proche, pour qu'il fasse les constats d'usage et qu'il contacte la société de surveillance.

— Décidément, tu as réponse à tout !

Et ils dévalèrent les escaliers.

*

Le chef, malade ce jour-là, était particulièrement de mauvaise humeur et il n'avait qu'une hâte, obtenir un rendez-vous chez son médecin avant de rentrer chez lui. Les deux inspecteurs préférèrent reporter la confrontation à un moment plus opportun. Finalement, ils bénéficièrent d'une semaine de répit, le temps qu'il se rétablît, ce qui fit leur affaire. Ils avaient le champ libre pour peaufiner leur dossier.

— Direction Xiehe ! dit Zhao. J'espère que Qiang est visible maintenant !

— J'avais griffonné quelque part qu'il avait été transféré au troisième étage, chambre 311, fit-elle en tournant les pages de son bloc-notes.

— Ok ! Si on ne peut pas encore prouver qu'il a tué Yong Me, il devra s'expliquer sur sa comptabilité. En le travaillant un peu, il finira bien par avouer. On devrait pouvoir le cueillir dès sa sortie de l'hôpital et nous aurons ensuite les coudées franches pour l'interroger.

— Attention ! N'oublie pas que nos preuves reposent sur les informations trouvées dans son ordinateur et que nous n'avions pas de mandat. On ne sait même pas si le chef nous couvrira ! Bon, comment comptes-tu t'y prendre pour lui faire dire ce que nous attendons ? Il est malin le lascar ! remarqua Lian.

— Je crois que je m'inspirerai d'une stratégie de Colombo, la série éponyme de mon enfance. Je dois avouer que cet inspecteur de la police de Los Angeles a même suscité ma vocation !

— Colombo ?

— Tu ne connais pas ? C'est un flic atypique qui porte toujours une vilaine gabardine, fume le cigare et roule dans une voiture française pourrie, une Peugeot 403, je crois. C'est un sacré personnage !

— Tu as de drôles de références. Il ne te ressemble vraiment pas !

— Peut-être, mais c'est un excellent enquêteur. Il pose des questions en apparence anodines et, au moment où le suspect s'y attend le moins, il fait croire qu'il va partir, se retourne et dit : « ah oui, j'allais oublier, juste un petit détail ! ». À cet instant sublime, tout vacille. L'autre comprend qu'il est démasqué.

Comme Zhao mimait la scène, Lian éclata de rire.

— Pour répondre sérieusement à ta question, je vais essayer de l'amener à nous décrire une vie banale et logique, totalement en contradiction avec ce que l'on a découvert sur sa comptabilité. On improvisera après !

*

Arrivés au troisième étage de Xiehe, un infirmier de service les interpella :

— Madame, monsieur, où allez-vous ?

— Nous souhaitons voir le patient de la chambre 311 !

— Vous êtes de la famille ?

— Non, de la police, dit Zhao en brandissant sa carte professionnelle.

L'homme parut étonné.

— Dans ce cas, je vous accompagne, dit-il.

Ils longèrent le couloir et devant la porte 311, l'infirmier composa le code d'ouverture de la chambre.

— Pour ressortir, vous devrez saisir le même code : 1246. Je vous laisse.

Lian frappa deux coups brefs afin de s'annoncer.

Une dame âgée, perfusée, dont les pommettes saillantes et rouges contrastaient avec la blancheur des draps du lit où elle reposait, les regarda pénétrer dans la pièce. Elle eut des difficultés à articuler :

— Vous désirez ?

— Excusez-nous madame, nous avons dû nous tromper, dirent-ils en se retirant.

Dans le bureau à l'entrée du service, l'infirmier fut surpris de voir Zhao et Lian revenir si vite.

— Un problème ?

— Un problème ! Plus que ça ! Où est Qiang Mong ?

— Qui ?

— Qiang Mong, le patient de la chambre 311 !

— Je ne vois pas de qui vous parlez mais je rentre de vacances et j'ai pris mon service aujourd'hui. Adressez-vous à l'accueil pour plus d'informations.

Zhao était hors de lui. Au bureau des entrées, on annonça aux enquêteurs que Qiang avait quitté l'hôpital en dépit de tout avis médical. Il avait signé une décharge en bonne et due forme. La demoiselle présenta le document aux policiers pour leur prouver ce qu'elle disait. Encore plus agacé, Zhao martelait nerveusement le comptoir de la réception.

— Cet homme ne devait aller nulle part sans que nous en soyons informés. Il relève d'une enquête policière, cria-t-il.

L'hôtesse s'excusa platement mais rien n'y faisait. Zhao tournait sur lui-même, les mains sur les hanches et tempêtait.

— Mais je ne sais pas si vous vous rendez compte que vous avez relâché, dans la nature, un homme qui est peut-être dangereux ! C'est inadmissible. Vous aviez des consignes strictes !

— J'ai appelé il y a quelque temps, intervint Lian, et on m'a dit qu'il avait été transféré dans la chambre 311 pas qu'il était parti !

— Je suis nouvelle ici. Toute la partie administrative et informatique de l'hôpital vient d'être modernisée. Il a dû y avoir un problème. Ce n'est pas ma faute.

— Allez donc le dire à l'une de ses prochaines victimes ! lâcha Zhao.

Comme elle faillit se mettre à pleurer, il se ravisa tandis que sa collègue l'entraînait de l'autre côté.

— Pour ta réplique à la façon de Colombo, tu pourras repasser ! Il s'énervait autant que toi, ton inspecteur, dans la série ?

Elle n'attendait aucune réponse de sa part mais essayait de détendre l'atmosphère.

— Il nous reste Guo Sen, ajouta-t-elle. Peut-être a-t-il quelque chose à nous apprendre.

— Pourquoi pas ! Au point où nous en sommes, nous n'avons rien à perdre !

D'un pas décidé, ils remontèrent le long couloir et consultèrent un panneau indiquant l'étage où se trouvaient les salles de consultation des praticiens. Quelques minutes après, ils frappaient à la porte du médecin, bravant l'interdiction de la secrétaire. Elle tentait de leur barrer l'accès, en répétant qu'ils ne pouvaient pas entrer :

— *Bù, xiānshēng. Nǐ bùnéng jìn ! Bóshì Guo Sen...*

Dans la pièce, ils trouvèrent celui qu'ils cherchaient ainsi que le docteur Fang Li, avec laquelle il s'entretenait, radiographies en mains, tendues devant un écran blanc et lumineux.

— Bonjour docteur. Excusez-nous de forcer ainsi votre porte mais nous devons vous parler de Qiang Mong. C'est urgent ! déclara le policier qui voulut présenter sa collègue.

— Nous savons qui vous êtes. Nous nous demandions quand vous viendriez nous voir à son sujet.

— Nous voulions interroger Qiang Mong et, à notre grande surprise, nous avons découvert qu'il n'était plus à l'hôpital.

— En effet, il n'est plus parmi nous car nous ne pouvions pas le retenir plus longtemps contre son gré.

— Les consignes étaient pourtant strictes concernant ce malade : tout changement devait être signalé à la police !

— Désolé, mais ce dysfonctionnement doit être dû à la restructuration qui nous a été imposée. Cela met une belle pagaille dans tout l'hôpital. Je pensais vraiment que vous étiez informés de son départ précipité.

— C'est ce qu'a déclaré l'hôtesse. Passons ! Mais sur le document que la réceptionniste nous a montré, signé par Qiang, je n'ai pu voir aucune date. Quand est-il parti exactement ?

— Cela fait un peu plus d'une semaine, fit Guo Sen en sollicitant l'approbation de sa consœur.

— Une semaine, c'est exact ! Nous ne pouvions plus le retenir. Il a fait appel à un avocat et comme aucun de ses résultats médicaux ne justifiait de le garder davantage, il est parti.

Sans y avoir été invité, Zhao tira un siège et s'y installa, visiblement agacé.

— Que se passe-t-il ? interrogea Fang Li. Quelque chose de grave est arrivé ?

— Presque, lui répondit Lian. Nous avions des questions à lui poser et pensions le cueillir quand il sortirait de l'hôpital.

— Vous savez, il n'est resté que très peu de temps dans l'unité de psychiatrie.

— Malgré ses penchants agressifs ?

— Agressif, il ne l'a plus jamais été, précisa Fang Li. Mais il est dangereusement intelligent et il a vite compris que pour sortir de l'aile psychiatrique, il fallait faire profil bas. Il l'a fait et notre nouvelle responsable s'est laissé berner.

— Autant qu'elle s'est laissé séduire, compléta Guo Sen. Il y aurait tant à dire au sujet de cet homme !

— Justement docteur, pouvez-vous préciser ce qui s'est réellement passé la nuit de l'accident et ce que vous avez remarqué ? Nous avons besoin de savoir qui est exactement Qiang Mong !

— Dans ce cas, asseyez-vous aussi mademoiselle, fit Guo Sen à l'inspectrice, en lui montrant un siège. Cela risque d'être long.

L'entretien dura plus d'une heure, interrompu à deux reprises par la secrétaire venue signaler l'agacement des patients, contraints d'attendre.

— Voilà, tout ce que j'ai vu ou entendu et tout ce que je sais. Ni le docteur Fang Li ni moi n'avons de réponse logique à vous donner. En revanche, ce que je peux affirmer et que je ne renierai jamais, c'est que cette nuit-là, j'ai vu un homme mort ressusciter. Vous pouvez penser ce que vous voulez, je suis un scientifique et je peux vous assurer que les lois de la vie, telle qu'elle existe, ont été bafouées cette nuit-là. En deux mots : j'ai assisté à l'impossible !

— Pourtant, j'ai déjà entendu parler de personnes déclarées mortes, qui revenaient ensuite à la vie. Cela existe bien !

Ce fut Fang Li qui prit la parole.

— Vous avez parfaitement raison. En tant qu'anesthésiste-réanimateur, je connais très bien le phénomène. On les appelle les EMI, expérience de mort imminente. Généralement, on parle d'EMI lorsqu'une personne se réveille après s'être trouvée dans un état de mort clinique. La plupart du temps, le cœur s'est arrêté, mais il a été démontré que le cerveau peut rester conscient. La très fiable étude *Aware,* menée pendant quatre ans sur plus de 2000 patients et dont les résultats ont été publiés par l'Université Britannique de Southampton, confirme que l'activité cérébrale peut continuer pendant trois minutes après l'arrêt cardiaque, avant de décroître. D'ailleurs, un examen encéphalographique permet de le vérifier. Dès lors, des hallucinations apparaissent, explicables par le manque d'oxygénation du cerveau, d'où le fameux tunnel, la lumière blanche et la sensation de bien-être. L'EMI est un phénomène bien réel mais il ne serait que le produit d'un cerveau agonisant. Ce qu'il faut retenir, c'est que les victimes d'EMI ne sont restées en état de mort que quelques instants, quelques minutes à peine.

— Or, poursuivit Guo Sen, Qiang Mong est resté en état de mort cérébrale pendant environ une heure.

L'urgentiste se tenait assis derrière son bureau en position décontractée. Il tenait dans une main un stylo, le manipulait inconsciemment, faisant surgir la mine qui aussitôt disparaissait. Sa collègue, appuyée contre le rebord de la baie vitrée, les bras croisés, était particulièrement attentive. D'un mouvement de la tête, elle n'avait cessé d'acquiescer depuis le début.

— Concernant la mort du docteur Yong Me, nous aimerions aussi entendre votre version des faits, demanda Zhao.

— Notre version, comme vous dites, n'est pas plus claire que celle du rétablissement inexpliqué de Qiang après ses multiples traumatismes. C'est à nouveau notre expérience qui va parler. Or, elle disculpe totalement ce jeune homme puisqu'il était sous puissants sédatifs au moment où le médecin est tombé par la fenêtre. Il ne pouvait être éveillé et il est impossible qu'il l'ait poussé. Je pense que n'importe quel médecin vous le confirmerait.

D'un geste de la main, Guo Sen désigna la bibliothèque qui formait un mur conséquent, occupant tout un côté de la pièce.

— Vous voyez ces volumes inspecteurs ? Tous sont des ouvrages scientifiques et sans être ironique, je dirais que ce sont de véritables bibles, du moins en matière médicale. Eh bien, je suis prêt à mettre quiconque au défi de trouver, dans ces livres, une explication plausible à la résurrection d'un patient, après un enfoncement de la cage thoracique, une hémorragie prolongée, un arrêt du cœur et de l'encéphale. Et pourtant, moi, j'en ai été témoin. En ce qui concerne le réveil possible d'une personne à qui l'on aurait administré une quantité de somnifères susceptible d'assommer un éléphant, je vous laisse juges. Toutefois, avec ce patient rien ne s'est passé normalement. Je sais que cela peut vous paraître surprenant mais je ne vous livre que les faits que j'ai personnellement constatés. Je ne peux pas vous aider davantage.

Zhao et Lian restèrent sans voix face aux certitudes du médecin. La présence de Fang Li, qui approuvait tacitement les propos de son confrère, accentuait le malaise palpable dans la pièce. Elle paraissait préoccupée et semblait réfléchir. Le regard dans le vague, elle enlevait et remettait machinalement un de ses escarpins vernis. Au bout d'un moment, elle interrompit subitement cette occupation stérile, pour livrer un autre point de vue sur la question.

— Pour avoir rencontré ce patient à maintes reprises, pour l'avoir ausculté quand nous avons décidé de prolonger sa période d'observation, je dois dire que j'étais parfois très mal à l'aise en sa présence, peut-être parce que je suis médecin mais aussi une femme. Je n'oublierai jamais ses yeux !

— Pouvez-vous préciser docteur ?

— Il me déshabillait littéralement du regard. De la part d'un homme cela peut s'expliquer mais certains jours, il avait une expression qui me glaçait.

— Il a même réussi à séduire la nouvelle responsable du service psychiatrique, dans le seul but de pouvoir sortir de l'hôpital, précisa Guo Sen. Elle n'avait pourtant pas la réputation d'une femme facile. Quant au regard froid dont parle ma collègue, il me rappelle le moment où je lui ai fermé les paupières parce qu'il était mort.

Il se leva, glissa ses mains dans les poches de sa blouse et après s'être retourné un bref instant vers Fang Li, il reprit :

— Je voudrais ajouter autre chose. Le soir de l'accident, le corps de Qiang Mong était couvert de multiples blessures très importantes. Or, quand je l'ai revu peu après, il ne restait déjà plus que de rares traces, de vagues cicatrices qui témoignaient de ce qui s'était passé. Son état de santé était stable. Je le répète, pour moi, cet homme est une énigme scientifique ! Je rejoins ma collègue en ce qui concerne son comportement. Il était instable, parfois conciliant, d'autres fois agressif et même dangereux.

Les regards de Zhao et de Lian convergèrent.

— Trouble bipolaire ?

— Certainement pas inspecteur ! La bipolarité n'a rien à voir avec ce cas. Qiang a plutôt un comportement que je qualifierais d'irrégulier. Voilà, c'est tout ce que je peux vous dire. Avez-vous d'autres questions ? Les patients attendent et nous devons reprendre les consultations.

Lian referma son bloc-notes d'un coup sec. Des remerciements, des poignées de main sincères et les deux policiers allaient s'en aller.

— Un instant encore, je vous prie inspecteurs ! Avant de partir, j'aimerais que vous regardiez ceci. Normalement je n'ai pas le droit de vous les montrer mais qu'y a-t-il de normal dans ce cas si particulier ?

Guo Sen ouvrit un tiroir et en extirpa deux rouleaux de papier millimétré, qu'il tendit aux inspecteurs. Zhao et Lian les déroulèrent, les sourcils froncés.

— C'est peut-être parlant pour vous mais pour nous, c'est incompréhensible. Je ne vois que des tracés.

— Le premier est l'électroencéphalogramme de Qiang Mong au moment qui a précédé et suivi sa mort. Il a été réalisé sur le lieu de l'accident. Le second a été pratiqué à l'hôpital, après sa « résurrection ». Dans les deux cas, les tracés plats indiquent une absence d'ondes, soit la mort cérébrale. Surprenant non !

— Je dirai plutôt terrifiant ! Si je me rappelle bien des rapports que j'ai lus à propos de l'accident de l'ambulance, le chauffeur a déclaré avoir senti bouger l'un des deux morts qu'il transportait. Pourtant, pour fonctionner, il faut bien que le cœur batte, remarqua Lian.

— Vous avez raison. Sur le lieu de l'accident, l'électrocardiogramme était plat donc le cœur ne battait plus. Compte tenu de ce qui venait de se passer dans l'ambulance, nous avons pratiqué le même examen à l'arrivée aux urgences et là, il était redevenu parfaitement normal. Par contre, l'électroencéphalogramme était désespérément plat.

— Et le corps médical n'a pas réagi ? Il n'a pas essayé d'approfondir ce cas exceptionnel ?

— Non, la science n'aime pas les miracles ! De plus, comme les examens suivants étaient normaux, les conclusions se sont orientées vers un dysfonctionnement des appareils.

— Dysfonctionnement des appareils ? fit Zhao.

— Je n'y crois pas ! affirma Fang Li. Nous avons vérifié.

L'expression de chacun des visages en disait long sur l'embarras qui régnait. Des zones d'ombre étaient systématiquement associées au nom de Qiang Mong.

— Eh bien, merci docteurs pour tous ces renseignements. Conservez précieusement les preuves médicales, nous pourrions en avoir besoin. Je pense que vous ne pouvez pas me les donner maintenant.

— Non, mais bien entendu, elles seront archivées. Et il y en a d'autres : scanner, IRM… Nous conservons les dossiers de tous les patients pendant vingt ans. Vous avez de la marge pour votre enquête, plaisanta Fang Li en leur souriant et en les précédant en direction de la porte.

— Bon courage pour vos investigations inspecteurs ! Si vous avez besoin de me rencontrer à nouveau, précisa Guo Sen, je vous rappelle que je suis responsable du service de nuit. Aujourd'hui est le seul jour de la semaine où je consulte. Sinon, voyez avec Fang Li !

Les enquêteurs se retirèrent. S'ils voyaient se dessiner le profil de leur suspect avec plus de précision, d'énormes zones d'ombre subsistaient, que le chef n'apprécierait pas du tout. L'affaire Yong Me était indubitablement liée à celle de Qiang Mong, le tout en relation étroite avec l'accident. En se dirigeant vers leur véhicule, ils échangèrent leurs impressions.

— Alors, qu'en penses-tu ? demanda Lian.

— Aussi inexplicable que cela puisse paraître, je crois que Qiang a de multiples facettes. Nous poursuivons un homme instable dont nous devons particulièrement nous méfier. On dirait qu'il joue un rôle ou plutôt deux rôles.

— C'est exactement ça !

— Il semble changer de personnalité à volonté et s'adapter à la situation. Il est à la fois le même et un autre, semblable par l'apparence et fondamentalement différent par le caractère.

— C'est aussi étrange que pervers ! Mais d'où sort-il car même les médecins ne s'expliquent pas sa résurrection ?

— Je crois que la question à se poser est plutôt « depuis quand » ? fit remarquer Zhao.

— Que veux-tu dire ?

— Les éléments que nous avons sur son passé démontrent qu'il n'a pas toujours été ainsi. L'accident paraît être l'élément déclencheur. Avant cela, il n'y a rien qui soit illogique ou contre nature dans sa vie. C'est avant tout un fils de paysans du Sichuan, venu à la ville comme tant d'autres le font.

— À en voir son portefeuille, il a bien réussi.

— Certes mais notre problème maintenant, c'est que nous sommes incapables de dire où il est et ce qu'il a fait depuis sa sortie de Xiehe.

— Nous devons le retrouver !

Lian scella leur accord en frappant la paume de sa main contre celle de son collègue.

— J'ai faim. Une pizza, ça te dit ? demanda-t-il.

— Alors une double ! plaisanta-t-elle.

De retour au BSP, Zhao avait du mal à digérer la pizza aux pepperonis à laquelle il n'avait pas pu résister. Lian le taquina car il se laissait à chaque fois prendre au piège.

*

Quelques jours plus tard, alors qu'ils déposaient leurs affaires sur leurs bureaux respectifs, le chef ouvrit brutalement sa porte et appela Zhao et Lian. Une semaine de convalescence l'avait remonté à bloc et il ne semblait pas de bonne humeur. Sa partie de Mahjong avait dû mal se terminer. Il ne fallait pas traîner.

— Avant que je tombe malade, vous vouliez me parler de l'affaire *Qing Mung* ou *Yong Mi* en cours. Vous êtes allés à Xiehe ?

Il était réfractaire à toute prononciation correcte des noms mais il vit bien que Zhao et Lian semblaient embarrassés. Il se contenta de bougonner et de frapper du poing sur la table. Il fallait répondre.

— Eh bien, le jeune homme, Qiang Mong s'est volatilisé. On ne nous en a pas informé, malgré les consignes. Il va nous falloir un délai supplémentaire pour…

Le chef furieux leur coupa la parole.

— Au départ, je vous avais donné deux jours. J'espère que vous n'avez pas perdu tout votre temps sur cette enquête Qu'est-ce que vous en avez fait ? Rien, je suppose.

Lorsqu'il accusait les autres d'incompétence, il maniait fort bien la rhétorique. À ce jeu de questions et de réponses, il était devenu le maître.

— Vous êtes allés là-bas pour l'interroger et vous revenez bredouilles ! Est-ce que vous aviez pris des précautions avant ? Non bien sûr ! Et moi j'ai toujours le cadavre d'un notable sur le dos et de nombreuses affaires en attente, plus importantes les unes que les autres !

Sous les décibels de sa voix, les cloisons vitrées de son bureau vibraient. Sur la plate-forme, ceux qui l'entendaient crier jetaient un œil pour essayer d'en savoir plus, contents de ne pas être la cible de ces attaques verbales. Zhao et Lian se contentaient de laisser passer l'orage. Lui regardait la pointe de ses chaussures, elle portait son attention sur une mouche qui essayait désespérément de traverser le verre de la fenêtre pour s'enfuir.

— Du temps, vous n'en aurez plus. Affaire classée !

À ces mots, les deux enquêteurs réagirent.

— On trouvera des preuves et des témoins.

— Rien, vous ne trouverez rien parce que c'est fini. *Yong Mi* s'est suicidé. Je vous dis que l'affaire est terminée !

— Yong Me, rectifia Zhao.

— Yong Me ou *Yong Mi,* c'est la même chose. Et puis ne faites pas les malins ou je vous remets tous les deux à la circulation !

— Nous avons de nouveaux éléments, protesta Lian. L'autre jour, le docteur Guo Sen nous a montré des examens médicaux qui confirment qu'il y a quelque chose d'anormal chez ce suspect.

— C'est ça, arrêtez-le et on vous dira que c'est un dysfonctionnement des appareils. Et puis qu'y a-t-il d'anormal ? Une arythmie cardiaque, la présence d'un souffle au cœur ? Parce que vous trouvez peut-être que ce sont des preuves ! Je vous répète que vous n'avez rien, absolument rien, aucun indice. On ne poursuit pas une enquête qui ne repose que sur des hypothèses et des soupçons. Votre dossier est vide. Vous m'avez fait perdre mon temps et l'argent du contribuable !

Inconsciemment, Zhao donnait de petits coups de la pointe du pied dans les montants du bureau du chef. Il cherchait désespérément un moyen de le convaincre de ne pas abandonner l'enquête. Le téléphone sonna. Il bénéficia d'un temps de réflexion supplémentaire.

— Quoi ? continua de hurler le patron au téléphone. Mais je n'ai pas que ça à faire ! Vous me dérangez pour ça ? Voyez avec le district, ce n'est pas mon problème !

L'autre insistait. Lian en profita pour demander à Zhao s'il avait une idée afin de faire changer le chef d'avis. Ils chuchotaient, un peu à l'écart dans le bureau, pendant que la conversation téléphonique durait. Un CLANG leur fit comprendre qu'il venait de raccrocher le combiné.

— Vous êtes encore là vous ! Vous n'avez toujours pas compris !

— C'est-à-dire que le rapport du médecin légiste laisse planer des doutes.

— Des doutes, ben voyons ! fit le chef en se laissant aller pesamment dans son fauteuil de cuir et en se balançant. Vous n'avez peur de rien, vous ne renoncez jamais Zhao Hansi !

Zhao comprit qu'il devait immédiatement se glisser dans la brèche et utiliser son dernier atout. Il débita d'un trait sa tirade.

— Chef, le légiste a tout de même relevé des traces de coups sur le corps du médecin. Même si les marques peuvent être dues à la chute, elles peuvent aussi être le fait d'un agresseur et avoir provoqué la mort de Yong Me, avant qu'il ne tombe. En plus, le personnel médical a bien vu les traces de strangulation qu'il avait au cou, quelques jours auparavant. Tout concorde. La victime a bien été menacée. Son meurtrier l'a frappée à mort et a fait en sorte de brouiller les pistes, en la jetant par la fenêtre. Si nous arrêtons notre enquête ici, nous laissons un crime impuni et un meurtrier dans la nature. Est-ce ce que vous voulez ?

— Le légiste peut-il affirmer que les coups donnés sont antérieurs à la chute ?

Zhao fulminait intérieurement car il savait pertinemment où le chef voulait en venir avec cette question.

— Non.

— Je n'ai pas bien entendu votre réponse ! ironisa-t-il en se délectant.

L'inspecteur la répéta plus fort.

— NON !

— Alors, je vous le dis pour la dernière fois : votre dossier est vide, l'affaire est classée. Le docteur Yong Me s'est probablement suicidé. Occupez-vous des autres enquêtes. Vous avez du pain sur la planche. Maintenant dehors !

Zhao s'apprêtait à intervenir. Il ne voulait pas céder. Lian l'attrapa fermement par le bras et le tira vers la porte.

— Allez viens ! C'est fichu ! Laisse tomber, il est inutile d'insister.

Zhao quitta la pièce et se laissa conduire comme un enfant résigné. Soudain, en passant devant une porte, il ne put résister. Il y asséna un coup de poing, pour libérer le trop-plein d'agressivité qu'il s'était efforcé de contenir en présence du chef. La porte garderait longtemps l'empreinte de sa colère.

Les deux enquêteurs avaient pourtant un allié mais ils ne le savaient pas encore. Le temps qui passe fait souvent remonter à la surface ce que l'on croit oublié.

21 LA PÈGRE

Dans le restaurant, tout le monde était sur ses gardes, quand le colosse s'agitait ou qu'il reposait ses baguettes sur la table. Si le dîner lui avait plu – en l'occurrence, ce soir-là, il s'agissait de canard laqué – il pouvait se montrer agréable. Mais à la fin du repas, il grimaça, se frotta le ventre et jeta sa serviette dans son assiette.

— *Rènhé xīn de dōngxī ? Tā yǐjīng jiāofù bèi zuò huò dāng liǎng gè xiǎohuǒzi zài běnzhí shàng yùnxíng ?*[7] *aboya le boss.*

Les murs se retinrent de trembler alors que chacun savait qu'un séisme commençait.

— Nous les cherchons activement.

Wan Lu Su dévisagea son interlocuteur. Ce dernier se mordait les lèvres et n'en menait pas large.

— Où sont-ils ?

— Il semble qu'ils aient quitté l'appartement de Qiang, rue Wangfujing, en fin de journée, il y a quelques jours, et qu'ils aient disparu.

— Qu'est-ce que vous voulez que ça me fasse ! Ce qui compte, c'est qu'ils ne sont jamais arrivés à Sanlitun ni à Wanchai !

---

[7] Du nouveau ? La livraison a-t-elle été faite ou alors les deux lascars courent dans la nature ?

— Personne ne les a revus.

— Et mes paquets, hein, où sont mes paquets ? hurla-t-il en se levant. Il y en a pour une somme colossale !

Il arpentait la salle de long en large et devant sa stature impressionnante, les autres, qu'il dépassait de plus d'une tête, étaient contraints de reculer. On aurait dit une cérémonie funèbre où chacun se recueillait. Tous baissaient la tête, les yeux et avaient l'air de prier. Ce n'était pas vraiment faux, puisque les plus proches redoutaient que la foudre ne s'abattît sur eux.

Cela n'arriva pas. Un bruit de moteur sourd et puissant résonna, quand deux Hayabusa se garèrent dans la cour intérieure attenante au restaurant. La silhouette des motos, à la fois sportive et imposante, faisait penser à deux boxeurs affûtés pour s'affronter en catégorie poids lourds. Les pilotes coupèrent les gaz et un silence pesant remplaça instantanément le feulement des quatre cylindres. Deux gaillards, à la carrure de catcheurs, entrèrent d'un pas assuré et athlétique en se délestant de leurs blousons de cuir noir. Il s'agissait de deux hommes connus sous les sobriquets redoutés de *la main droite* et de *la main gauche* de Wan Lu Su. L'un portait un jean Rick Owens, l'autre un Rehnsen, des blazers légers gris et bleu marine de chez Melinda Gloss, sous lesquels on devinait des chemises à la coupe ajustée et des tablettes de chocolat assorties à leur gabarit. Sur leur passage, tous s'écartèrent comme si le diable venait d'entrer. Le diable, non mais au moins deux de ses suppôts ! Dépassant de leurs vestes, deux fusils M16, canons sciés, qu'ils ne cherchaient pas à dissimuler bien au contraire. Le blond décoloré, ce qui lui donnait un air d'ange, se pointa devant Wan Lu Su. Il avait l'air apparemment satisfait. Le boss avait repris sa place et ses doigts, qui ne cessaient de pianoter, marquaient sa nervosité.

— Alors, vous avez retrouvé Qiang ?

— C'est fait !

— Où est-il ce moins que rien ?

D'un geste violent, Wan Lu Su balaya la table de son avant-bras. Le contenu d'une coupe de fruits se répandit devant lui. Il saisit une pomme verte qui roulait et la broya dans sa main, sans aucune difficulté. Il donna ensuite un coup de pied dans la vasque de cristal de Bohème qui était tombée au sol, sans se briser. Devant cette rage, tout le monde se figea.

— Nous avons suivi sa trace jusqu'à la route tortueuse qui s'éloigne de Beijing. Il a eu un accident avec sa Maserati.

— Et ensuite ?

— Ensuite, il a été emmené à Xiehe où on a appris que Qiang s'en était tiré mais pas l'autre. Tu ne devineras jamais qui était l'autre !

— Tu me prends pour qui ? C'était certainement Kuan Ti. Et mon argent dans tout ça ?

— Il n'était pas dans la voiture qui est partie à la casse, ça c'est sûr !

— Si Qiang est vivant, je veux qu'on me l'amène et qu'il me dise où est ma marchandise. C'était soi-disant sa dernière livraison mais je pense qu'il a voulu me doubler. J'aurais dû me méfier de ce paysan trop intelligent pour un petit larbin chinois. Sortez-le de cet hôpital et amenez-le, même à genoux ! Il doit cracher le morceau !

Le rouquin, aux cheveux longs tressés à l'arrière du crâne, s'installa à califourchon sur une chaise, en face du chef. Il paraissait très sûr de lui.

— Il va falloir attendre un peu. Un policier est en faction devant sa chambre, depuis qu'un toubib de l'hosto est passé par la fenêtre.

— Qiang a tué un toubib ! fit le boss éberlué.

Il éclata d'un rire forcé et tonitruant.

— Il paraît qu'il dormait au moment où l'autre est tombé. Il ne devrait donc pas avoir de problèmes !

— Avec la police peut-être mais moi, je vais lui faire regretter d'être né !

*

Qiang s'attendait à devoir rendre des comptes à Wan Lu Su mais il espérait avoir un peu de répit. C'était sans compter sur la fureur de ce dernier. À peine sorti de l'hôpital, ses hommes de main l'avaient cueilli et amené, sans ménagement, dans un entrepôt abandonné de la périphérie de Pékin. Dans un premier temps, il ne fut pas inquiet pensant qu'il pourrait expliquer ce qui s'était passé. Après tout, il n'avait strictement rien à se reprocher. Mais les choses s'étaient déroulées autrement et ses ennuis ne faisaient que commencer.

*

Qiang reposait sur le béton. Les pommettes tuméfiées de son visage lui permettaient à peine de voir les allées et venues des bottines Versace qui tournaient autour de lui. *La main droite* et *la main gauche* du boss étaient efficaces quand il s'agissait de cogner et, depuis un quart d'heure, tous deux ne cessaient de se relayer.

Il baignait dans son propre sang. Le liquide rouge et poisseux se mélangeait doucement à de l'huile de vidange noire, qui stagnait là. Il avait du mal à respirer. Profitant d'un instant de répit, il essaya de reprendre son souffle et de rassembler ses idées. Inutile de tenter de se redresser. À chaque fois, cela déclenchait une pluie de coups de pieds judicieusement assénés dans l'estomac, le foie ou les reins. De quoi faire parler un muet ! Mais encore fallait-il connaître la réponse aux questions. Il leur avait déjà dit, à plusieurs reprises, tout ce qu'il savait, autrement dit rien. Rien qui ne pouvait les calmer. Rien, hormis que la marchandise était dans une planque, seulement connue de Kuan Ti, mort dans l'accident.

— Où est le blé ? répétaient inlassablement les deux hommes de Wan Lu Su, le blond et le roux qui s'acharnaient sur Qiang pour le faire parler.

Ce passage à tabac, qu'ils pratiquaient dans les règles de l'art, les excitait. Entre leurs mains, le guide n'était qu'un jouet, balloté au gré des assauts. Il se tournait, se retournait, se recroquevillait tel un pantin désarticulé. Entre deux coups, à moitié sonné, il apercevait les motos de ses tortionnaires, les Hayabusa qui l'avaient tant fait rêvé lorsqu'il avait rejoint le cartel. À ce moment précis, il aurait aimé être ce « faucon pèlerin » pour échapper à ses bourreaux. Mais il gisait au sol et les réjouissances n'étaient pas encore terminées. Un pas lourd et lent approchait. Wan Lu Su, en personne, s'était déplacé. S'il relevait ses manches, ce serait la fin du petit paysan de Niao'ai. À bout de forces et le corps meurtri, Qiang n'attendait que cela. *Comment Wan Lu Su aurait-il pu savoir ?* Mais il ne fit qu'un geste de la main et le rouquin se jeta sur l'infortuné. Il l'empoigna à pleines mains, par les cheveux, pour le redresser et lui tirer la tête en arrière. Il pressa ensuite la pointe de son couteau juste au-dessous d'un œil.

— Écoute-moi bien ! Soit tu es plus malin que je pense, soit tu es fou. Tu t'imagines peut-être que je ne vais pas te tuer, de peur de ne pas retrouver mon fric ! Tu te trompes. Fais bien attention ! Aujourd'hui, tu n'as qu'un petit aperçu de ce que je peux te faire. Deux jours, tu m'entends, je te donne deux jours pour me ramener ce qui m'appartient. N'essaye pas de filer en douce car où que tu ailles, je te retrouverai.

Tandis que le boss tournait les talons et disparaissait dans sa limousine, l'étreinte se relâcha mais la lame affûtée du couteau entailla profondément la joue de Qiang. Peu après, les Hayabusa se mirent à rugir, l'abandonnant à son sort.

*

Quelques heures plus tard, il regagna la rue Wangfujing où il trouva son appartement sens dessus dessous. Les hommes de Wan Lu Su étaient passés par là. Accoudé au lavabo, les yeux rivés au miroir, il pansa à la hâte ses plaies. Il avait compris que, depuis l'accident, rien ne serait plus comme avant. Ses tortionnaires l'avaient laissé gisant dans une mare de sang mais déjà il se remettait. Encore une nuit et il n'y paraîtrait presque plus.

Au petit matin, allongé sur le matelas de son lit qui reposait toujours par terre, il repensa à la veille. Pour être tranquille, il fallait donner à Wan Lu Su ce qu'il exigeait. Il n'avait que deux jours devant lui et pas la moindre idée de l'endroit où se trouvait la planque de Kuan Ti. Il échafauda alors une stratégie.

L'employée de la banque, dubitative, lui remit en main propre la somme conséquente qu'il était venu retirer.

— Vous ne voulez pas solder votre compte chez nous, monsieur Mong ! Nous pouvons vous proposer d'autres avantages, si vous n'êtes pas satisfait !

— Non, j'ai juste besoin de cet argent et je suis pressé.

S'il avait retiré une belle somme, ce n'était pas encore assez. Il se souvint des paroles de Kuan Ti : « tu vas toucher gros sur ce coup-là ». Non seulement il n'avait pas touché de commission mais en plus, il devait rendre ce qu'il n'avait jamais eu entre les mains. La seule solution : remettre à Wan Lu Su le maximum d'argent en espérant le calmer, dans un premier temps. Il consulta ensuite son carnet d'adresses où figuraient quelques noms, peu recommandables, mais qui le dépanneraient peut-être, moyennant une contrepartie.

Quelques heures plus tard, il avait épuisé tous les recours. Même si le montant recueilli était conséquent, il était loin d'avoir la totalité de la somme réclamée. Il appela néanmoins Wan Lu Su pour convenir d'un lieu. Ce serait dans le même entrepôt infâme, à la même heure.

Les deux motards l'avaient devancé et l'attendaient de pied ferme. Quand Qiang apparut, le blond décoloré manifesta un certain étonnement de le voir si frais. Il le regarda des pieds à la tête, le soupçonnant d'avoir une arme sur lui. Il le plaqua brutalement contre un mur et commença à le fouiller.

— Dis donc coco, tu es allé voir un chirurgien esthétique ! Il t'a bien arrangé.

Sa remarque attira l'attention du rouquin, qui chuchota quelques mots au boss.

— Ça m'est égal, répondit ce dernier. Approche ! Tu as mon pognon ?

— Une partie seulement !

Les deux colosses s'apprêtaient déjà à le tabasser, quand ils furent stoppés net. Une main puissante mais manucurée s'éleva pour les arrêter.

— Une partie seulement ? Tu te fous de moi !

— Je n'ai pu réunir que cela. Je vous rembourserai le reste rapidement.

Resté jusqu'alors dans l'ombre, un petit bonhomme s'avança, s'empara de la valise et vérifia minutieusement le contenu. Quelques minutes après, il déclara :

— On est très loin du compte !

— Et le reste ? aboya Wan Lu Su tandis que ses yeux se plissaient. Comment comptes-tu faire pour me rendre ce que tu me dois ?

— J'ai apporté tout l'argent que j'ai pu regrouper dans un si court laps de temps !

Qiang n'osait bouger. Sur ordre du patron, *la main droite* passa un bras derrière ses épaules. Narquois, il ajouta :

— Eh mec, il manque aussi les intérêts de retard !

Le jeune guide aurait dû s'affoler mais il se contenta de respirer profondément. *Contre eux que pouvait-il à ce moment-là ? Leurs armes étaient pointées sur lui. Il fallait jouer la montre.*

— Je prends ce modeste acompte mais pour le reste, tu n'as qu'une solution ! déclara Wan Lu Su.

— Je ne comprends pas !

— J'exige que tu m'obéisses et que tu effectues toutes les livraisons que je te demanderai de faire.

Gagner du temps était l'unique préoccupation de Qiang et Wan Lu Su venait involontairement de lui en donner. Un coup de pied retourné, digne de Jet Li, percuta violemment le guide en plein ventre, avant même qu'il n'eût le temps d'ajouter le moindre mot.

— Merde ! lança-t-il, plié en deux sous la puissance de l'impact, avant de tomber à genoux sur le béton, le souffle coupé.

L'auteur de la prouesse exultait en tournant autour de lui, prêt à renouveler son exploit.

— J'espère que tu as compris, Qiang. Tu m'obéis ou bien ta vie s'achève ici. Qu'est-ce que tu choisis ?

Le jeune guide crut revivre la scène de la veille. *La main droite* empoigna ses cheveux et lui immobilisa la tête en la tirant en arrière. *La main gauche,* qui n'était pas encore intervenu, lui asséna un coup de pied dans les côtes. Wan Lu Su sortit un cran d'arrêt et s'approcha calmement.

— C'est bon, j'ai compris ! Je ferai tout ce que vous m'ordonnerez de faire !

Qiang semblait terrassé. Il respirait difficilement et ne parvenait pas à se redresser.

— Tu as intérêt à respecter tes engagements. Je n'aime pas qu'on me double. C'est la première et la dernière fois. Enfonce-toi dans le crâne que je n'ai qu'un mot à dire et c'en est fini pour toi.

Un accident, un passage à tabac, rien n'avait eu raison de lui. Pourtant, personne ne semblait en tenir compte. Personne n'avait encore compris !

— On s'en va ! ordonna le chef, à ses hommes qui rappliquèrent. On te rappelle dès qu'on a du travail pour toi et tu as intérêt à débarquer illico !

Avant de partir, Wan Lu Su se retourna une ultime fois vers Qiang. Il lui asséna une volée de coups qui s'acheva, telle une signature, par un crachat au visage.

— Tiens, dit-il en éclatant de rire, si tu en veux encore. Ça, c'est gratuit et à volonté !

Inerte au beau milieu du hangar vide, le jeune homme se contenta de les regarder disparaître. Il perçut le bruit du moteur des deux Hayabusa et vit le chauffeur ouvrir la portière à son chef. Puis la limousine s'éloigna.

Ainsi aurait dû commencer le calvaire de Qiang Mong !

22 FINI DE JOUER !

Dix ans plus tard.

Zhao et Lian s'étaient cantonnés dans la routine : un homicide un jour, un règlement de comptes un autre et les affaires classiques le reste du temps.

Depuis qu'ils avaient été déboutés de l'enquête baptisée alternativement Yong Me ou Qiang Mong, selon qui en parlait, ils s'étaient rapprochés. Amis, ils se voyaient en dehors du travail et sortaient parfois en soirée. Dewei, un homme charmant, avait épousé Lian et ils avaient eu un enfant. Il appréciait Zhao et savait sa femme en sécurité lorsqu'elle partait sur le terrain avec lui. Le couple avait déménagé, pour prendre un appartement un peu plus grand. Peu à peu, Lian avait partiellement comblé un vide chez Zhao : celui causé par l'absence de Hui Ling, sa sœur disparue.

Très souvent, ils déjeunaient ensemble, au bureau. Parfois, ils poussaient la porte du restaurant *Quan Ju*, réputé pour servir un canard laqué préparé dans les règles de l'art. On y accédait après avoir franchi une cour intérieure, protégée par deux dragons et un phénix. Ils appréciaient particulièrement l'atmosphère des lieux, où le minéral trouvait sa place dans une maison impériale. Les ombrelles jaunes en paille, ornant le plafond, contrastaient avec les lampions rouges qui pointaient vers le sol. Les murs étaient habillés de chaleureuses boiseries enluminées et, au centre de la pièce, des carpes *koï*, considérées comme des porte-bonheur, se prélassaient dans un bassin. L'endroit, hors du temps, était propice à l'apaisement. Ils s'y sentaient bien et pouvaient y parler des affaires en cours, plus librement qu'au bureau.

Ils enquêtaient souvent seuls, puisqu'il n'était pas toujours nécessaire d'être deux. Sur son temps libre, Zhao privilégiait les séances de tir au sous-sol du bâtiment. Lian, quant à elle, férue d'informatique dont elle avait fait sa spécialité, avait saisi une opportunité professionnelle. Elle diffusait régulièrement des cours et formait les policiers aux nouvelles technologies. Les ordinateurs n'avaient plus beaucoup de secrets pour elle.

*

C'était le milieu de l'après-midi. Lian achevait un cours et rangeait le matériel qu'elle venait d'utiliser, dans sa serviette de cuir. Pour une fois, elle espérait rentrer plus tôt chez elle et profiter un peu de sa fille.

— Inspecteur Lian Chung-Tao ?

Un homme, revêtu de l'uniforme des *chegguans,* l'appelait. Il était posté à l'entrée de la plate-forme dont il tenait encore la porte battante. Elle leva la tête.

— L'inspecteur Zhao Hansi vous demande sur une affaire prioritaire. Ma voiture est garée en bas. Je vous attends pour vous conduire sur place.

Elle voulut répondre mais il avait déjà disparu. La soirée en famille semblait compromise. Elle ramassa en vitesse ce qui traînait encore puis, un instant après, elle dévala les escaliers. Dans la rue, le véhicule de police était là, moteur en marche. Elle s'y engouffra.

Le motif était probablement important car son collègue ne procédait jamais de la sorte. Elle s'empressa de le joindre.

— C'est Lian. Que se passe-t-il ? Je sors à peine d'un cours et pour une fois, je comptais profiter de ma soirée.

— Je sais mais ça ne va pas être possible. Il faut que tu rappliques immédiatement !

— Dis-moi au moins de quoi il s'agit !

— Pas le temps, je suis très occupé. Rejoins-moi !

— Je suis déjà dans la voiture. Où es-tu ?

— Haojing hutong. Le chauffeur le sait. À tout de suite.

Et il raccrocha. La rue Haojing avait été fermée en amont et en aval par la police. Des badauds, agglutinés au niveau des barrages, se bousculaient parfois pour tenter d'apercevoir quelque chose. Les agents de police s'évertuaient à les contenir. Pour pouvoir passer, Lian dut décliner son identité en montrant sa carte d'enquêteur du BSP. Du coin de l'œil, elle avait déjà repéré Zhao et remarqué que le chef en personne, qui ne se déplaçait pourtant que très rarement, était sur les lieux. Dans le périmètre sécurisé, les habitants se penchaient aux fenêtres des immeubles pour essayer de voir quelle était l'origine de ce désordre.

— Ah, inspecteur Lian Chung-Tao. Ce n'est pas trop tôt. Mais où donc étiez-vous passée ?

— Je donnais un cours comme d'habitude à cette heure chef. Que se passe-t-il ? Pourquoi avez-vous besoin de moi ? demanda-t-elle.

Particulièrement énervé et désagréable, le chef la pria de s'adresser à Zhao, occupé à donner des ordres autour de lui. Elle s'approcha.

— Peux-tu m'expliquer ce qui arrive ?

— Plutôt que de perdre du temps en commentaires, va examiner ces conteneurs à ordures, là-bas, et rends-toi compte par toi-même.

— Si je comprends bien, tu m'appelles pour aller faire les poubelles, rétorqua-t-elle avec son humour coutumier.

Des hommes de la police scientifique prenaient des clichés de l'intérieur des bennes et procédaient à des relevés d'empreintes. Lian s'approcha et enfila des gants en latex. Fortement incommodée par l'odeur, elle sortit un mouchoir parfumé qu'elle plaqua sur son nez. Zhao regardait par intermittence dans sa direction, curieux de voir sa réaction.

— Faire les poubelles, il ne manquait plus que ça ! murmura-t-elle.

Comme elles étaient hautes, elle dut se hisser sur la pointe des pieds afin de mieux voir ce qui s'y trouvait.

— Pouah ! fit-elle en détournant la tête.

Écœurée par ce qu'elle venait de découvrir, elle dut s'éloigner pour ne pas vomir et prendre de grandes inspirations d'air frais.

— Si je m'attendais à ça ! s'exclama-t-elle avant de rejoindre son coéquipier. C'est affreux !

Dans le conteneur, elle avait eu le temps de dénombrer trois corps atrocement mutilés. On leur avait fait, avec la plus grande précision mais sans doute pas avec la plus grande délicatesse, ce que l'on appelait dans le langage des truands « une cravate ». De leurs cous respectifs, leurs langues sortaient, pendantes.

— Ils ne sont pas beaux à voir, hein ! Tu as réussi à les identifier ?

— Tu aurais pu me prévenir. C'est immonde et j'ai failli souiller la scène du crime. Tu parles si je les reconnus, depuis le temps qu'on essaye de les coincer. Apparemment d'autres s'en sont chargé.

Le médecin légiste et la police scientifique avaient terminé leurs relevés. Zhao fit signe à une équipe de sortir les corps et de les emporter à la morgue où ils seraient autopsiés. Sans savoir comment ils y étaient entrés, on extirpa les trois cadavres de la benne et on les déposa, côte à côte, sur le trottoir, dans des sacs en plastique prévus à cet effet. Ils furent ensuite chargés dans la voiture du légiste qui démarra, emportant Wan Lu Su, *sa main droite* et *sa main gauche.*

— Dans ce milieu-là, il y a trente-six mille façons de mourir mais celle-ci est sans doute la pire ! remarqua Lian. Qui donc a pu faire ça ?

— Beaucoup avaient d'excellents motifs de les éliminer mais peu étaient capables de les tuer, surtout de cette façon et au grand jour ! Des témoins disent avoir assisté, de loin, au triple meurtre et leurs déclarations semblent se recouper. C'est la raison pour laquelle le quartier a été quadrillé. On a déjà un début de portrait-robot, relativement précis.

— Et qui est l'heureux élu ?

— Adresse-toi au policier là-bas, c'est lui qui a fait le portrait.

— On le connaît ? Tu m'intrigues !

Lian obtempéra, avec le sentiment de suivre un jeu de piste. Elle prit l'esquisse, la regarda attentivement et revint auprès de Zhao.

— Ce visage me dit quelque chose. Attends, je réfléchis !

Elle hésita, leva les yeux au ciel, fixa à nouveau le dessin et dit :

— Non, je ne vois pas. Celui auquel je pense éventuellement serait plus vieux. Je ne sais pas. Et toi à qui penses-tu ?

— Je pense comme toi.

— Trêve de plaisanteries : tu l'as reconnu ou pas ?

— Je viens de te le dire Lian. Je l'ai reconnu mais ce portrait correspond à un homme, tel que nous l'avons vu il y a une dizaine d'années.

Le temps défilait dans la tête de l'inspectrice qui s'exclama soudain :

— L'accident, Xiehe ! Ne me dis pas que c'est Qiang Mong !

— C'est toi qui viens de le dire, pas moi ! Mais tu confirmes exactement ce que je pense !

Zhao lui souriait. L'affaire abandonnée voilà dix ans était de retour sur le devant de la scène.

— Et le chef est au courant ?

— Non et surtout pas un mot. On ne lui dit rien ! Cette fois, il est hors de question qu'il nous dépossède de l'enquête. Attention, il approche !

— Alors inspecteurs, une idée sur ces meurtres ?

Particulièrement habile, Zhao noya le poisson et promit de se mettre rapidement en quête d'indices.

— Des résultats, dit le chef avant de quitter les lieux, je veux des résultats rapides. J'ai déjà reçu plusieurs coups de fil de mes supérieurs et ils ne vont pas me lâcher. Je serai intransigeant !

— Vous en aurez chef mais il nous faudra tout de même un peu de temps !

— Du temps, vous n'avez que ce mot à la bouche ! Vous n'avez que deux jours, pas un de plus !

Lian et Zhao se regardèrent avec un sourire en coin. Ils pensaient au surnom qu'ils avaient donné au chef : « monsieur deux jours ».

La scène de crime fut nettoyée et un peu plus tard, les badauds avaient repris possession de la rue, friands d'éléments sordides qui auraient pu être oubliés sur place.

— Et maintenant ? demanda Lian.

— En ce qui me concerne, mon flair me dit que ce crime a été perpétré par Qiang Mong.

— C'est possible ! En tout cas, le portrait plaide en ta faveur. Mais pourquoi a-t-il si peu changé ?

— Je ne sais pas. Chirurgie esthétique peut-être mais l'important n'est pas là. Nous devons concentrer nos recherches sur cette piste. Il y a dix ans, en pénétrant dans son appartement, on a eu accès à son ordinateur. Mais aujourd'hui y retourner est impossible. Nous n'avons que ce portrait-robot.

— Impossible ? Pas pour moi !

— Qu'est-ce que tu me chantes là ? Tu veux encore défoncer sa porte et dire avec ton plus beau sourire : « coucou, c'est moi, inspecteur Lian Chung-Tao. Je viens consulter votre ordinateur. Et il te répondra : enchanté, ne vous gênez pas, faites comme chez vous ! ». Arrête de rêver Lian, rappelle-toi les problèmes que nous avons eus la dernière fois : Qiang s'était volatilisé à la sortie de l'hôpital et la société de surveillance nous a accusés d'être entrés par effraction dans le domicile. Le chef ne nous a pas couverts, parce que nous n'avions pas de mandat et il a classé l'affaire. Toutes les preuves que nous avions accumulées sont tombées à l'eau. On est passé à deux doigts de se retrouver à la circulation !

— Ce que tu peux être défaitiste parfois ! N'oublie pas que tu as devant toi une pro de l'informatique. En dix ans, la technologie a évolué et j'ai beaucoup appris. Je n'ai plus besoin d'aller chez lui. On a tout ce qu'il faut au BSP, au département informatique où j'ai mes entrées, je te le rappelle. Je n'ai besoin que d'une adresse IP et aussi d'un peu de chance !

— Une adresse IP, qu'est-ce que c'est que ça ?

— Laisse tomber. Tu me fais confiance ?

Il la savait experte mais elle le surprenait. Elle était si sûre d'elle. Elle lui glissa à l'oreille :

— Je craque l'ordinateur et je t'appelle !

Déjà, elle s'éloignait en lui faisant un signe de la main.

Les nuages se regroupaient, il commençait à pleuvoir. Zhao remonta le col de sa veste. Les gouttes d'eau, qui s'invitaient dans son cou, étaient froides.

Le soir même, le règlement de compte faisait la une de la télévision centrale de Chine, CCTV, et des quotidiens A.T Chinese et Xinhua.

*

Jamais inquiété, Qiang Mong résidait toujours à la même adresse. Tranquille depuis dix ans, il avait sa propre agence de voyages.

De retour au BSP, Lian se rendit à la section informatique. Elle expliqua au planton qu'elle avait un travail urgent, qui risquait de l'occuper toute la nuit. Habitué à la voir dans le service à des heures tardives, il ne broncha pas et lui rappela simplement qu'à onze heures il finissait son service. Quand elle partirait, il ne serait plus là. Il informerait donc la relève de sa présence. Elle lui souhaita une bonne soirée, s'installa devant l'ordinateur central, releva les manches de son chemisier et s'empara du clavier.

— À nous deux ! Nous allons voir combien de temps tu vas me résister.

Ce soir-là, le hacker sommeillant en elle prit le dessus sur l'inspecteur de police qui s'effaça temporairement. C'était pour la bonne cause. De fenêtre en fenêtre, elle s'immisçait dans le système, le contournait, le biaisait et faisait céder les premiers codes. Une heure après, elle pénétrait pour la seconde fois dans la vie privée de Qiang Mong.

Elle examina sa boîte mail. Sa vie semblait plutôt calme, étrangement calme pour un suspect. Il dirigeait une modeste agence, sans plus.

— C'est bizarre tout de même ! Voyons la poubelle ! Décidément j'y étais destinée aujourd'hui !

Celle-ci avait été effacée.

— Ça, ça m'intéresse ! Quand on efface trop souvent, c'est peut-être qu'on a quelque chose à cacher.

Elle se livra à une fouille scrupuleuse et remonta dans la mémoire du PC, pour faire réapparaître ce qui avait été supprimé. Après des heures de recherches, elle ne put accéder qu'à une partie des dossiers détruits. Cependant, les informations étaient tout de même conséquentes : plusieurs voyages à Paris, des adresses, des noms, des rendez-vous, des boîtes de nuit… Elle sortit une clé U.S.B et elle commença à sauvegarder ces données et à en imprimer certaines. De la lecture en perspective mais c'était souvent le prix à payer pour résoudre une affaire.

— Il mène une drôle de vie tout de même, à la fois calme et agitée, dit-elle en réfléchissant tout haut.

La discussion avec le docteur Guo Sen, sur le caractère changeant du patient hospitalisé dix ans plus tôt, lui revint en mémoire.

— Mais que caches-tu Qiang ? Dommage qu'il soit impossible de consulter tes comptes bancaires sur dix ans. Je me contenterai de ta comptabilité personnelle. Allons voir comment tu la tiens ! Mmmh, double comptabilité, bien protégée et en plus les fichiers sont cryptés. Je sens que je vais encore m'amuser.

Elle fit céder les sécurités, les unes après les autres. Quelques-unes lui résistèrent un bon moment. Elle remontait progressivement le temps. Il ne s'agissait pas de comptes, mais seulement de relevés scrupuleux d'opérations. Des dates et des montants défilaient sous ses yeux, s'étalant sur plus de dix ans. Trois périodes distinctes ressortaient : la plus ancienne comportait des entrées régulières. La deuxième débutait par une somme négative importante, qui semblait correspondre au total de la première période. Enfin, pendant la troisième, après quelques mois sans écriture, les sommes et les dates recommençaient, plus régulières qu'avant, et pour des montants plus importants.

Lian avait une excellente mémoire. Elle comprit rapidement que ces trois phases coïncidaient avec les informations qu'elle avait sur la vie de Qiang. Tout la ramenait encore et toujours à l'accident.

— Eh bien, le business est reparti de plus belle à ce que je vois ! Mais comment allons-nous te coincer ? Si ces sommes ne sont pas des preuves, elles sont au moins une bonne base de départ pour notre enquête.

Pour ne rien perdre, elle enregistra ces nouveaux éléments sur la clé déjà insérée dans le port USB du PC et parallèlement, elle lança une impression papier. Elle glissa ensuite les feuilles dans une pochette.

— Voyons, il doit bien y avoir d'autres dossiers intéressants là-dedans ! se dit-elle à elle-même, en cherchant toujours à faire parler la machine.

Elle ouvrit de nouvelles fenêtres, les sous-dossiers rattachés mais rien ne l'interpellait vraiment.

— Les photos ! se dit-elle soudain, se parlant à elle-même.

Elle relança son investigation et se heurta à de nouvelles protections.

— J'ai bien cru que, cette fois, je n'allais pas y arriver, remarqua-t-elle.

Elle avait failli renoncer quand enfin, les photos bien protégées s'affichèrent, par centaines, sous forme d'une mosaïque.

— J'en ai pour un moment !

Elle s'aida des dates pour opérer un premier tri. Penchée depuis des heures sur l'écran, elle sentait que les muscles de son cou s'étaient tendus. Lasse, elle remua la tête pour se décontracter, quitta son poste afin de se dégourdir les jambes et choisir une boisson au distributeur. Elle sélectionna un thé, malheureusement de moindre qualité. Sa pause ne dura que quelques minutes à peine. Déjà, elle reprenait sa place devant le PC.

Les unes après les autres, les photos défilaient. Régulièrement, certaines attiraient son attention mais rien ne l'interpellait vraiment. À l'écran, s'affichaient des portraits de femmes, souriantes, qui apparemment posaient. Pour mieux saisir les détails des images, d'un clic, elle agrandit l'affichage. Au second plan, Pékin et ses monuments les plus célèbres. Au premier des blondes, des brunes de type asiatique ou caucasien. Lian ne jetait qu'un coup d'œil rapide et professionnel sur les photos qui s'enchaînaient rapidement. Il n'y avait rien de significatif. Elles étaient regroupées par année, parfois par lieux et l'inspectrice passait méthodiquement d'un fichier au suivant. Elle voulait tous les parcourir. Un visage en remplaçait un autre, avec une certaine monotonie. Tout à coup, la main de Lian se crispa sur la souris. Quelque chose venait de capter inconsciemment son attention. Elle revint en arrière pour retrouver ce qui l'avait chiffonnée.

— Non, pas ce visage, celui-ci non plus. J'ai dû me tromper.

La molette roulait doucement sous son index, quand un visage qu'elle connaissait bien lui apparut.

Elle prit instinctivement son téléphone portable. Mais au même moment, compte tenu de ce qu'elle venait de voir, une petite voix lui répéta : *Ne pas se précipiter, réfléchir !* Elle allait reposer l'appareil quand finalement quelqu'un l'appela. C'était Zhao.

— Salut ! Tu devais me tenir au courant. Où en es-tu ?

— Je n'ai pas arrêté et je suis crevée. Tu as vu l'heure ? Tu es pire que le chef !

— Excuse-moi Lian, mais tout repose sur toi maintenant. As-tu trouvé quelque chose ?

Elle lui parlait sans pouvoir quitter l'écran des yeux.

— Oui et non !

— Comment ça ?

— J'ai des éléments éparpillés qu'il faudra trier. Tu sais, c'est complexe de s'immiscer dans un ordinateur !

L'heure n'était pas propice aux révélations et surtout pas au téléphone. De plus, elle devait fouiller encore un peu. Elle se força à bâiller pour montrer sa fatigue et faire comprendre à son collègue qu'il fallait abréger la conversation.

— Écoute Zhao. Je suis épuisée. Je ne vais pas tarder à arrêter. La journée a été particulièrement longue.

— Tu n'as rien à me dire alors ?

— Rien pour l'instant. On se verra demain matin, de bonne heure, au bureau !

— Bon d'accord. C'est toi la spécialiste en la matière, donc je m'incline. À demain !

Elle enregistra sur la clé U.S.B ce qu'elle venait de trouver et imprima plusieurs clichés. Contrairement à ce qu'elle avait dit à Zhao, elle avait enfin de nouveaux éléments entre les mains.

23 HUI LING

Tôt le matin, le BSP était pratiquement désert. Sur la plate-forme, les ordinateurs dormaient encore. Lian et Zhao s'étaient donné rendez-vous de très bonne heure.

— Récapitulons : nous avons trois meurtres sur les bras. Les victimes appartenaient toutes à la pègre. Qui les a tuées et quel est le mobile ? Le portrait-robot nous incite à penser qu'il s'agit de Qiang Mong mais est-ce bien lui ? Avant toute chose, Lian, je dois te faire un aveu !

— Ouh, je n'aime pas ça !

— Comme tu t'en doutes, depuis toutes ces années, j'ai gardé un œil sur lui ou plutôt sur ses activités. De loin, car je n'avais pas trop de temps à lui consacrer mais quand on nous a retiré l'affaire, faute de preuves, il y a dix ans, je n'ai pas pu renoncer.

— Effectivement, je m'y attendais un peu ! répliqua-t-elle.

— Je te dirai tout ce que je sais mais toi d'abord. Qu'as-tu trouvé dans son ordinateur ?

Lian se racla la gorge et, pour gagner un peu de temps, elle proposa à son collègue une tasse de café. Elle chercha au fond de ses poches de la menue monnaie et un instant plus tard, elle revint avec deux gobelets fumants. Elle s'assit sur le bord de son bureau et trempa ses lèvres, à plusieurs reprises, dans sa boisson. Zhao avait déjà vidé son verre et dès qu'il l'eût reposé, il la relança :

— Alors, dis-moi. Ça valait la peine ou pas ?

— Il m'a fallu du temps pour craquer les codes de sécurité et franchir les pare-feu. Ensuite, j'ai pu trouver des choses intéressantes. À l'époque, Qiang avait fait de jolis bénéfices en travaillant pour le milieu. Ça, on le savait ! Et puis, il y a eu cet accident et ses conséquences étranges. Or, ce que j'ai trouvé révèle que ses profits ont d'abord cessé, ce qui est logique. Ensuite, peu de temps après son hospitalisation, pour une raison inexpliquée, tout ce qu'il avait accumulé s'est évaporé. On dirait qu'à un moment donné il a vidé ses comptes. Pourquoi ? Mystère ! Qui en a profité ? Je ne sais pas. Tu verras les dates par toi-même, dans la double comptabilité qu'il tenait.

Elle voulut poursuivre son exposé mais Zhao réfléchissait à cent à l'heure.

— C'est évident ! Comme Qiang travaillait pour Wan Lu Su, la nuit de l'accident, il devait convoyer quelque chose d'important et la transaction n'a pas pu se réaliser. Il a dû penser que Qiang l'avait doublé. Il l'a cueilli à sa sortie de l'hôpital et il l'a fait payer. Plausible non ?

Lian, qui venait de se rallier à la théorie de son ami, poursuivit :

— Ça se tient ! Il a probablement raclé les fonds de tiroirs, pour rassembler tout l'argent dont il disposait et éponger sa dette.

— On ne plaisante pas avec ce genre d'individu, rappela Zhao. Qiang a dû passer un sale moment !

— Et en plus, Wan Lu Su a dû en profiter pour l'obliger à travailler gratis pour lui. Cela expliquerait la période creuse que j'ai remarquée dans sa comptabilité.

— Je crois qu'il n'a pas eu le choix.

— Peut-être ! Observe bien maintenant les dates suivantes. Elles sont associées à des sommes importantes. Comment les expliques-tu ?

Zhao se pencha sur les documents que Lian lui montrait. Des montants significatifs apparaissaient, plusieurs mois après la sortie de l'hôpital et allaient en augmentant rapidement.

— Soit il a travaillé pour son propre compte, mais cela paraît improbable dans ce milieu. Soit il a regagné les faveurs du boss, mais ce retour en grâce me semble quand même très rapide et j'ai du mal à y croire ! Il y a sûrement une autre explication qu'il faudra découvrir. J'aimerais bien savoir ce qui s'est passé. Quoi qu'il en soit, il a dû y avoir un sacré problème pour que Qiang se soit débarrassé d'eux. Ceci nous ramène directement à notre enquête sur le triple meurtre !

— Peut-être aussi qu'il a voulu être le calife à la place du calife ! ajouta Lian en souriant.

Elle admirait la perspicacité de son ami. Tout en l'écoutant, elle se demandait quand elle pourrait aborder les révélations délicates qu'elle avait à lui faire. Elle appréhendait ce moment. L'argent de Qiang Mong ne représentait que la partie émergée de l'iceberg parmi les informations extirpées à la mémoire de l'ordinateur.

— Je crois que nous sommes sur la bonne voie. Si Qiang est à l'origine de la mort de Wan Lu Su, comme tu le dis si bien, il voudra probablement prendre la tête du cartel ! fit remarquer Zhao.

— Ce ne sont que des suppositions et nous n'avons toujours pas de preuves tangibles, pas plus que pour la mort de Yong Me. Heureusement qu'il y a le portrait-robot, qui est quand même un bon début.

— Yong Me, c'était il y a si longtemps ! Concentrons nos efforts sur l'affaire en cours. Avec un peu de chance, les deux enquêtes se rejoindront !

L'air embarrassé, elle ne répondit pas, reprit son gobelet de café froid et le porta à ses lèvres.

— Qu'est-ce que tu as ? Toi, tu ne me dis pas tout !

Elle parut hésiter puis se jeta à l'eau.

— C'est que j'ai trouvé autre chose dans les fichiers de l'ordinateur.

Elle ne bougeait pas. Elle froissa le verre désormais vide entre ses doigts, sans parvenir à le jeter. Finalement, Zhao agacé, s'en empara et, de sa place, effectua un tir précis dans la poubelle. Lian se redressa et rassembla toutes les photocopies qu'elle venait d'examiner avec son coéquipier. Fébrilement, elle les rangea en les tapotant sur la table. Aucune feuille ne dépassait du tas.

Zhao tendit un bras vers elle et l'arrêta :

— Quelque chose te chagrine vraiment ! Déjà hier, je t'ai trouvée bizarre au téléphone et maintenant tu te dérobes. Qu'est-ce qu'il y a ?

Il la regarda, déterminé et impatient. Elle savait qu'il n'abandonnerait pas.

— Assieds-toi Zhao ! Ce que j'ai à dire n'est vraiment pas facile !

Comme le visage de Lian devenait grave, il finit par tirer une chaise à lui pour s'asseoir.

— Dans l'ordinateur de Qiang, j'ai trouvé des photos.

L'enquêtrice ouvrit une sacoche de cuir qui attendait sur un coin du bureau, entre le téléphone et un cendrier plein de vieux mégots froids. Elle en sortit une liasse de feuilles sur lesquelles étaient imprimées des photographies qu'elle lui tendit.

— Comme tu peux le voir, il s'agit de photos de femmes. Ce qu'elles font là et pourquoi ces photos ont été prises, je l'ignore. Mais je peux t'assurer qu'il y en a un bon nombre.

— Et alors ? fit Zhao, tout en consultant le paquet qu'elle venait de lui tendre.

— Ce que je m'efforce de te dire depuis tout à l'heure, sans y arriver, se résume dans cette photo.

Au même moment, Lian venait d'arrêter la main de Zhao, qui était parvenue à la photo qu'elle redoutait qu'il vît. Elle s'en empara et la posa devant lui, comme le voyant retourne la carte qui décide du destin. Mais Lian n'était ni cartomancienne ni pythonisse[8]. On y voyait plusieurs visages.

La mine défaite de Zhao aurait pu laisser supposer qu'il venait de tirer la carte de la maison Dieu qui, au tarot, symbolise les mauvaises surprises et annonce un châtiment. Mais ce n'était que la photo d'une jeune femme heureuse et épanouie.

Dans ses mains, Zhao tenait le visage de sa sœur : Hui Ling.

---

[8] Prophétesse.

TROISIÈME PARTIE

LE GRAND CHOIX

24 REMONTER LE TEMPS

Quelques mois plus tard, le bureau du BSP était à nouveau le témoin de la même scène. De nouvelles photos avaient simplement enrichi le paquet. Anna, en découvrant l'une d'elles, venait de s'effondrer.

Lian était sortie de la pièce. Elle revint un instant plus tard, un verre d'eau fraîche à la main. Elle tendit le gobelet à Anna, dont les jambes s'étaient dérobées sous le coup de l'émotion. Zhao avait dû l'aider à s'asseoir. La jeune touriste but une gorgée, reposa le verre et soupira profondément, serrant les accoudoirs du siège. Lian prit la parole la première :

— *Vous chantez mieux* ?

— Je vous demande pardon ? s'étonna Anna.

— Elle veut probablement savoir si vous vous sentez mieux. J'ai beau l'initier à cette belle langue qu'est le français, c'est difficile pour elle, traduisit l'inspecteur.

Lian le regardait parler. Ce qu'il venait de dire était aussi incompréhensible qu'une page de hiéroglyphes. Toutefois, Anna avait esquissé un sourire suite à la méprise. Le chinois, mêlé au français de l'enquêtrice, prêtait à sourire, malgré le moment difficile qu'elle traversait.

— Les photos immortalisent souvent de beaux moments comme des vacances, mais dans notre métier, elles figent ce que l'on ne veut pas nécessairement voir, dit Zhao en prenant les mains de la jeune fille dans les siennes pour la réconforter. Je suis désolé Anna, mais il fallait que vous les voyiez.

— Mais pourquoi ces photos ? Je ne comprends pas !

— C'est bien normal car, malgré vous, vous vous retrouvez au cœur d'une affaire qui dépasse votre seul voyage en Chine. Comme beaucoup de grandes métropoles, Pékin n'échappe pas au banditisme et même si cela peut paraître surprenant, Lian et moi avons la conviction qu'il existe un lien entre les disparitions des femmes, que j'ai évoquées tout à l'heure, et Qiang Mong !

— Quel rapport notre guide a-t-il avec tout cela ? Je reconnais qu'il m'a fait peur et que son comportement peut être troublant, mais il n'est pas toujours ainsi.

— Anna, rappelez-vous à quel point vous étiez effrayée quand nous nous sommes rencontrés sur la muraille. Vous devez affronter la vérité, même si elle vous dérange.

La jeune femme cherchait vainement une échappatoire en regardant ailleurs, tandis que Zhao parlait. Elle avait le sentiment de vivre un cauchemar et elle attendait le moment où elle allait se réveiller. Elle serait alors à Paris, dans son appartement. Shany sonnerait à la porte. Elle aurait dans les bras, des petits fours et des places de concert. Elles parleraient fringues, évoqueraient le passé et leurs projets, mais sans inspecteurs de police ni guide malintentionné.

— Anna, je vous parle. Il faut que vous m'écoutiez !

Ce n'était pas le moment de rêver. À travers les cloisons vitrées qui séparaient les bureaux les uns des autres, Anna voyait qu'une activité intense régnait, lui rappelant que tout ce qu'elle vivait appartenait bien, hélas, à la réalité.

— Je suis désolée, s'excusa-t-elle. Tout cela est si difficile à entendre !

Zhao reprit :

— Vous savez probablement que Qiang est originaire d'une famille de paysans du Sichuan et pour fuir la pauvreté, il est venu à Pékin, voilà des années. Il ne faut pas se leurrer : il y a peu d'avenir dans l'exode. Cependant, contrairement à tant de Chinois qui s'imaginent qu'en ville tout est possible, il avait des atouts en arrivant : il est instruit et intelligent. Nous pensons qu'il a tout de même trempé dans des milieux obscurs, pour amasser rapidement de l'argent et créer sa propre agence de voyages. Il allait réussir jusqu'à ce qu'il ait un terrible accident.

— Un accident ?

— Oui, un très grave accident de voiture. Mais à présent Anna, accrochez-vous bien ! Vous n'êtes pas préparée à ce que vous allez entendre.

Elle plongea son regard dans les yeux de son interlocuteur, cherchant le doute qu'elle aurait préféré y voir. Elle n'y trouva que des certitudes et une farouche détermination à tout lui révéler. Elle s'enfonça alors plus profondément dans son siège, se calant contre le dossier, épousant la mousse moelleuse, les jambes serrées, désormais prête à entendre ce qu'elle ignorait.

Zhao hésita encore un instant puis, sachant qu'il venait de franchir le point de non-retour, il poursuivit :

— Il y a longtemps, alors qu'il conduisait une Maserati, il a violemment percuté un camion. L'équipe médicale, arrivée sur les lieux, a constaté le décès de son passager, un dénommé Kuan Ti, un trafiquant notoire. Le conducteur, Qiang en l'occurrence, était encore en vie mais dans un tel état qu'il n'aurait pas dû survivre à ses blessures.

— C'est horrible !

— Ce qui l'est plus encore, c'est que les secours ont déployé tous leurs efforts pour le maintenir en vie et que malgré cela, Qiang est décédé au cours de cette nuit.

Tel un automate, Anna se tourna lentement, d'un seul bloc, vers Lian impassible, avant d'éclater de rire nerveusement.

— Et vous croyez que je vais gober tout cela ? Pour qui me prenez-vous ? Qiang serait mort il y a des années, alors qu'il était bien vivant voici quelques jours ! C'est ridicule !

Sur un geste de son collègue, qui venait de lui glisser quelques mots, Lian déroula devant la jeune fille deux documents portant la signature des deux médecins de Xiehe. Ceux-ci attestaient la mort clinique du patient. Zhao les traduisit.

— Vous voyez, c'est incontestable : Qiang Mong a bien été déclaré mort cette nuit-là.

L'index de l'enquêteur tapotait une zone encadrée, qui comportait deux signatures au bas d'un document.

— C'est la stricte vérité, mais ce n'est pas fini. Vous allez y voir plus clair. Regardez attentivement ces photos et à présent regardez celles-ci !

L'inspecteur étala devant Anna toute une série de photographies, qu'il pointait les unes après les autres.

— Que remarquez-vous ?

— Que Qiang apparaît sur la plupart d'entre elles !

— Certes, mais encore. Il n'y a pas un détail qui vous interpelle ?

Anna cherchait, comparait, réfléchissait et balbutia finalement :

— Non, je ne vois rien de spécial !

— Et si je vous dis maintenant qu'une dizaine d'années sépare la plus ancienne de la plus récente !

Elle les regarda à nouveau et resta sans voix, les yeux rivés aux portraits du jeune guide, prisonniers d'une évidence impossible.

— Il n'a pas vieilli, malgré les années qui se sont écoulées, compléta Zhao. Son visage, ses expressions semblent figées.

— Comment est-ce possible ? On dirait presque que ces photos ont été prises le même jour.

— Et pourtant ce n'est pas le cas. Des années séparent bien la photo où on le voit avec ma sœur Hui Ling et celle qui correspond à votre venue en Chine.

Anna s'était levée. Elle se mit à fouiller dans le lot, pour en extirper celle que Zhao lui avait montrée lorsqu'elle avait voulu partir. Elle la brandit devant lui.

— Et celle-ci, d'où vient-elle ? Ce n'est pas Pékin derrière Shany, c'est un restaurant de Paris !

— C'est exact et pourtant, elle provient de l'ordinateur de Qiang. Derrière votre amie, vous reconnaissez sans doute l'établissement *Di Vino* où elle avait ses habitudes !

L'inspecteur lui tendit d'autres clichés. Sur l'un, elle vit Shany quittant son travail, sur un autre l'étude de Maître Nordier, notaire, où elle s'était rendue après la mort de ses parents. On la voyait aussi aux Galeries Lafayette ou au théâtre.

— Vous pensez qu'il la suivait ?

— Oui, nous en sommes certains !

— Mais pourquoi ?

— Réfléchissez un peu ! Il a dû avoir connaissance de l'existence de la famille Morand et de l'empire financier qu'elle représente. Il veut probablement s'approprier la fortune de votre amie. Pour cela, il est prêt à tout ! Bien que nous n'ayons pas de preuves, nous pensons qu'il a déjà procédé de la sorte avec d'autres femmes et qu'il recommencera sans aucun remords !

Anna ne parvenait plus à parler. Elle sentait son cœur battre dans sa poitrine et sa respiration s'accélérer.

— Nous sommes convaincus que l'explosion, qui a causé la mort de ses parents, n'est pas le fait d'un attentat. En raison de la menace terroriste de l'époque, il était facile de maquiller le crime car c'en est probablement un. Qiang devait se débarrasser des parents de Shany pour avoir le champ libre. Ensuite, il a fait en sorte de la faire venir en Chine. Vous comprenez maintenant tout l'intérêt de l'agence « Envol ». Rappelez-vous Anna ! Comment avez-vous choisi cette destination et cette agence ?

— Nous voulions partir en vacances et je reconnais, maintenant que vous le dites, que la Chine s'est imposée à nous car nous avons reçu beaucoup de publicités. Les tarifs et les programmes étaient très intéressants. Vous croyez qu'on nous manipulait ? Mais pourquoi je ne l'ai pas compris avant ?

— Qiang est très fort et comme je vous l'ai dit, il est très intelligent ! Il vous a observées et selon Lian, il a dû pirater l'ordinateur de Shany.

Anna était consternée. Il lui apparaissait désormais clairement que quelqu'un avait influencé leur choix.

— Et quel est le lien avec les autres filles ? demanda-t-elle.

— Toutes nos investigations convergent et nous invitent à penser, qu'il y a un avant et un après, par rapport à l'accident dont je vous ai parlé. Au cours des premières années de son installation à Pékin, il séduisait des jeunes femmes, qu'il amenait parfois à Niao'ai. Grâce aux photos et à des informations complémentaires, nous avons pu les retrouver en bonne santé. Ensuite, tout change et elles disparaissent. Savait-il ce qui leur arrivait ? Il est encore trop tôt pour répondre.

— Je ne vois pas en quoi un accident peut changer à ce point le comportement d'un homme !

— Et pourtant, je vous rappelle que Qiang Mong a bel et bien été déclaré mort alors qu'il est bel et bien vivant aujourd'hui. Cette nuit-là, il s'est passé quelque chose qui est obligatoirement la clé de tout.

— J'avoue que je suis votre raisonnement mais je n'arrive toujours pas à croire qu'il soit mort et ressuscité ! C'est impossible, admettez-le !

— Vous avez raison sur le principe et nous penserions comme vous, si nous n'avions pas rencontré longuement un des deux médecins présents sur les lieux le jour de l'accident. Les documents qu'il nous a présentés sont, pour nous, indiscutables. Vous allez voir que tout nous ramène encore et toujours à l'accident ! Ce jour-là, nous supposons que Qiang devait effectuer une livraison, qu'il n'a pas pu faire. Le patron de la pègre, un certain Wan Lu Su, a dû le suspecter de l'avoir doublé pour empocher les bénéfices. Cela arrive de temps en temps dans ce milieu. Dès lors, Qiang s'est retrouvé coincé, prisonnier d'une dette qu'il devait rembourser. La pègre l'a certainement exploité. C'est à partir de ce moment que les disparitions de ces femmes commencent. Cela n'a probablement duré qu'un temps, parce que tout prête à croire qu'il a récemment éliminé Wan Lu Su et ses proches acolytes.

Abasourdie, Anna regardait les photos et les documents médicaux que Zhao lui avait présentés. Elle repensait au flot de publicités qui les avaient incitées à venir en Chine. Zhao avait raison, tout se tenait. Si elle comprenait parfaitement ce que l'enquêteur lui expliquait, son esprit éprouvait la plus grande difficulté à admettre que Shany et elle pouvaient être impliquées dans une affaire si sordide. Elle sentait la peur monter et restait sur la défensive. Elle avait l'impression d'être plongée, à son corps défendant, dans un polar dont elle ne voyait pas l'issue.

— Avec tous les éléments dont vous disposez, pourquoi ne l'arrêtez-vous pas ? Cela résoudrait tous les problèmes. D'autre part, pourquoi me racontez-vous tout ceci ? Je ne fais pas partie de la police. Je suis surprise que vous me dévoiliez autant de renseignements confidentiels. Est-ce dans les habitudes de la police chinoise d'impliquer, à ce point, les citoyens dans des affaires de crime, avec tous les risques que cela comporte ? Je ne suis pas sûre que vous en ayez le droit.

Le caractère trempé de la jeune femme réapparaissait. Elle analysait la situation et cherchait désespérément une échappatoire. Zhao l'abandonna momentanément pour expliquer à Lian la situation. Anna ne comprit rien à la discussion des deux enquêteurs, même si elle en était au cœur.

— Voilà. Anna, vous devez savoir que Qiang nous a échappé une première fois, faute de preuves suffisantes. Lian et moi craignons que, si nous l'arrêtons maintenant, on ne nous reproche les mêmes choses. Nous n'avons pas suffisamment d'éléments compromettants entre les mains. Nos supérieurs sont très exigeants et difficiles à convaincre. Il y a dix ans, l'affaire a été classée. Aujourd'hui, alors que nous ne nous y attendions pas, le meurtre de Wan Lu Su la fait ressurgir. Il ne faut pas rater cette occasion. Elle ne se représentera pas ! Nous devons empêcher Qiang de nuire à nouveau et je vous rappelle que vous êtes en tête de liste des victimes potentielles. Si nous vous avons dévoilé tout cela, c'est parce que nous travaillons au grand jour concernant la pègre mais dans l'ombre concernant les activités de Qiang Mong. Notre chef ignore le lien qui existe entre l'affaire d'il y a dix ans et celle qui nous occupe maintenant. Il ignore que Shany est en danger et la filature dont votre groupe de touristes a été l'objet. Il n'apprécierait pas et validerait encore moins cette façon de procéder. Nous n'avons pas le choix et nous avons besoin de vous, Anna. Maintenant, pour répondre à votre question, ce n'est pas dans les habitudes de la police de procéder ainsi. Mais grâce à vous, j'ai pu approcher Qiang incognito et s'il le faut, je pourrai protéger Shany. Elle court réellement un grand danger. Vous aussi probablement. Vous êtes directement impliquée et j'ai pensé, que pour votre sécurité, il valait mieux que vous soyez au courant.

Zhao s'était montré convaincant et Anna se sentit gênée d'avoir douté de lui. Les événements la dépassaient. Elle aurait voulu ne jamais être venue en Chine.

— Si j'ai bien compris, Qiang a déjà tué !

— C'est ça ! Et il recommencera si on ne l'en empêche pas.

Depuis qu'elle était entrée dans ce bureau, Anna tentait de reconstituer un puzzle dont elle faisait inéluctablement partie.

— Ce que je viens de vous dire peut vous paraître effrayant, mais vous devez entendre la suite pour mieux comprendre.

— Ne trouvez-vous pas que j'en ai assez entendu ?

— Je dois quand même vous parler d'une période noire qui a profondément affecté mon pays : la Grande Famine.

— J'en ai vaguement entendu parler mais je ne comprends pas où vous voulez en venir !

Zhao ne prêta pas attention à sa remarque et poursuivit.

— La Grande Famine a duré suffisamment longtemps pour occasionner plusieurs dizaines de millions de morts. Le Sichuan, province d'origine de Qiang, en a particulièrement souffert, plus que toute autre région. Pourtant, à une époque, on la nommait « La Province de l'abondance ». En plus, le Sichuan connaît de fréquents séismes et, en 2008, il a été l'épicentre d'un terrible tremblement de terre de très forte magnitude sur l'échelle de Richter. On a déploré près de 80 000 morts. Depuis, les paysans sont persuadés d'être poursuivis par une malédiction.

— Je ne vois toujours pas le rapport avec l'affaire sordide dont vous m'entretenez depuis près d'une heure, intervint Anna.

— Et pourtant, c'est bien de malédiction dont je vais vous parler, Anna. Il faut remonter le temps et connaître l'histoire de ces montagnes pour faire le lien. J'ai mis des années à le comprendre. Cela remonte à l'époque de Mao Zedong et partout dans le pays, les Chinois avaient faim. À leurs yeux, le monde paysan représentait un grenier. Les campagnes étaient pillées par les gens des villes, qui venaient régulièrement voler le peu que le monde rural parvenait à cultiver. C'était l'époque de la collectivisation, l'agriculture privée était interdite et le Grand Timonier promettait alors que ces mesures permettraient de nourrir tous les Chinois. Seulement, cela n'a pas été le cas. De sécheresses en inondations, les conditions météorologiques étaient épouvantables et plus rien ne poussait. En 1959, le fleuve Jaune a débordé. Ce fut la septième catastrophe naturelle la plus meurtrière du XXe siècle. Ceux qui ne se noyaient pas mouraient de faim. Alors la Chine est entrée dans une phase de violence inouïe. Les paysans, attaqués et parfois tués, se sont finalement réfugiés dans les montagnes. Ils ont rompu avec les pratiques ancestrales en cessant de cultiver la terre. Ils ont à leur tour connu la faim.

— Cela a dû être terrible ! compatit Anna.

La jeune femme marqua un silence avant de reprendre :

— Excusez-moi d'insister, mais Shany et moi n'avons rien à voir avec tout cela.

— Soyez patiente, vous allez comprendre ! Ces paysans ont effectivement vécu des moments terribles, mais le pire les attendait encore car la faim pousse parfois les hommes à commettre l'irréparable. Ils ont compris que personne ne viendrait les aider. Ne trouvant plus rien à manger, certains ont basculé dans l'horreur plutôt que de voir leurs enfants périr.

— Que voulez-vous dire ?

De temps à autre, Zhao s'interrompait et glissait quelques mots à Lian en chinois.

— Leurs croyances ne leur étaient d'aucun secours alors, pour survivre, certains auraient sombré dans le cannibalisme !

Abasourdie, Anna n'aurait pas cru ce qu'elle venait d'entendre si ce n'était Zhao, inspecteur au BSP, qui avait prononcé ces paroles.

— Ils n'ont pas hésité à sacrifier les plus faibles d'entre eux ou des inconnus de passage. À ce moment-là, une lutte sans merci a commencé pour leur survie. Il fallait manger mais il n'y avait plus rien, nulle part. La population était désespérée et les victimes de la famine s'amoncelaient. Ils ont tout tenté, semant dans des endroits perdus. Mais régulièrement, dès les récoltes engrangées, des pillards s'abattaient comme des sauterelles, sur leurs maigres réserves. Ils égorgeaient sans pitié les paysans. Ces gens ont touché le fond de la misère et de la faim. Personne ne peut les juger !

L'euphorie de la préparation du voyage était bien loin désormais. L'arrivée à Pékin, la visite de la Cité Impériale, le rire de Shany et leur complicité de toujours s'étaient évanouis. Anna sut qu'elle venait de mettre un pied dans l'antre de l'horreur et son regard exprimait autant la frayeur que l'incompréhension.

— Rassurez-vous, cela ne concerne qu'une petite minorité. Quant aux populations limitrophes de Niao'ai, on ne peut dire si elles ont eu recours à ces pratiques barbares ou pas. Les villages sont si hermétiques et si reculés ! Tout danger n'est, paraît-il, pas écarté pour les étrangers qui viendraient à s'aventurer dans le secteur, même si la Grande Famine n'est plus d'actualité. Certains affirment que des sacrifices humains ont toujours cours. Il s'agirait de clans qui, par superstition, ne veulent pas renoncer à ce qu'ils considèrent comme une coutume, désormais liée à leur culture. Elle les protégerait du mauvais œil, donc d'une nouvelle Grande Famine. Aussi, lorsque les terres sont labourées, il arrive de découvrir des ossements de personnes mortes récemment. Les légendes du Sichuan prétendent que, dans la forêt, bien des âmes errent. Beaucoup sont convaincus que toute la Chine serait en proie à une malédiction due aux 10 millions d'ouvriers morts lors de la construction de la Grande Muraille. Elle est parfois nommée « Línghún de qiáng » : la muraille des âmes.

— Entendre cela au XXIe siècle, c'est impensable, remarqua Anna.

L'inspecteur acquiesça et reprit :

— La Chine est si grande, son histoire complexe et diversifiée. On ne peut pas vivre de la même façon au nord et au sud, à l'est ou à l'ouest et certainement pas comme en Europe.

— Donc si je comprends bien, le Sichuan est un endroit idéal pour se débarrasser de cadavres !

— C'est exact, confirma Zhao. On exhume parfois des corps certes, mais combien restent prisonniers d'une telle immensité ?

— Et Qiang dans tout cela ?

— Difficile à dire ! Qiang est une énigme mais je vous parlais, tout à l'heure, de malédiction. Nous y sommes.

Zhao expliqua qu'après la Grande Famine des phénomènes étranges avaient été rapportés, ensuite étouffés tant ils semblaient inexplicables. Dans les campagnes, le cannibalisme avait cessé ou presque, remplacé par le retour de l'agriculture. Cependant, il subsistait encore des rituels obscurs.

— Je n'imaginais pas entendre ceci quand je suis partie en vacances. J'ai du mal à y croire !

— Certes, mais c'est la stricte vérité. Sans que nous puissions vous dire pourquoi, Lian et moi pensons qu'il existe un lien entre ces superstitions, l'accident et la résurrection de Qiang. Sa vie n'a pas pu basculer sans une intervention inexplicable. D'ailleurs, le médecin qui était auprès de lui lorsqu'il est mort, l'a entendu prononcer de curieuses paroles. Il a reconnu ce qui pourrait ressembler à une incantation diabolique !

Anna écoutait le flot de légendes, de malédictions et de faits historiques qu'on lui assénait depuis quelque temps. L'irrationnel ébranlait ses certitudes. Seul ce bureau de police, dans lequel elle se trouvait, l'assurait que ce qu'elle entendait était de l'ordre du possible. Pourtant, son esprit cartésien l'invitait à douter.

— Et votre sœur dans tout ceci ? intervint Anna.

Par cette question, elle espérait à la fois s'extraire de cet univers macabre et tenter d'établir un lien entre ce qu'elle venait d'entendre, Qiang et le Sichuan.

Zhao, surpris, parut un instant gêné, mais il se ressaisit et développa ce qu'il savait.

— Comme je l'ai dit, nous enquêtons, depuis longtemps, sur des disparitions qui convergent toutes vers le Sichuan. Qiang a conduit quelques femmes dans ces zones, c'est indéniable. Hui Ling a dû le rencontrer au mauvais moment. Des photos, trouvées dans son ordinateur, confirment qu'elle l'a suivi mais après, nous perdons définitivement sa trace.

Cette évocation le torturait. Ses mains se crispèrent sur le dossier de la chaise qui se trouvait devant lui. Il se tut, sans relâcher son étreinte.

— Et maintenant ? demanda la jeune fille encore sous le choc de ces révélations.

Zhao se dirigea vers la fenêtre, pensif. En regardant la circulation pékinoise, il essayait de chasser temporairement de son esprit les douloureux moments qui venaient de refaire surface.

— Nous devons arrêter Qiang avant qu'il ne recommence, reprit-il. Shany est sa prochaine victime. Il faudra être prudents car il peut se débarrasser, à n'importe quel moment, de ceux qui lui barrent la route. Le docteur Yong Me, comme d'autres, en a fait les frais, juste après le fameux accident.

*

Sur la plate-forme, l'activité avait diminué et les bureaux se vidaient peu à peu. L'horloge accrochée au mur indiquait qu'il était l'heure d'aller déjeuner. Anna et Zhao ne bougeaient pas, perdus dans de sombres pensées. Lian était consciente de la tension qui régnait dans la pièce. Son regard allait de l'un à l'autre. Elle proposa :

— *Vous vouloir manger ? Moi faim !*

Son ton, volontairement enjoué, associé à un français très aléatoire, fit sourire son coéquipier et sortir Anna de sa torpeur. La jeune femme, l'estomac pourtant noué, acquiesça.

Elle voulait absolument quitter cet endroit, retrouver la vie du dehors et quelque part se prouver que tout ce qu'elle venait d'entendre n'existait pas.

*

Les jours de visite libre prenaient fin et Shany allait revenir de Weifang. Tous auraient bientôt réintégré leurs chambres, à l'hôtel. Le lendemain, les visites avec Qiang devaient reprendre.

À bord de la voiture de Zhao, Anna se laissait conduire à travers Pékin. Pour détendre l'atmosphère, il décrivait les rues et les monuments les plus connus, avec la verve d'un vrai guide. Il évoquait les usages et la vie trépidante des habitants de la cité. Essayant d'oublier les difficultés à venir, elle l'écoutait. Elle dut se l'avouer : malgré tout ce qu'elle avait appris, malgré l'avenir qu'elle redoutait, malgré le fait que Qiang était toujours libre d'agir, elle avait apprécié les moments passés auprès de l'inspecteur dont le charisme la rassurait. Il était honnête, efficace dans son métier et doté d'une sensibilité qui lui donnait un certain charme.

— Comment comptez-vous justifier, auprès de votre supérieur, votre participation aux prochaines visites guidées ? s'inquiéta Anna.

— Lian et moi avons pris plusieurs jours de vacances pour pouvoir consacrer un maximum de temps à l'affaire Qiang, sur laquelle nous enquêtons de manière officieuse. Nous avons quand même négocié avec notre chef, un soutien logistique du BSP. Cela a été difficile, mais il a finalement accepté quand nous lui avons appris que Shany appartenait à une famille française notoirement connue. Il a eu peur de se trouver au cœur d'un incident diplomatique, si les choses tournaient mal. Par contre, il a bien compris qu'il pourrait en tirer profit si nous parvenons à la sortir du mauvais pas dans lequel elle se trouve. Je vous accompagnerai donc, demain matin, pour l'excursion programmée et les suivantes.

Parvenu devant l'hôtel, Zhao allait prendre congé.

— Ah, une dernière chose ! Concernant la mort suspecte du docteur Yong Me, de l'hôpital Xiehe, j'ai déjà eu l'occasion de rencontrer Qiang. C'était il y a longtemps et moi, j'ai pas mal changé depuis, contrairement à lui. Par mesure de sécurité, j'ai quand même préféré lui donner une autre identité, celle de Xi. Trop tard pour les lunettes, la barbe et la fausse moustache, dit-il en plaisantant !

Anna se mit discrètement à rire.

— Et demain, quel est l'objet de la visite ? demanda-t-il avant de partir.

— Pékin ancestral ! Bonne nuit, Xi !

Les portes automatiques se refermèrent quelques instants après, derrière elle, laissant Zhao-Xi pensif d'un côté, Anna inquiète de l'autre.

Mais le lendemain serait un autre jour !

25 MENSONGES

En provenance de Weifang, l'avion de Shany devait se poser à 18 heures. Anna l'attendait, sereine. Mais les heures défilaient et elle n'était toujours pas de retour de l'aéroport. Elle avait donc dîné seule puis s'était assise dans le salon de cuir de l'hôtel. Pour meubler le temps, elle feuilletait les magazines *people* mis à la disposition des clients. Rompue par la fatigue nerveuse accumulée, elle finit par s'assoupir, la tête lourde posée dans la paume de sa main.

Il était 22 heures quand les deux Russes firent irruption dans le hall. La discrétion ne faisant pas partie de leurs habitudes, ils plaisantaient, riaient à gorge déployée et s'exprimaient à grands renforts de mouvements désordonnés. Ils revenaient de Xi'an et leur avion devait atterrir à la même heure que celui de Shany. Tous les trois s'étaient donné rendez-vous pour prendre un taxi et rentrer ensemble à l'hôtel. Anna se redressa aussitôt et les interpella :

— Shany n'est pas avec vous ?

Ils n'eurent pas besoin de traduction pour comprendre ce qu'elle leur demandait. L'un d'eux s'efforça d'articuler de manière grotesque chaque mot, pensant être plus compréhensible.

— *Shuanuy*, comme il l'appelait, rentrer après *peut-ête*.

— Non, elle devait rentrer avec vous dans le même taxi ! Vous ne l'avez pas attendue ?

C'était trop lui demander. Il regarda Anna, les yeux vitreux, et se mit à rire sans raison. Les deux hommes sentaient l'alcool. *Comment avaient-ils pu faire le voyage dans cet état ? Probablement des bouteilles achetées à l'arrivée et bues, entre l'aéroport et l'hôtel !* La Française tenta, une dernière fois, d'obtenir des précisions. Elle mima un avion qui se posait, désigna sa montre mais il n'y avait rien à faire. Ils la fixaient toujours bouche bée, l'air hagard. Finalement, ils la saluèrent de la tête et se retirèrent, toujours aussi agités.

Anna regagna le salon, agacée et soucieuse. L'absence de son amie à cette heure avancée et tout ce qu'elle avait appris dernièrement ne la rassuraient pas.

— Mais que peut-elle bien faire ? dit-elle à haute voix.

L'envie d'appeler Zhao la démangeait mais il était tard et elle gardait l'espoir de voir Shany arriver d'un moment à l'autre. *Son avion avait certainement du retard ! Peut-être était-ce souvent le cas sur les lignes aériennes chinoises. Ou alors son taxi était quelque part, bloqué dans la circulation de Pékin.*

Enfoncée dans un fauteuil accueillant, Anna se laissait porter par les images qui défilaient sur une chaîne de télévision chinoise. Il s'agissait d'un épisode qu'elle avait déjà vu, de la série « Le Caméléon », diffusée en France de nombreuses années auparavant. Jarod, le héros, selon son habitude, se glissait dans la vie d'un autre. Dans ce cas, un pompier. Elle trouvait particulièrement amusant de le voir s'exprimer en chinois. La scène était tragique, mais la barrière de la langue la rendait à la fois cocasse et difficile à suivre. Comme il se faisait tard, un employé baissa le son de la télévision. La fatigue aidant, Anna céda au sommeil.

La soirée était déjà bien avancée lorsque le bruit d'un moteur puis d'une portière claquée la réveillèrent en sursaut. Valise à la main, quelque peu décoiffée, les traits tirés, une femme débarqua à l'accueil de l'hôtel. Il ne s'agissait pas de Shany.

Il était plus de minuit et ce retard devenait anormal. Anna, de plus en plus inquiète, se décida à réveiller Zhao. À l'autre bout de la ligne, la voix endormie de l'inspecteur répondit :

— Que se passe-t-il ?

— Je suis désolée. J'ai bien vu l'heure, mais j'attends toujours Shany à la réception de l'hôtel. Elle n'est pas rentrée.

— Ne devait-elle pas revenir avec les deux Russes ? demanda l'inspecteur qui émergeait peu à peu.

— Si, mais ils sont rentrés sans elle et je n'ai rien pu en tirer. Ils avaient bu et je ne comprenais strictement rien à ce qu'ils racontaient. Si au moins je pouvais lui téléphoner !

— C'est le revers de la médaille puisqu'on l'a privée de téléphone.

— Eh oui, je sais. Mais quand même, en cas de problème, elle en aurait acheté un nouveau, j'en suis sûre. Elle connaît mon numéro par cœur et si elle avait eu un empêchement, elle aurait trouvé un moyen de m'appeler. Je ne suis pas tranquille.

— Effectivement !

— Que dois-je faire Zhao ?

— Écoutez. Je me lève, je bois un café, histoire d'avoir les idées claires, et je m'en occupe. Inutile de s'affoler. Son avion a dû avoir du retard. Je téléphone à l'aéroport et je vous rappelle. En attendant allez vous coucher.

— Mais comment voulez-vous que je dorme ?

— Soyez raisonnable ! Prenez un léger somnifère. Dès que j'en sais plus, je vous tiens au courant.

— D'accord !

*

Dans son lit, elle ne cessait de tourner et de regarder le réveil. Elle ne voulait pas dormir. Elle vit s'égrener les minutes puis les heures, croyant entendre parfois le début d'une sonnerie. Au bout d'un moment, ne tenant plus en place, elle se décida à éclairer et à prendre un livre. Quoi de mieux que la lecture pour s'évader ? Elle en était à la page 197 du roman de Ken Follett, *Code zéro*, au moment où Luke, le personnage principal, qui s'était réveillé amnésique et dans la peau d'un clochard, se rendait au Centre des maladies mentales. Deux pages plus loin, il n'avait toujours pas retrouvé ses souvenirs. Elle avait beau essayer de se concentrer sur le récit, elle s'aperçut qu'elle confondait l'intrigue romanesque et l'absence de Shany.

— Et puis zut !

Elle claqua le roman, sans y insérer son marque-page.

Une heure du matin. Deux heures, trois heures. Le temps avançait inexorablement. La sonnerie de son téléphone résonna dans la chambre. Anna se jeta sur l'appareil et le porta à l'oreille. Une voix masculine, qu'elle connaissait bien, la ramena à la réalité :

— Zhao ! s'identifia l'inspecteur.

— Alors, avez-vous du nouveau ?

— Oui. Je viens d'avoir les responsables de l'aéroport et le vol de Shany a bien atterri à l'heure, à Pékin. Elle était effectivement sur leurs listes mais elle n'a pas embarqué à bord de l'avion.

— Mais où est-elle dans ce cas ?

— Je leur ai demandé d'approfondir la question. En l'absence de mandat, cela n'a pas été facile. Finalement, ils m'ont confirmé qu'une réservation avait été effectuée, à son nom, il y a quelques jours, pour le vol qui allait de Beijing à Weifang. Mais Shany ne s'est pas présentée lors de l'embarquement.

Anna crut défaillir.

— Je n'en sais pas davantage pour l'instant. Je quitte mon appartement et je me rends à l'aéroport où on m'attend. Dès que je sais quelque chose de plus, je vous recontacte. Il y a sûrement une explication plausible à son absence à bord et nous allons la trouver. Ne quittez pas l'hôtel, elle peut très bien rentrer à n'importe quel moment. Il vaut mieux que vous soyez présente. Par contre, ne lui dites rien à propos de ce que je vous ai appris. Soyez naturelle et essayez d'en savoir plus. Je vous fais confiance. Tenez-moi au courant s'il y a du nouveau. À tout à l'heure !

BIP, BIP, BIP… Zhao avait raccroché.

Mieux coiffée, Anna aurait pu passer pour une poupée inerte, déposée sur un lit, en position assise, pour le décorer. Mais elle avait le teint brouillé et pâle. Elle regarda son téléphone, comme s'il allait sonner à nouveau. L'attente lui était insupportable. *Et si Zhao avait raison, si Shany réapparaissait ! Que lui dire ?*

Elle s'imagina la scène : Shany donnerait sûrement une explication à son retard et de son côté, elle lui mentirait avec aplomb, ce qui n'était pourtant pas dans ses habitudes. Elle parlerait avec enthousiasme des pandas géants du zoo de Pékin, raconterait ses promenades dans les jardins du palais d'été avec Xi, évoquerait les superstitions relatives à l'époque où régnait l'empereur Yongle alors que l'on croyait encore que le ciel était rond et la terre carrée… Zhao et Lian avaient passé en revue, avec elle, tout ce qu'elle pourrait dire à son amie pour être crédible. Elle les avait écoutés, avec la plus grande attention, et avait retenu l'essentiel. Lian avait suggéré quelques idées de visites, que son confrère avait approuvées et traduites. En fait, Anna avait passé beaucoup de temps au BSP et l'inspectrice l'avait gentiment hébergée pour plusieurs nuits. Il y avait eu, lors de ces soirées, quelques moments comiques et des rires. Leurs gestes et leurs mimiques, censés venir en renfort des mots, y étaient pour beaucoup.

Shany mentirait probablement aussi. Elle parlerait dans ce cas de Weifang, sans y avoir mis les pieds. Elle inventerait sûrement des négociations et s'attarderait sur la beauté des saphirs présentés. Elle s'apitoierait sur la disparition de son téléphone et, face à face, les deux amies se jetteraient au visage leurs premiers mensonges.

Mais si Shany ne rentrait pas !

Tout serait alors très différent.

*

Il était 5 heures du matin quand le téléphone vibra. Anna avait coupé la sonnerie par inadvertance.

— Allo !

— C'est Zhao. Vous avez pu dormir un peu ?

— Pas vraiment ! Avez-vous des nouvelles de Shany ?

Anna sentit un soupçon d'embarras dans la voix de l'inspecteur. Ses propos semblaient moins directs qu'avant.

— Je suis à l'aéroport. Les rues étaient bondées et j'ai mis beaucoup de temps pour y arriver.

Malgré les efforts déployés, ses phrases manquaient de spontanéité et repoussaient le moment des révélations. Anna n'en était pas dupe.

— Arrêtez de tourner autour du pot Zhao. Venez-en au fait !

En même temps qu'elle parlait, elle se redressa dans le lit, la couverture rabattue sur la moitié du corps. Les yeux grands ouverts, elle se tenait prête à tout entendre.

— Nous ne savons pas, pour l'instant, ce qu'elle a fait depuis son faux départ pour Weifang. Elle a dû rester à Pékin.

— Mais pourquoi ? C'était un voyage d'affaires auquel elle tenait beaucoup.

— Elle était peut-être avec Qiang !

— Oh non ! Pourtant, il devait s'occuper d'un autre groupe.

— Ça, c'est ce qu'il nous a dit ! J'ignore s'ils étaient ensemble tout ce temps et ce n'est pas le problème. Mais ce dont je suis sûr, c'est qu'ils viennent juste de louer un petit avion et de partir.

— Louer un avion et partir, mais où ?

— En direction de l'ouest, c'est-à-dire du Sichuan.

— Mon Dieu ! s'exclama Anna. J'aurais dû dire à Shany tout ce que j'avais vu et entendu. Je n'aurais pas dû vous écouter.

— Réfléchissez, elle ne vous aurait pas crue !

— Et maintenant que faisons-nous ?

— Il faut la retrouver au plus vite. Je passe vous chercher dans un moment. Lian se charge de déterminer exactement leur destination et de nous réserver un vol.

*

Ce matin-là, comme Anna le redoutait, un nouveau guide dépêché par l'agence se présenta à l'accueil pour prendre en charge le groupe. Qiang avait donc prévu son absence et son remplacement, ce qui confortait les hypothèses de Zhao. Cependant, chacun à l'exception d'Anna s'accorda sur la réactivité de l'agence qui, cette fois-ci, avait rapidement pris les bonnes dispositions. Ils espéraient que le nouveau guide serait aussi sympathique et compétent que Qiang.

Il fallait quitter l'hôtel. Anna boucla précipitamment ses valises et celles de Shany, mais ne les déposa pas dans le hall, avec les autres.

— Je ne me joindrai pas à vous, dit-elle au nouveau guide. Mon amie a du retard, je dois donc l'attendre. Nous vous rejoindrons à la prochaine étape. Je préviendrai personnellement l'agence « Envol » de ce changement.

Le jeune homme insista un moment mais, face à la détermination de la cliente, il dut se résigner.

— Comme vous voulez madame. Passez une bonne journée et à bientôt j'espère !

Anna vit le car s'éloigner sans elle. Ces derniers temps, elle était condamnée à attendre dans ce hall d'hôtel et à voir les heures s'y écouler. Enfin, son portable vibra avant de sonner.

À l'autre bout du fil, la voix était nasillarde et faible, étouffée par des bruits parasites de circulation.

— J'arrive dans quelques minutes. Je sais où elle est !

Tandis que la réceptionniste la saluait, Anna sortit sur le perron. Une sirène, qui annonçait le véhicule de police, retentit brièvement. Les autres véhicules s'écartèrent.

Sous l'effet d'un freinage musclé, les pneus crissèrent sur le bitume et aussitôt la portière arrière s'ouvrit. Lian, penchée par la fenêtre avant, pria la jeune femme de monter.

— Alors ? s'enquit Anna.

— Ils sont partis pour Niao'ai.

— Niao'ai ! Je m'en doutais un peu. Mais pourquoi l'emmène-t-il là-bas ?

Anna, accoudée au siège du passager, était assise au bord de la banquette arrière. Sur le toit, le gyrophare scintillait, tandis que la sirène hurlait à chaque intersection. Mais, contrairement aux hommes d'Ulysse, elle dispersait les gens plutôt que de les attirer.

— C'est ce qu'il nous faut découvrir. Qiang doit avoir une bonne raison d'y aller. Je pense, malgré tout, que votre amie n'a rien à craindre pour l'instant. S'il avait voulu la tuer, ce serait déjà fait. Sinon pourquoi l'emmener là-bas ? Niao'ai doit avoir une importance particulière dans ses plans. Laquelle ? Je l'ignore ! Par contre, je compte sur sa famille pour nous en apprendre davantage.

Malgré ces paroles, Anna n'était pas rassurée, surtout depuis les révélations de Zhao sur les coutumes du Sichuan.

— Nous allons donc à Niao'ai ?

— Effectivement ! Un avion nous attend, prêt à décoller.

Déstabilisée par cette perspective de voyage inopiné, elle se laissa aller sur le dossier du siège, sans plus pouvoir parler. À l'avant, Lian s'énervait et semblait exiger quelque chose de Zhao. Elle lui répétait une phrase qu'Anna reconnut, pour l'avoir entendue dans les bureaux du BSP. Elle s'en souvenait parce qu'elle ressemblait à ce que disait Neytiri ou Tsu Tey – elle ne savait plus trop – à Jake Sully dans, *Avatar*, au moment de l'attaque du peuple des Na'vis :

— *Gàosù tā ! Gàosù tā* !

Elle murmura :

— Et que veut-elle que vous me disiez ?

— Vous comprenez le mandarin maintenant ? s'étonna Zhao, en dévisageant Anna dans son rétroviseur intérieur.

— Non, mais je me souviens que cela signifie « dis-lui » !

Il parut embarrassé et, sans quitter la route des yeux, il lui révéla ce qu'il savait :

— Shany est effectivement partie avec Qiang et ils allaient bien à Niao'ai !

— Ils allaient ? Que voulez-vous dire ?

— Ils ont affrété un avion mais il n'est jamais arrivé à destination ! Il s'est écrasé, quelque part dans la forêt.

26 ABANDONNÉE

Le cockpit du Pilatus s'était encastré dans une énorme souche, avant de s'arrêter. La cabine s'était en partie disloquée. Le crash avait été terrible et, aussitôt après, le silence avait repris ses droits, comme si rien ne s'était passé. Une légère brise s'était levée, tandis qu'en altitude les nuages se bousculaient. À l'intérieur de l'épave, des craquements, des grésillements et une voix qui répétait un message en boucle, depuis un long moment déjà.

*

Comme émergeant d'un tombeau, Shany percevait des paroles, sans parvenir à savoir d'où elles venaient. Elle se sentait prise entre deux eaux : un rêve, qui s'apparentait davantage à un état comateux et une réalité, dans laquelle elle ne parvenait pas à reprendre pied. La voix ne renonçait pas et la jeune fille finit par basculer dans la sombre matérialité qui l'entourait : un avion presque totalement désagrégé. Elle ne comprenait pas un mot du message qu'elle entendait. Entre la langue chinoise, les sifflements qui l'entrecoupaient et les interférences, rien ne ressemblait à ce qu'elle connaissait.

Lorsqu'elle parvint à ouvrir ses paupières lourdes et tuméfiées, elle était toujours attachée à son siège. Son crâne lui faisait mal, ses oreilles bourdonnaient et résonnaient d'un bruit sourd et répétitif, rythmé par les battements de son cœur. Le sang affluait en abondance dans son cerveau. Elle regarda autour d'elle et mit du temps avant de comprendre dans quelle position elle se trouvait. Elle pendait, la tête en bas, et dans le siège d'à côté, Qiang ressemblait à un pantin que l'on aurait mal rangé.

— Suis-je bien vivante ? murmura-t-elle, avant d'appeler Qiang.

Aucune réponse. *Se détacher était une priorité !*

Elle voulut actionner le mécanisme qui la libérerait de la ceinture de sécurité, mais une douleur aiguë l'en dissuada. Elle avait une plaie ouverte à l'épaule et le moindre mouvement provoquait une douleur insoutenable, accentuant aussi le filet de sang qui s'écoulait. Elle essaya alors avec son bras valide. Malhabile, elle luttait contre la boucle qui refusait de s'ouvrir sous la pression du poids de son corps. À force d'insister, elle finit par céder, la propulsant immédiatement au plafond.

— Bon dieu ! jura-t-elle lorsque, dans sa chute, la douleur vint lui rappeler qu'elle était encore vivante et mortelle.

La voix, les grésillements et les sifflements continuaient. Dans ce qui semblait être la partie avant de l'avion, Shany distingua un corps inerte, celui du pilote, tellement mutilé, qu'elle comprit qu'il n'était plus en vie. Elle se redressa alors en direction de Qiang et, à force de volonté et d'efforts, elle parvint finalement à le libérer. Lui aussi s'affala sur les plafonniers détruits de l'avion. Elle s'approcha de lui et prit son pouls, d'abord au poignet. *Rien !* Puis au cou. *Ce n'était pas mieux !* Enfin, elle colla son oreille sur sa poitrine mais elle dut se rendre à l'évidence : le cœur de Qiang ne battait plus.

— Non, non ! Qu'est-ce que j'ai fait à la vie pour qu'elle s'acharne ainsi ? D'abord mes parents ! Toi maintenant !

Tout en se lamentant, elle frappait la cage thoracique du corps inerte. Elle roula ensuite sur le dos et se mit à sangloter. Son corps était agité de spasmes. Elle aurait voulu se noyer dans ses propres larmes.

Elle resta ainsi de longues minutes, immobile, désemparée, ne sachant que faire. *Sortir ? Elle se perdrait ! Rester ? Elle mourrait sans doute ! Et ces bruits qui persistaient !* Alors, elle se glissa à nouveau auprès de Qiang, déposa un baiser sur ses lèvres exsangues et, meurtrie, abandonna sa tête sur sa poitrine pour essayer de réfléchir et se reposer. *Que pouvait-elle faire d'autre ?*

*

Toujours cette voix inconnue, toujours ces mêmes grésillements *CHHHH, ZZZZZ, CRIIIITH*, et un nouveau bruit : *BOUM, BABOUM, BOUM, BABOUM, BOUM…*

Il lui fallut un moment avant de comprendre ce qui se passait. Le cœur de Qiang battait !

Elle décolla précautionneusement son oreille de la cage thoracique qui se gonflait légèrement. Les deux doigts, qu'elle plaça sur la veine jugulaire du guide, confirmèrent son diagnostic : il vivait.

Elle lui administra quelques tapes sur le visage, frotta ses mains, ses jambes, son corps et progressivement il se réveilla.

— Qiang, c'est moi Shany. J'ai eu si peur ! Je te croyais mort !

Peu de temps après, il avait étonnamment repris ses esprits.

— Qu'est-il arrivé ? Où sommes-nous ? Ah oui, l'avion, l'accident. Quelle heure est-il ?

— L'heure est le cadet de nos soucis ! Ce qui compte, c'est que nous soyons en vie. En revanche le pilote est mort.

Il ne put s'empêcher de regarder sa montre. Il grimaça et serra les poings.

— Comment te sens-tu Shany ? Tu peux marcher ? Il faut partir, vite !

— Je n'en reviens pas ! Il y a un instant, tu semblais mort, maintenant tu es bien vivant et ta principale préoccupation est de partir !

La jeune femme était partagée entre la joie, l'émotion et l'incompréhension.

— Et toi, tu es blessée ?

Sans attendre sa réponse, il l'examina succinctement et il comprit que, regagner Niao'ai dans les temps serait compliqué.

— Arrête, tu me fais mal ! Mais qu'est-ce que tu as ? Oui je suis en vie et oui je suis blessée ! Qu'importe l'heure ? Nous avons eu de la chance Qiang, une chance inouïe !

— De la chance… Hum ! ironisa-t-il, sans donner plus d'explication.

Les grésillements reprirent.

— Quelle est cette voix que j'entends depuis tout à l'heure ? demanda Shany.

— Ça, c'est…

Au même moment un claquement sec emplit ce qui restait de l'habitacle. Qiang rectifia :

— Ça, c'était la radio ! Le pilote a dû essayer d'envoyer un « mayday », avant le crash. Peut-être qu'on lui répondait.

Shany sembla reprendre confiance, pensant que des secours étaient déjà prévenus de l'accident ou qu'ils pourraient communiquer avec eux.

— Ne te fais pas trop d'illusions, poursuivit Qiang. Si le pilote a sans doute lancé un appel d'urgence, le bruit que nous venons d'entendre et la petite fumée que tu vois là-bas signifient que la radio est maintenant hors service. On ne peut compter que sur nous-mêmes.

— Tu as bien un téléphone !

— Il s'est brisé et il ne sert plus à rien. De toute façon ici, à moins d'avoir un téléphone satellitaire, il ne faut pas espérer capter le moindre réseau. Nous sommes dans la Chine profonde, c'est-à-dire au bout du monde.

Le jeune guide s'affairait au milieu du chaos qui régnait.

— Qu'est-ce que tu cherches ?

— Tu as besoin de soins. Il doit bien y avoir une trousse de première urgence quelque part. Il nous faut aussi des vivres et de l'eau pour partir.

— Partir ? Mais tu n'es pas sérieux ! Dans cet état, je n'irai pas bien loin.

— Pourtant, il le faut. Nous n'avons pas le choix.

Sans s'arrêter fouiller, il prit le temps de la regarder. De toute évidence, elle souffrait. Il fallait dédramatiser la situation.

— Même si tu as la tête d'un boxeur après un combat sans merci, tu es toujours aussi belle Shany ! Tu es attirante, malgré ton œil au beurre noir et tous ces bleus. Il va de soi que je préfère quand même un maquillage plus traditionnel. Regarde, annonça-t-il triomphalement, nous ne sommes pas les seuls survivants !

Au même moment, il exhiba les deux seules compresses utilisables qu'il venait de trouver, ainsi qu'un petit flacon crevé, dans lequel stagnait tout de même un reste de solution antiseptique. Il s'empressa de prodiguer quelques soins sommaires à Shany.

— La plaie est moche, n'est-ce pas ! confia-t-elle.

Il préféra ne pas répondre et il tira de la poche de son pantalon une plaquette d'antalgiques qu'il avait toujours sur lui. Il lui tendit les deux comprimés encore intacts.

— Tiens, prends-les, ça te soulagera. Je te laisse un instant, pour faire le point sur la situation. Il faut que je me repère.

Qiang sortit de ce qui restait de l'avion par un trou béant. Sur son passage, des bouts de métal saillants accrochèrent son vêtement et creusèrent un sillon dans sa chair, au niveau de la taille. Il se mit à saigner. Il rassembla les pans de sa chemise et appuya fortement sur la plaie.

Quand il revint, il présenta un long bâton à Shany.

— Mais qu'est-ce que tu veux que j'en fasse ?

— Il te servira d'appui et t'aidera à marcher.

— Pourquoi ? Tu veux toujours partir ?

— Oui, cela fait trop longtemps que nous sommes là et je me demande si l'appel à l'aide a bien été intercepté. La forêt est immense, les pentes sont abruptes. Nous serons, de toute façon, difficiles à localiser. Je connais bien la région et je crois savoir où l'on est. On peut gagner Niao'ai à pied. Je t'aiderai.

— Mais…

— Il n'y a pas de « mais ». La nuit tombe vite car le soleil disparaît rapidement derrière les reliefs escarpés. Je crains aussi que des animaux ne s'invitent autour de l'avion, attirés par l'odeur du sang et de la mort. Le Sichuan regorge de pandas mais aussi d'ours bruns et de panthères nébuleuses. Attendre davantage, c'est justement ce que nous ne pouvons pas nous offrir ! Il vaut mieux ne compter que sur nous. Viens !

Il lui tendit un bras et la regarda droit dans les yeux. Il pouvait y lire toute la confiance qu'il lui inspirait. Elle s'accrocha à lui et se mit debout. *Combien de temps pourrait-elle marcher ?* Qiang consulta une fois de plus sa montre.

— Partons !

*

Au début, ils longèrent une rivière qui serpentait dans la vallée. La progression était difficile. Pour Shany, le moindre bout de bois en travers, le moindre rocher à contourner, devenait une embûche. Qiang comprit vite qu'elle s'épuiserait rapidement. Pour la soulager, au début, il la soutenait. Comme elle faiblissait malgré tout, il dut la porter par intermittence. Finalement, à bout de forces, il lui fallut renoncer. Sans ce soutien, elle avançait de plus en plus péniblement, même s'il tentait fréquemment de la motiver, prétextant que Niao'ai n'était plus très loin. L'effet des antalgiques s'atténuait. La douleur, plus vive qu'avant, revenait la torturer. Elle s'arrêta et s'assit sur un rocher.

— Je n'en peux plus ! s'exclama-t-elle.

— Je sais, fit-il désemparé. Un peu d'eau te fera du bien. J'ai trouvé cette petite bouteille dans l'avion. La seule qui n'a pas éclaté : « Évian, source de jeunesse et de vitalité ». C'est drôle tu ne trouves pas !

Une eau minérale française, au beau milieu du Sichuan, c'était insolite mais le sourire de Shany se limita à un rictus.

— Il ne faut pas traîner, Shany ! Le jour décline. Nous devons repartir.

Elle essaya d'ignorer son corps perclus de douleurs. Mais celle qui montait de son mollet et irradiait de la cuisse à la hanche était insupportable. Pourtant, se plaindre était inutile. Il fallait avancer. Elle se remit donc en marche.

Résignée pendant un moment, elle suivit Qiang, s'efforçant de se glisser dans ses pas et d'épouser son ombre, tant qu'elle l'apercevait encore.

Il lui répétait sans cesse de marcher. Pour s'aider, elle se concentrait sur sa voix et sur la chaleur de sa main, qui l'entraînait vers l'avant. Mais le manque de visibilité et un obstacle plus important que les autres eurent raison de leurs efforts. La chute fut inévitable et douloureuse. Shany s'affala brutalement, à bout de forces, désormais incapable de bouger.

— Je vais t'aider ! proposa-t-il aussitôt.

— À quoi bon ! Je n'en peux plus, ma vue se brouille. C'est inutile !

— Courage, Shany. On y est presque !

Elle restait immobile. Qiang la regardait. Il semblait réfléchir. Puis, comme s'il était prisonnier d'une cage trop étroite, il se mit à arpenter les lieux de façon désordonnée, se heurtant à des parois qui n'existaient pas. À intervalles réguliers, il regardait sa montre, encore et encore. Il ne cessait d'agiter son bras, craignant qu'elle ne s'arrêtât.

Il revint ensuite auprès d'elle, s'accroupit et lui prit une main qu'il tapota. La jeune femme était livide, visiblement exténuée. Finalement, il se redressa.

— Shany, je sais que tu vas me demander pourquoi, je sais que tu ne comprendras pas, je sais que dans un instant tu vas me détester mais je te demande de me faire confiance.

— Tu me fais peur ! réagit-elle.

— Écoute-moi bien ! Je dois… il faut…

Qiang, ému et embarrassé, ne trouvait pas ses mots. Il venait de prendre une terrible décision.

— Je dois te laisser pour aller chercher des secours.

Puisant dans ses dernières forces, elle prit appui sur ses avant-bras et s'efforça de hausser le ton :

— Me laisser, tu veux m'abandonner ici ? Tu ne peux pas faire ça !

— Je ne t'abandonne pas, mais regarde dans quelle situation nous sommes ! Le premier village est encore loin, il fait presque nuit et tu ne peux plus avancer. Sois raisonnable !

— Raisonnable ? Tu parles d'être raisonnable en envisageant de m'abandonner au milieu de la forêt ? Tout à l'heure, tu parlais d'animaux sauvages dangereux et tu voudrais que je reste là ? Je commence à douter de ta sincérité. Mais pourquoi ai-je accepté de te suivre ici ?

Le jeune guide vint tout près d'elle et, tandis qu'il approchait son visage pour l'embrasser, elle le repoussa et lui décocha une gifle.

— Tu es trop fatiguée Shany. Seul, j'irai plus vite et je pourrai revenir avec de l'aide.

Le visage tourné pour ne plus croiser son regard, elle l'écoutait sans l'entendre.

— En fait, tu t'enfuis Qiang ! Si au moins tu me disais la vérité !

— Je n'ai pas le choix. Je suis obligé de partir pour te protéger ! Je le fais pour nous deux.

— Mais de qui et de quoi prétends-tu me protéger ? Ton comportement n'a aucun sens ! Tu es fou ! Ou alors, c'est moi qui deviens folle.

Sans la consulter, il la saisit et la tira délicatement à l'abri, derrière le rocher.

— Mais qu'est-ce que tu fais ? objecta-t-elle. Laisse-moi me débrouiller. Tu n'es qu'un lâche !

Au bord des larmes, elle s'époumona :

— Va-t-en ! Je ne veux plus te voir ! Je te maudis !

Tandis qu'il regroupait autour d'elle des branchages pour masquer sa présence, elle le frappait de son bras valide. Il déposa ensuite, près d'elle, le bâton qui lui avait servi d'appui, la petite bouteille d'eau et commença à s'éloigner. Elle n'entendit pas son dernier « je t'aime ». La forêt engloutit sa silhouette et les ténèbres entourèrent Shany.

*

Qiang ne pouvait s'empêcher de penser à elle, à leur première rencontre sur la place Tien'anmen, à tous ces détails qui l'avaient séduit : la douceur de sa voix, son côté naturel, son intelligence, sa beauté, tout ce qu'elle était.

Il courait. Il aurait tant voulu lui révéler la vérité, lui dire pourquoi il l'avait amenée ici, pourquoi il avait dû la laisser dans la forêt.

Il courait toujours. Il n'avait plus beaucoup de temps et son espace se réduisait inéluctablement.

Il courait toujours et plus vite. Il devait arriver, avant minuit, pour espérer livrer son ultime combat, celui qui le délivrerait !

*

Pendant ce temps-là, Shany seule, vulnérable, perdue au milieu de nulle part, ressassait son amertume. La lune n'était pas son alliée, ayant décidé de rester cachée. Mais les yeux de la jeune femme s'accommodèrent peu à peu à l'obscurité. Elle n'avait aucune idée du temps qui s'était écoulé depuis le départ de Qiang. *Où était-il allé ?* Adossée au rocher incurvé, une jambe tendue, l'autre légèrement repliée, elle s'efforçait de rester sereine.

Cette nuit-là, elle se remémora pour la première fois tous les monstres de son enfance, prisonniers jusqu'alors dans sa tête. Mais elle craignait davantage les autres créatures, aussi effroyables, qui rôdaient dans les forêts du Sichuan car elles étaient bien réelles. Comme lorsqu'elle était petite, dans sa grande chambre, la nuit, elle était attentive au moindre bruit. Le calme était relatif car autour d'elle, toute une vie tapie s'agitait. La peur l'empêcha de s'endormir mais la fatigue et ses blessures eurent raison d'elle et elle sombra dans un demi-sommeil agité.

Des craquements puis le silence. Une branche sèche brisée suivie d'un froissement. Alertée, Shany se réveilla en sursaut et scruta tout autour d'elle. *Rien ! Si au moins elle avait sous la main quelque chose pour se rassurer, pour se défendre !* Elle songea alors à sa canne de fortune. Qiang l'avait déposée à côté d'elle, en partant. Elle explora le sol à tâtons : des brindilles, quelques cailloux mais le bâton n'était plus là. *Il n'avait pourtant pas pu s'envoler ! Peut-être qu'on l'épiait. Appeler ! Ne valait-il pas mieux se taire ? Assurément, ce n'était pas un ami qui rôdait.*

Elle voulut se relever mais ses jambes étaient trop ankylosées. *Où serait-elle allée de toute façon ?* Elle s'efforçait de respirer le plus doucement possible et se résolut à risquer un œil par-delà le rocher, pour voir si quelqu'un se cachait. Le mouvement à peine amorcé, une lourde masse s'écrasa sur sa tête. Elle s'évanouit. Son cuir chevelu se mit à saigner.

27 NIAO'AI

Anna ne pensait pas, lors de son départ pour ce voyage en Chine, qu'elle se retrouverait sur le tarmac du Beijing Capital International Airport pour monter dans un avion privé, affrété par les forces de l'ordre. Deux policiers supplémentaires les accompagnaient. Avec leurs longs manteaux de cuir noir, ils semblaient sortir du film *Matrix*. Zhao n'avait cependant rien à voir avec Néo, le héros, alors que Lian était aussi jolie que l'étonnante Trinity. Évoluant au centre de cette cohorte, Anna se sentait toute petite, fragile et inutile. Ils étaient tous armés, prêts à en découdre.

Une fois à l'aéroport, le téléphone de Zhao avait sonné à plusieurs reprises et depuis, l'inspecteur était en grande conversation. Anna se fiait à ses mimiques pour tenter de savoir si les informations étaient positives ou non. Lian avait tenté, en vain, de lui expliquer ce qui se passait afin de la rassurer. Les deux autres policiers, impassibles, restés sensiblement à l'écart, n'échangeaient que quelques mots entre eux. Une chose était sûre : en leur présence Anna se sentait en sécurité.

Comme il fallait attendre, elle s'était assise et au bout d'un moment, elle sortit son téléphone. Pensive, elle regarda un instant l'écran éteint. Shany ne l'avait pas appelée. Elle se rappela alors que, depuis son arrivée à Pékin, elle n'avait pas consulté sa messagerie. Elle l'avait bloquée, pour éviter d'être surtaxée par des envois abusifs. Elle déverrouilla l'appareil et remarqua aussitôt l'icône jaune, surmontée d'un petit cercle rouge, qui indiquait des messages en attente. Elle cliqua aussitôt dessus et consulta la liste déroulante. Aucun des contacts répertoriés ne s'était manifesté. En revanche, noyé au milieu de publicités diverses, les premiers mots d'un SMS l'interpellèrent : « *Ne t'inquiète...* ». Elle l'ouvrit.

« Ne t'inquiète pas, tout va bien ! Je suis avec Qiang, heureuse ! Je t'appellerai plus tard ! Shany »

Comme Anna s'y attendait, Shany avait dû acheter un portable, pour remplacer celui qu'elle lui avait subtilisé à l'hôtel. Elle s'empressa de faire lire ces quelques lignes à Zhao.

— Appelez votre amie à ce numéro, pour savoir où elle se trouve. Ne dites surtout pas où nous sommes et que vous êtes avec nous, réagit immédiatement l'inspecteur.

— Elle ne répond pas, déclara Anna quelques minutes plus tard. Je tombe à chaque fois sur la messagerie.

— Je vais quand même transmettre cette information au BSP pour tenter de la localiser. Étant donné l'heure du SMS, elle l'a probablement envoyé juste avant de prendre l'avion. De toute façon, il ne nous donne aucune information supplémentaire. Allons-y, nous embarquons bientôt !

Personne ne leur avait déroulé de tapis rouge mais ils n'eurent à se soumettre qu'à de banales formalités. Lian avait bien préparé la mission, et leurs insignes de police eurent l'effet d'un sésame. Devant eux, les portes s'ouvrirent et, en un instant, ils furent sur la piste où un Falcon 20, d'une compagnie privée, moteur tournant, les attendait. L'escalier était déployé.

Plus loin, du personnel actionnait des élévateurs hydrauliques, pour hisser les bagages dans la soute d'un A330 de la compagnie « Air China ». L'avion, au sigle rouge flamboyant, en partance pour Los Angeles ou San Francisco, procédait à l'embarquement des passagers. Shany et elle connaissaient déjà la côte ouest des États-Unis, pour l'avoir sillonnée au guidon de deux motos, Indian Scout, louées chez Eaglerider. Anna se rappela le désert de Mojave, Bagdad café, Monument Valley, Grand Canyon, le Pacifique... Tout lui revint en mémoire avec la crainte de ne plus pouvoir partager, à l'avenir, le moindre projet avec son amie. Shany était quelque part, peut-être blessée et sans le savoir, au côté d'un homme dissimulé sous le masque de Janus.

Le Falcon s'éleva dans les airs quelques instants plus tard.

— C'est un vol direct pour Niao'ai ? demanda Anna, qui n'avait pas dit un mot depuis longtemps.

— Direct, certainement pas. Niao'ai n'est qu'un petit village. Il n'y a pas de structure adaptée pour ce type d'appareil. Nous nous poserons sur l'aéroport le plus proche. Là, un hélicoptère nous attendra.

Les ailes de l'avion léchaient déjà les nuages quand le pilote tendit à Zhao un billet, dont il prit aussitôt connaissance.

— Anna, ce sont des nouvelles du crash du Pilatus dans lequel se trouvait votre amie. Un appel de détresse a bien été intercepté. Le lieu de l'accident a pu être localisé.

Lian lut, à son tour, le message.

Impatiente d'en savoir plus, Anna insista pour obtenir davantage de détails :

— Les secours ont retrouvé l'avion ?

— Oui, et à leur arrivée le pilote était mort. Ils ont trouvé des traces de sang à bord, mais les deux passagers n'étaient plus là. Ils n'ont pas pu sauter en parachute, car on les a retrouvés sur place. La seule explication plausible, c'est qu'ils ont décidé de partir. Ils semblent avoir pris la direction de Nio'ai, qui se trouve à plusieurs heures de marche. Il y a encore une chance que Shany soit en vie.

Zhao paraissait embarrassé.

— Quelque chose vous tracasse ?

— Effectivement. Il aurait été plus logique d'attendre les secours à proximité de l'épave. Je ne vois pas pourquoi ils sont partis, c'est surprenant. On dirait qu'ils sont extrêmement pressés, comme si le temps jouait contre eux !

— Au moins, on sait que Shany n'a pas péri dans le crash, souligna Anna pour se rassurer.

Intérieurement, elle espérait qu'une fois au village, son amie serait là, en bonne santé.

— Que ferons-nous une fois à Niao'ai ? demanda-t-elle.

— Comme Shany et Qiang se dirigent vers le village, il y a de fortes chances pour que nous les retrouvions là-bas. De toute façon, je suis intimement convaincu que la clé de toute cette affaire s'y trouve.

Après un court silence, qui parut une éternité à Anna, il ajouta :

— Nous arriverons à temps, ne soyez pas inquiète !

Pendant le vol, la jeune femme ne parvint pas à détourner son esprit de Shany. Ses pensées étaient irrémédiablement braquées sur Niao'ai, où ils se rendaient. Elle essayait de se détendre, en vain.

Une voix nasillarde coïncida soudain avec le changement d'assiette de l'avion, qui s'inclina vers l'avant. Le signal lumineux, représentant les ceintures, s'éclaira en même temps qu'un petit *cling* retentît. On amorçait la descente et quelques minutes plus tard, après une brève attente sur le tarmac, le groupe changea simplement de moyen de transport. Pour Anna, ce n'était pas un baptême puisqu'elle était déjà montée dans un hélicoptère, pour survoler le Grand Canyon. Mais cette fois, il ne s'agissait pas d'un vol d'agrément et à l'arrivée, il lui faudrait affronter la vérité, telle qu'elle se présenterait.

À peine descendus de l'appareil, ils furent accueillis par un policier en uniforme qui s'empressa de remettre un pli à Zhao.

— On a les résultats concernant le téléphone de Shany. Comme je m'y attendais, nous n'avons pas pu le localiser. Soit il est éteint, soit il est hors réseau, soit il est détruit.

Sans perdre de temps, leur contact local les dirigea vers un EC 175 flambant neuf, dont les pales tournaient au ralenti. Ils s'en approchèrent, courbés en deux, avant de monter à bord.

À peine s'étaient-ils installés que l'engin pivota sur lui-même et monta doucement, avant de plonger vers l'avant, nez en bas, empennage arrière relevé.

— C'est toujours aussi impressionnant ! remarqua Anna.

— Oui, d'autant plus que c'est un hélicoptère particulièrement puissant. Nous serons rapidement à destination. Je vous sens toujours perplexe Anna !

— En effet, j'ai peur de ce que nous allons découvrir.

— Je comprends mais s'inquiéter ne sert à rien. Notre avion était plus puissant que le leur, ce qui nous a fait gagner du temps. De plus, à pied à travers la montagne, ils n'ont pas dû aller très vite.

— Ils sont aussi probablement blessés ! ajouta-t-elle.

— Mais en vie et c'est le plus important ! Avec un peu de chance, nous arriverons avant eux au village.

La voyant toujours soucieuse, il poursuivit :

— Encore un problème ?

— Je me demande comment Qiang va réagir en nous voyant. Je crains un peu sa réaction. Et puis, vous portez des pistolets à vos ceintures, n'est-ce pas ! Que craignez-vous ?

— Simple mesure de précaution ! Nous les portons toujours. Nous sommes presque tous armés de Glock 22 dans la police.

— Vous ne me rassurez pas vraiment.

— Au contraire, ainsi nous pouvons vous protéger. Nous sommes des professionnels et à ce titre nous avons l'habitude de ce style d'intervention. Nous n'utiliserons nos armes qu'en cas de danger. Cessez de vous tourmenter !

Anna s'efforçait de mettre bout à bout tous les éléments dont elle avait connaissance mais quelque chose ne collait pas.

— Je ne comprends pas. Vous prétendez que vos armes peuvent nous protéger or, je vous rappelle que Qiang est déjà mort une fois, et ressuscité lors de l'accident de voiture !

Lian restait étrangère à la conversation, toujours tenue à l'écart par la barrière de la langue.

— Je le sais. Il a survécu pour une raison que j'ignore mais il n'est certainement pas éternel. Il a obligatoirement un talon d'Achille et nous devons le trouver !

Aucune hésitation n'émergeait des propos de Zhao, qui demeurait serein. Anna rassurée savait qu'elle pouvait s'en remettre à lui. *De toute façon, que pouvait-elle faire d'autre ?*

L'hélicoptère survolait des zones de montagne où la végétation, particulièrement luxuriante, s'étendait à perte de vue. Malgré ses craintes, la jeune femme ne pouvait s'empêcher de contempler le paysage grandiose, alternant le vert des forêts, les zones grisées des cours d'eau qui sinuaient entre des falaises impressionnantes et les cultures étagées de thé, aux sillons parfaitement symétriques. La Chine était belle et jamais, avant de partir, elle n'aurait imaginé qu'elle découvrirait des paysages si impressionnants, même si elle n'en profitait pas vraiment. Zhao se fit le complice de son admiration :

— Magnifique, n'est-ce pas !

— Magnifique, c'est bien plus que cela. Je ne trouve pas les mots.

L'enquêteur apprécia sa remarque. Malgré la tension, elle arrivait encore à s'imprégner de la beauté des lieux.

Elle se passionnait indéniablement pour la Chine.

Il appréciait la façon qu'elle avait d'en parler.

Il aimait la France.

Elle adorait l'entendre s'exprimer dans la langue de Molière.

Il était bien en sa présence.

Côtoyer cet homme la troublait.

Sans se l'avouer vraiment, ils se sentaient de plus en plus proches l'un de l'autre.

La voix du pilote, silencieux depuis un moment, résonna dans les écouteurs des casques. Zhao, de la tête, acquiesça et s'empressa de traduire les paroles à Anna.

— Nous ne pouvons pas nous poser à Nio'ai même. Le terrain ne s'y prête pas, mais le pilote a repéré un endroit dégagé à proximité. Nous n'aurons qu'un kilomètre à parcourir à pied.

L'hélicoptère acheva une rotation à 360 degrés, pour atterrir sur une butte, évitant soigneusement les cultures.

Courbés en deux comme au moment d'embarquer afin d'éviter les pales, ils s'éloignèrent de l'engin et des turbulences qu'il provoquait.

Dans les champs, les travailleurs s'étaient redressés, comme un seul homme. Il était rare de voir un tel engin dans les parages. Tous les yeux étaient braqués vers lui et au moment du décollage, ils le regardèrent disparaître à l'horizon, pour un ailleurs qu'ils ne verraient jamais.

Après s'être repérée, Lian pointa son doigt dans une direction. Elle ouvrit la marche et d'un pas déterminé, le groupe prit la direction du village.

Niao'ai était austère et presque fantomatique. Des nappes de brume flottaient, par endroits, à un mètre du sol, sans parvenir à s'élever. Encore sous le coup du spectacle inattendu, une dizaine de gamins jouait à imiter le bruit de l'hélicoptère et sa rotation dans les airs. D'autres couraient à travers le village en se pourchassant. Ils excitaient, à chaque fois, sur leur passage, les chiens attachés à des cordes devant chaque maison. Anna s'étonna de la présence de ces animaux devant les habitations. Tous sales et hargneux, ils ressemblaient aux cerbères de la mythologie. Ils étaient assurément plus utiles que les statues qui trônaient à l'entrée des demeures, en Europe. Ils donnaient l'alerte.

Plus loin, assises sur un tronc d'arbre couché là depuis des lustres, deux vieilles femmes à l'âge indéfinissable s'arrêtèrent de discuter à l'approche des étrangers. Quand ils s'éloignèrent, ils les entendirent reprendre leur conversation, chuchoter et rentrer précipitamment dans une maison. Ils seraient, pendant longtemps, leur principal sujet de causerie. Le groupe traversa la rue principale qui s'était progressivement vidée. Seuls les chiens continuaient d'aboyer.

Ils arrivèrent devant des maisons en terre aux toits incurvés. Devant, des fagots de bois attendaient. Comme toutes les demeures se confondaient par leur pauvreté, Zhao fit signe aux autres de l'attendre, pendant qu'il allait se renseigner. Il dut s'éloigner un peu et emprunter un petit chemin en pente. Au bout de celui-ci, un paysan, aux mollets immergés dans une eau sombre, leva la tête et le regarda. Devant lui, le cheval qui tirait une charrue s'arrêta. Plus près, assis sur une butte de terre, un vieil homme, petit et maigre, creusait à l'aide d'un couteau une pomme de terre dont il semblait apprécier la chair. L'inspecteur s'adressa à lui et, après un bref échange, il rejoignit le groupe. Il désigna une habitation qui ne semblait pas plus accueillante que les autres, vers laquelle ils se dirigèrent.

À cette heure de la journée, le père de Qiang était encore dans les champs. Une femme, probablement la mère, sortit sur le pas de la porte. Elle tenait d'une main un poulet par les pattes et de l'autre une hachette. Anna la trouva redoutable. Tête en bas, le volatile s'agitait désespérément et caquetait, comme si son filet de voix pouvait l'aider à s'accrocher à la vie. D'un geste sûr, la paysanne lui bloqua le cou sur une planche de bois. Les traces sombres, qui marquaient les sillons, disaient combien de gallinacés avaient péri sur cet autel. Elle lui trancha le cou d'un geste aussi précis que violent. Les pattes de l'animal remuèrent quelques secondes, par pur réflexe, avant de s'immobiliser définitivement.

Zhao la héla puis se présenta avec la plus grande politesse. La femme le scruta de la tête aux pieds, examina Lian, considéra Anna d'un air pensif et jeta un regard craintif aux deux autres hommes. *Que pouvait bien faire ces étrangers endimanchés à Niao'ai ?* Les mains sur les hanches, elle échangea encore quelques mots avec l'inspecteur puis elle leur fit signe d'entrer. Sur ordre de leur chef, les deux policiers, venus en renfort, restèrent dehors.

Avant de les suivre, la paysanne s'empara de l'oiseau dont le sang avait cessé de couler. Une fois la porte franchie, elle le jeta, sans ménagement, dans une bassine posée à même le sol et déposa la hachette sanguinolente sur la table. La maison était petite et peu éclairée. Tous trois restèrent debout, ne sachant quelle attitude adopter. Finalement, ils prirent place sur le vieux canapé éventré qu'elle leur avait désigné. Une télévision éteinte trônait sur une table basse, masquant un coin de la pièce. Dans le village, il n'y avait pas l'électricité. Pour les Mong, le carburant nécessaire au générateur, que leur fils leur avait offert, était rare et hors de prix. Anna remarqua une vieille photo jaunie, aux bords blancs dentelés, qui reposait dans un cadre grossier, sans vitre pour la protéger. Elle reconnut Qiang. La femme tira une chaise en bambou, qu'elle plaça en face de ses visiteurs, sans s'y asseoir. Son mari, qu'elle avait appelé, la rejoignit. Elle s'écarta un instant pour le laisser passer et prit un morceau de toile, avec lequel elle épongea le sang qui maculait encore ses mains. Puis tous deux restèrent debout, à regarder leurs hôtes.

Zhao présenta sa collègue ainsi qu'Anna et expliqua la raison de leur présence :

— Zhèngrú wǒ suǒ shuō de, wǒ jiǎnchá yuán Zhào Hansi, zhèlǐ shì wǒ de tóngshì Lián Chúńg-Tāo, ér zhège shàofù Annà shì fàguó rén. Wǒmen zài zhèlǐ duì nǐ de érzi Qiáng, shuí shì běn cì tiáo chá de jǐngchá de xīnzàng.

La mère ne parut pas étonnée. Elle attendait ce jour depuis longtemps, tout en le redoutant. Il y avait, dans la vie de son fils, trop de choses inexpliquées et dans cette partie reculée de la Chine, trop de non-dits et de secrets. Après un long moment d'hésitation, le père prit enfin la parole. Zhao traduisit à l'attention d'Anna.

— Qiang est jeune et pourtant, sa vie relève d'une longue histoire, qui le dépasse et nous aussi. Nous sommes des gens pauvres. Alors, comme beaucoup de gamins des villages du Sichuan, il est parti tenter sa chance à Pékin. Il voulait créer une entreprise et la développer. Il parle plusieurs langues, qu'il a apprises tout seul, vous savez ! Ma femme et moi, on ne connaît ni la ville, ni les livres. Notre vie, c'est Niao'ai. Nous ne savons pas grand-chose de ce qu'il a fait à Pékin. C'est si loin ! Il nous a dit qu'à son arrivée, il était livreur et qu'on le payait pour ça. Il revenait nous voir, de temps en temps. Comme il a gagné un peu d'argent, il nous en a fait profiter. On ne lui posait pas de questions. Et puis, il nous a dit un jour que des hommes de la ville l'ont menacé. À partir de ce moment, il a eu peur pour nous et ses visites sont devenues plus rares mais cela n'a pas duré.

— Je comprends, dit Zhao qui suspectait toutefois le couple de lui cacher certains détails. Nous avons enquêté et nous savons qu'il a travaillé pour la pègre. Les ramifications de l'organisation mafieuse à laquelle il appartenait sont vastes.

Le couple écoutait et entendait, pour la première fois, ce qu'il avait toujours redouté. Puis, Zhao sachant qu'il jouait une partie serrée, poussa son pion un peu plus loin.

— Savez-vous que Qiang a été victime d'un terrible accident de voiture, il y a de cela des années ?

La paysanne, blême, sembla défaillir et elle se laissa aller, de tout son poids, sur la chaise qu'elle avait approchée juste avant. Elle semblait attendre cette question, autant que leur arrivée ce jour-là, comme un piège latent qui ne demandait qu'à se refermer sur sa victime. Elle se racla la gorge et dit :

— Oui, nous sommes au courant !

Lian intervint pour demander des explications.

— Que savez-vous exactement ?

La vieille femme raconta ce que les inspecteurs savaient déjà : Qiang, qui roulait trop vite, avait percuté un camion. Kuan Ti, un trafiquant, avait trouvé la mort cette nuit-là.

— Mais Qiang est fort, il a survécu ! renchérit le père.

Zhao ne le laissa pas ajouter un mot.

— Peut-être, mais cela ne suffit pas pour revenir d'entre les morts ! Ceux qui l'ont désincarcéré ont constaté son décès peu de temps après l'accident et, pour une raison qu'ils ignorent, lors du transfert de son corps à Pékin, il s'est réveillé.

Il est revenu à la vie après avoir été déclaré cliniquement mort. Or, c'est scientifiquement impossible, surtout après un coma dépassé aussi prolongé ! Nous avons rencontré les médecins de l'hôpital Xiehe de Pékin, qui se sont occupés de lui. Ils n'ont pu donner aucune explication plausible à ce phénomène.

— Assez ! intervint le père. Assez ! Taisez-vous ! Vous n'avez pas à savoir, ni à fouiller dans la vie de Qiang. Partez ! Quittez Niao'ai et n'y revenez jamais ! Vous auriez tort de fourrer votre nez dans quelque chose qui nous dépasse tous et que vous ne pouvez pas comprendre. Partez pendant qu'il est encore temps !

Les deux inspecteurs s'étaient aussitôt levés pour faire face au père. Anna resta figée, tendue, les deux mains bloquées entre ses genoux qu'elle serrait. Zhao n'avait rien traduit mais elle avait compris que la discussion s'envenimait.

— Ce n'est pas une visite touristique et encore moins de courtoisie. C'est une enquête de police ! Qiang est mystérieusement ressuscité et nous savons que des femmes ont disparu après avoir été amenées à Niao'ai. Avant son accident, il ne s'agissait peut-être que de simples fréquentations, sans conséquence. Mais après, tout a changé ! Nous perdons systématiquement leur trace, sans savoir à quel moment exact elles disparaissent et surtout ce qu'il advient d'elles. Nous sommes persuadés que vous pouvez nous aider. Nous resterons le temps qu'il faudra, jusqu'à ce que vous nous disiez tout.

La voix de Zhao était devenue grave, forte et plus persuasive. Les épaules tirées en arrière, il toisait son interlocuteur, qu'il dépassait d'une bonne tête. Ce dernier voulut reculer mais Lian, en partenaire avisée, était passée derrière lui, interdisant toute retraite. Il faillit tomber.

— Monsieur Mong, la vie d'une jeune femme est actuellement en jeu ! Si vous devez nous aider, c'est maintenant qu'il faut le faire. Après, il sera peut-être trop tard !

La volonté du père commença à fléchir. Il se sentait acculé. Il se mordit la lèvre et jeta un œil par la porte ouverte, comme pour s'assurer que personne n'écoutait. Il observa sa femme qui lui dit ces mots. Anna les comprit sans traduction :

— Gàosù tā[9] !

Il attendit un instant et en désespoir de cause, il libéra sa conscience :

— Certains de nos garçons sont touchés par un mal étrange. Pour s'en sortir, ils choisissent parfois de partir et ils disparaissent le plus souvent. Parmi ceux qui restent, quelques-uns ne peuvent plus mourir !

Un silence de plomb envahit la pièce comme si le diable en personne s'y était invité !

---

[9] Dis-lui !

28 L'IMPENSABLE

Lorsque Shany reprit connaissance, il faisait encore nuit. *Où était-elle et où pouvait bien être Qiang ?* Elle tenta de bouger, mais ses mains et ses pieds étaient solidement attachés à une poutrelle. Elle ne comprit pas, tout d'abord, dans quelle position exacte elle se trouvait, mais quand elle recouvrit totalement ses esprits, elle constata que son corps flottait dans les airs. Elle avait la sensation qu'il était lourd. Elle se trouvait au centre d'une sorte de place en terre battue, autour de laquelle elle distingua quelques cabanes délabrées, sans portes ou dont le toit était tombé. Il ne s'agissait pas d'un village habité, mais les préparatifs et l'agitation qui régnaient lui suggérèrent qu'une fête se préparait. Autour d'elle, des individus relativement jeunes la regardaient. Ils ne cessaient de parler mais leurs propos lui parvenaient de façon très confuse et résonnaient dans son crâne douloureux.

Comme toute proie attachée, elle voulut se débattre. Elle s'agita de manière inconsidérée et se contorsionna pour tenter de relâcher les liens qui l'entravaient. *Fuir ! Fuir à tout prix !* Mais le frottement des cordes ne faisait que la meurtrir davantage et le souffle lui manquait. Elle ne lutta pas longtemps. Toutes ses douleurs venaient de se raviver, elle était épuisée et ses efforts étant vains, elle cessa tout mouvement. Rien n'avait changé. Sa bouche était bâillonnée et le mince filet d'air, qui s'infiltrait dans ses narines, était insuffisant. En désespoir de cause, elle voulut crier mais aucun son ne s'échappait de ses lèvres. Puisant dans la volonté qui la caractérisait, elle s'efforça alors de se calmer et se réfugia là où vont les infortunés : elle se mit à prier, à espérer qu'on la délivrerait. Mais elle finit par s'évanouir.

*

— Wǒ wèn nǐ, zhǔnbèi hǎo yīqiè, wǒ kàn dào, zhè shì qíngkuàng bìngfēi rúcǐ. Zhège jiérì zài jīn wǎn jǔxíng, dòngyáo nǐ háishì wǒ bǎ nǐ zài tā dì dìfāng ![10]

Ramenée à la dure réalité par la brutale vocifération d'un homme, dont le ton semblait indiquer qu'il était le chef, Shany ouvrit les yeux. *Combien de temps s'était écoulé ?* La conversation des membres du clan était particulièrement animée. La mésentente régnait. L'un d'entre eux bouscula à plusieurs reprises un individu qui le défiait. Il lui décocha un coup de poing qui le projeta au sol, à une dizaine de mètres de la Française. L'homme semblait vouloir s'imposer. Tous les autres s'écartèrent, baissèrent la tête devant lui en signe de soumission et s'activèrent. De toute évidence, ils préparaient quelque chose.

Autour d'elle, la forêt dense paraissait ériger un mur impénétrable. *Où l'avait-on amenée ? Si elle parvenait à s'enfuir, ce qui était plus qu'improbable, dans quelle direction devrait-elle aller ?*

Son corps tout entier n'était que souffrance. Ajoutés aux blessures dues au crash de l'avion, les liens trop serrés, qui

---

[10] Je vous avais demandé de tout préparer et je vois que ce n'est pas le cas. La fête doit avoir lieu ce soir. Secouez-vous ou sinon je vous mets à sa place !

entravaient ses quatre membres, lui coupaient la circulation sanguine. Ses mains et ses pieds lui semblaient désormais être faits de coton et elle avait l'impression qu'elle allait bientôt se disloquer. Avant de s'évanouir à nouveau, elle sentit vaguement une odeur curieuse ainsi qu'une étrange sensation. On promenait, sans ménagement, un objet sur son corps nu.

*

Quand Shany émergea, il n'y avait plus personne autour d'elle. Une heure, deux heures s'étaient peut-être écoulées. *Est-ce que le temps importait ?* L'obscurité s'était emparée des lieux et de rares torches éclairaient l'endroit, faisant danser des ombres. Elles semblaient sorties d'un des romans fantastiques d'Howard Phillips Lovecraft. Dans sa bouche, sa langue avait gonflé. Le sang coagulé avait collé ses cheveux sur ses tempes. Une substance grasse et nauséabonde recouvrait intégralement son corps. Son bâillon, lui aussi imprégné, avait bougé, lui permettant ainsi de mieux respirer, malgré l'odeur rance et entêtante qui flottait autour d'elle.

Si la présence des hommes l'avait inquiétée quand ils s'empressaient autour d'elle, leur absence était loin de la rassurer. *Qu'attendaient-ils d'elle ? Que voulaient-ils faire ?* Elle était terrorisée. La première idée qui lui vint à l'esprit fut qu'ils allaient demander une rançon. Elle était riche. *Et après ? La libéreraient-ils ?*

Tout cela semblait impossible ! Elle était venue passer des vacances en Chine. *Sa vie ne pouvait pas s'arrêter là !* Des larmes de désespoir coulèrent le long de son visage, et vinrent mourir au creux de ses oreilles. Face au ciel noir, sans lune, elle devinait des nuages sombres qui s'amoncelaient, indifférents à son sort. *Combien de temps encore résisterait-elle à ce traitement qu'on lui infligeait* ? De toute évidence, on aurait davantage pris soin d'elle si l'on projetait de la restituer, en vie, à quiconque payerait une rançon. *Elle avait peur de souffrir. Elle avait peur de mourir. Elle avait peur de tout.*

Soudain, par hasard, son regard accrocha ce qui se trouvait juste au-dessous d'elle : un tas de bois. L'esprit confus, elle ne parvenait pas à rassembler ses idées et à y voir clair. Mais, progressivement, l'évidence lui apparut. En un instant, elle occulta sa douleur pour faire face à la cruelle vérité qui venait de s'imposer. *La matière grasse, l'odeur, le bois... Non ! Non ! Non ! Pas ça !*

Quelqu'un approchait !

*

Un homme se tenait à côté d'elle. Son visage restait de marbre malgré les plaintes de la jeune femme. Il la bouscula un peu, s'amusant de la voir se balancer ainsi. Il posa un genou à terre, tandis que ses bras s'affairaient au-dessous du corps de Shany. Ses yeux fardés, perdus au centre d'un visage peinturluré, la regardèrent. Ils étaient terrifiants, inexpressifs. Il pencha la tête à droite, à gauche, comme un chat qui veut jouer et qui ne comprend pas la détresse de la souris dans laquelle ses puissantes griffes sont pourtant plantées. Au moment où elle vit le bâtonnet enflammé, Shany comprit l'enjeu de la scène et la fin qui serait la sienne. Elle se mit à hurler :

— Non, par pitié, ne faites pas ça ! Je vous donnerai tout ce que vous voulez si vous me laissez partir. Libérez-moi ! C'est pas possible, vous ne pouvez pas faire ça ! Au secours ! Au secours !

Mais ses paroles n'étaient pas claires, assourdies par le bâillon qu'elle essayait d'écarter davantage en remuant démesurément sa mâchoire. Les mouvements désordonnés qu'elle faisait amplifiaient l'horreur et la douleur se lisait sur son visage.

Au prix d'efforts surhumains, elle parvint à dégager sa bouche. Elle força ensuite sur sa nuque pour atteindre ses poignets. Son instinct de survie était plus fort que tout et l'envie de vivre la poussait dans ses retranchements. À la troisième tentative, elle réussit à accrocher la corde, avec ses dents. Elle se mit alors à tirer dessus, sans pouvoir la déchiqueter, crachant seulement autour d'elle de minuscules fragments. Mais les liens restaient solides. L'homme, quant à lui, la regardait faire sans s'en inquiéter. Il s'éloigna ensuite calmement et en riant il lui dit :

— Nǐ jiù bùnéng tuōlí zìjǐ. Bié dàjīngxiǎoguài de, zhè shì méi yòng de[11].

Qu'est-ce que cela pouvait bien vouloir dire ? Elle continua de mordiller ses entraves pour tenter de se libérer. Un espoir fou l'animait mais l'épuisement eut raison d'elle. Exténuée, privée de toute force, elle finit par renoncer. Elle hurla :

— Qiannnnng !

Où était-il et qu'attendait-il pour venir à son secours ? Anna avait dû s'inquiéter de l'absence de son amie et elle avait probablement appelé la police. Non ! Elle se souvint du message laconique envoyé, in extremis, sur les conseils de Qiang, juste avant le décollage : « Ne t'inquiète pas, tout va bien ! Je suis avec Qiang, heureuse ! Je t'appellerai plus tard ! ». Qui pouvait savoir où elle se trouvait ? C'était une mauvaise plaisanterie, un mauvais film, un mauvais rêve, et elle

[11] Tu ne pourras pas te détacher. Arrête de t'agiter, ça ne sert à rien.

allait se réveiller. Pourtant, elle ne jouait pas, elle n'était pas actrice et elle ne dormait pas.

La tête rejetée vers le sol, elle resta inerte, attendant un miracle. Déjà, de petites volutes de fumée commençaient à s'élever provenant du tas de bois. Les brindilles crépitaient faiblement et une lueur ne tarda pas à apparaître sous elle. La gorge et le nez irrités, elle commença à tousser. Sa peur avait atteint son paroxysme.

Non loin, sur sa gauche, un homme et une femme, eux aussi parés de peintures se disputaient. Le ton monta. Leurs mains s'agitaient. L'index accusateur de la femme pointait en direction de l'homme et ne cessait de piquer sa poitrine. Puis ils se turent, regardèrent Shany et reprirent de plus belle. *Qu'est-ce que cela signifiait ?*

*

Un rendez-vous d'affaire à ne pas manquer et les portes du métro se referment devant vous. Une hésitation entre deux routes et vous empruntez celle qui, un kilomètre plus loin, est exceptionnellement barrée. Une leçon non apprise et l'institutrice vous interroge ce jour-là. Un ascenseur bloqué entre deux étages, et vous êtes à l'intérieur, ayant longuement hésité avant de le choisir ou de prendre les escaliers… Certains appellent cela la poisse, d'autres la loi de Murphy.

Shany était souvent confrontée à de telles situations mais il ne s'agissait que de petites malchances, comparativement à ce qu'elle vivait à ce soir-là. *Était-elle, suspendue au-dessus d'un feu à cause de l'ironie du sort ?* Elle n'en avait aucune idée mais elle commençait à penser que non !

À son grand dam, il pleuvait souvent à Paris. Quand elle quittait ses bureaux de l'avenue d'Eylau, elle regrettait de ne pas avoir transféré son entreprise dans le sud de la France où le climat était plus doux. Les ondées avaient le don de se déverser sur la capitale les jours où, trop pressée, elle n'avait pas eu le temps de consulter la météo, avant de quitter son domicile. *Était-ce encore la faute à « pas de chance » ?* Elle avait toujours détesté la pluie. Pourtant, cette nuit-là quelque part dans le Sichuan, elle bénit cette eau providentielle.

*

Une goutte, deux, trois, éparses, puis de plus en plus nombreuses, de plus en plus serrées. *Crachin, pluie, giboulée, ondée, averse, qu'importait : il pleuvait !* Les flammes, qui se sentaient pousser des ailes et allaient bientôt lécher la peau de Shany, se mirent à vaciller, à décroître puis à mourir. Un petit rire nerveux agita le corps de la jeune femme. *Un sursis. Son sort n'était pas scellé !*

Un instant plus tard, dans le clan, on courait en tous sens : les uns pour s'abriter, d'autres pour déplacer des objets que Shany n'avait pas remarqués jusque-là. Il faisait trop sombre. Quelques lueurs scintillaient à différents endroits. Dans son corps meurtri, la douleur s'était tue remplacée par un acharnement farouche et inextinguible pour survivre. L'eau fortuite ruisselait sur ses bras, sur ses jambes, sur son ventre. Elle avait froid mais s'en moquait. Il lui fallait être à l'affût, afin de saisir la première opportunité qui se présenterait à elle, si elle se présentait. Un petit groupe se tenait là, debout sous la pluie battante. Soudain le chef de la meute aboya. Deux hommes s'avancèrent aussitôt vers leur victime couteaux en mains. *La chance était-elle si éphémère ?*

— Laissez-moi, non, pitié, je vous en supplie ! se mit-elle à hurler, voyant ses derniers instants venir.

L'un plongea sa lame au niveau des poignets, l'autre coupa les cordes qui entravaient les chevilles. Shany tomba lourdement sur le tas de bois encore fumant. Alors qu'en pareille circonstance elle aurait dû songer à fuir, elle resta inerte au sol, figée dans la même position, incapable même de ramper. Bouger était impossible. Aucun de ses membres ne répondait. Ses ravisseurs la firent ensuite rouler à terre puis ils la traînèrent, sans aucun ménagement, dans une cabane de bois. Là, ils l'attachèrent en position assise à un des troncs qui soutenait la hutte et ils l'abandonnèrent. Quelques minutes plus tard, le chef entra. Shany effrayée ne pouvait reculer. Il se pencha, lui saisit le menton entre deux de ses doigts et s'adressa à elle dans un français étonnamment impeccable. Elle tenta de détourner le visage mais il le ramena face à lui.

— Tu as de la chance petite ! La pluie t'a épargnée, pour le moment... Ici, elle est imprévisible : soit il pleut pendant des jours, soit ce n'est qu'une ondée. Mais si tu crois que tu vas t'en tirer, tu te trompes. Inutile d'espérer ! Personne ne viendra te chercher. Ne te fais pas d'illusions. On t'a mise à l'abri pour ne pas gâcher la marchandise. Ne crois surtout pas que c'est pour tes beaux yeux !

Il s'interrompit, se redressa et avant de sortir, il se retourna :

— Ne t'avise pas de mourir pendant la nuit !

— Qui êtes-vous ? Que me voulez-vous ? Où suis-je ? J'ai de l'argent, je suis riche, je peux vous en donner !

— Ne te fatigue pas ! Qiang aurait dû t'expliquer !

Puis il partit.

La pluie pénétrait dans la cabane où Shany n'était que partiellement à l'abri. Elle s'écoulait le long de son visage mais, pour la première fois, elle s'en réjouit. Elle pencha la tête en arrière, ouvrit la bouche et but l'eau qui tombait du toit. Elle avait faim, grelottait mais anesthésiée par tant d'effroi, elle n'avait plus mal. Ses muscles engourdis l'empêchaient toutefois de bouger. *Que faire ?* Elle avait bien compris que cette pluie n'était qu'un sursis et qu'elle devrait trouver une solution au plus vite.

Il faisait nuit noire. À proximité, elle perçut quelques paroles, des rires, un grand fracas… Le temps s'écoulait. Elle se souleva pour se caler, du mieux qu'elle pouvait, contre le tronc. Elle devait réfléchir. Dans sa poitrine, son cœur battait. La vie s'acharnait toujours.

Les meilleurs moments de son enfance lui revinrent à l'esprit, comme un film : Anna qui l'attendait au sommet d'un toboggan sur lequel elle hésitait à monter, un gâteau d'anniversaire couvert de bougies et ses parents qui applaudissaient au moment où elle les avait soufflées, l'entreprise familiale, sa première voiture, les soirées dans le chalet des Alpes, les fondues savoyardes et la chaleur de la cheminée… Mais Shany, transie, devait se ressaisir et trouver l'idée qui la sauverait.

Qiang ! Où était-il en cet instant et pourquoi l'avait-il abandonnée ? Elle songea aux dernières paroles du chef de la tribu. « *Qiang aurait dû t'expliquer !* ». Elle ne trouva aucune réponse à ses questions mais elle dut se rendre à l'évidence : sa confiance en lui était ébranlée, même si elle l'aimait toujours. *Rester éveillée, réfléchir encore pour trouver une solution !*

Elle lutta plus d'une heure contre l'épuisement, le froid et la peur, sans trouver la moindre issue. En repensant à la pluie, elle eut presque envie de chanter. *Ce serait peut-être la dernière fois !* Elle finit toutefois par sombrer dans une torpeur peuplée d'avions en détresse, d'animaux dangereux, d'êtres fantasmagoriques peinturlurés, de feux, d'eau…

Dehors la pluie tombait toujours, plus serrée encore. Un ange gardien semblait veiller sur elle.

29 MAUDITS !

— Le Sichuan est maudit depuis la Grande Famine, maudit à cause du Grand Choix !

La mère se lamentait sans pleurer, répétant en boucle sa litanie. Elle oscillait d'avant en arrière, comme le balancier d'une horloge qui marque le temps sans savoir pourquoi. Zhao la saisit par les épaules, la regarda droit dans les yeux et lui demanda des explications. Sous la pression de l'inspecteur, elle sortit de son hébétude.

— Dans certains villages du Sichuan et autour de Niao'ai, des coutumes barbares sont toujours pratiquées. Tout vient de là !

— Que voulez-vous dire par « coutumes barbares », et surtout par « quelques-uns ne peuvent plus mourir » ?

Le père, embarrassé, ne cessait de frotter ses mains l'une contre l'autre. Il paraissait honteux et presque responsable de ce qu'il s'apprêtait à révéler.

— Vous savez quelles ont été les conséquences de la Grande Famine, inspecteurs ! Dans la province, elle nous a frappés de plein fouet. Autour de nous, certains villages, plus reculés et plus pauvres que Niao'ai, ont basculé dans le cannibalisme. Voilà ce que ma femme veut dire par « coutumes barbares ». Quant à ceux qui ne peuvent plus mourir, il s'agit d'une punition qui a été infligée aux habitants du Sichuan. Elle est liée à ces pratiques cannibales. C'est une malédiction ! Par contre, à ma connaissance, personne n'a jamais mangé de chair humaine dans notre village.

Dehors, des chiens se mirent à aboyer puis à hurler à la mort. Une bourrasque de vent fit trembler le toit de la maison et referma violemment la porte.

— Et Qiang dans tout cela ? intervint Lian.

Le père se retourna vers elle avant de continuer :

— Certains de nos enfants sont rattrapés par la malédiction, d'autres pas, sans que l'on sache pourquoi. Malheureusement, notre fils n'y a pas échappé mais il a pu résister. Il est arrivé à maîtriser l'agressivité qui l'envahissait. L'instruction a peut-être agi comme un antidote, jusqu'à ce fameux jour où vous nous dites que les médecins l'ont déclaré mort. Je ne peux pas vous en dire plus.

— Que deviennent ceux qui ne résistent pas ?

— Ils changent et basculent dans la violence. Ils sont redoutables et nous les craignons ! Ils disparaissent parfois dans la forêt et d'autres quittent la province. Tous les *nóngmíns*[12] connaissent cette malédiction. Faites bien attention en repartant ! Voilà tout ce que je sais.

Le père se tut et se dirigea vers la porte qu'il ouvrit, pour inciter ses visiteurs à partir. C'était sans compter sur la ténacité des deux inspecteurs.

— Nous n'en avons pas fini, monsieur Mong ! Nous avons besoin de plus de précisions.

— Je sais mais il y a des secrets qu'il vaut mieux ne pas révéler !

— Vous semblez oublier que la vie d'une jeune femme est en jeu !

---

[12] *Nóngmín : les paysans*

L'homme réfléchit et consulta sa femme du regard. Il avait compris que les enquêteurs ne partiraient pas avant de tout savoir. Malgré lui, il se résigna et repoussa la porte.

— Les plus violents, parmi ceux qui sont touchés par la malédiction, se regroupent en clans. Ils deviennent immortels s'ils restent dans le Sichuan et qu'ils s'adonnent au cannibalisme. D'autres refusent ces pratiques et choisissent de partir, comme je vous l'ai déjà dit. Mais on ne sait pas ce qu'ils deviennent. Pour Qiang, c'est autre chose. Il a quitté le Sichuan et il est décédé de mort violente. Dans ce cas exceptionnel, la malédiction l'a rattrapé et l'a soumis à ce que nous appelons le Grand Choix : mourir ou devenir immortel. La contrepartie de ce pacte maudit est terrible : elle impose d'être normal les jours fastes et un être machiavélique les jours néfastes. Qiang est deux à l'intérieur d'un seul corps et celui des jours impairs, il vaut mieux l'éviter.

L'inspecteur traduisait au mieux les paroles du père. En l'écoutant, Anna fit le rapprochement avec ce qui s'était passé la nuit, à l'hôtel, dans la chambre de Qiang.

— Demandez-lui si ces deux êtres peuvent se trouver au même moment, au même endroit ?

Zhao reformula la question en chinois et le père répondit :

— Oui ! Ils se rencontrent chaque nuit lors de la métamorphose et sont deux, pendant un moment. Puis l'un se retire, même si chacun garde plus ou moins le souvenir de ce que l'autre a fait.

Zhao et Lian avaient beau connaître les conséquences de la Grande Famine, ce qu'ils entendaient ébranlait leurs certitudes. La famille Mong venait d'ouvrir devant eux la porte d'un monde dont ils ne voulaient pas franchir le seuil.

— Ce que vous nous dites là est absurde et dépasse l'entendement. Que les villages du Sichuan aient souffert de la Grande Famine, d'accord ! Que certains en soient venus au cannibalisme, peut-être ! Mais en arriver à croire que quelques-uns puissent vivre éternellement, non ! De toute façon, à l'heure qu'il est, notre préoccupation est de retrouver, au plus vite, la jeune fille que Qiang a conduite à Niao'ai.

Les deux paysans se regardèrent. L'enquêteur comprit qu'ils lui cachaient quelque chose. Il adressa un clin d'œil à Lian, qui sut aussitôt ce qu'il attendait d'elle.

— Vous saviez qu'il n'est pas venu seul, n'est-ce pas ! Que venait-il faire ici avec elle ? insista le policier.

Le ton n'était plus celui des politesses du début. Lian ne lâchait pas un instant le couple des yeux, analysant ses réactions. Elle prit le relais de Zhao.

— Si vous nous cachez quelque chose, nous vous arrêterons et nous vous emmènerons au BSP de Pékin. Vous risquez ensuite de ne pas apprécier la prison !

Il n'en fallut pas plus pour les faire céder.

— En s'éloignant de Niao'ai, Qiang a choisi de ne pas devenir immortel, comme tous ceux qui partent et qui refusent de manger la chair humaine. Être immortel, ce n'est pas un don du ciel. Au contraire ! Mais l'accident qui a eu lieu, il y a de nombreuses années, a changé la donne. Depuis, il ne vieillit plus et nous avons compris que le Grand Choix l'avait rattrapé. Le reste, c'est lui qui nous l'a révélé. Il sentait qu'il allait mourir, mais quelque chose lui a proposé une alternative : vivre ! Il dit qu'il a alors entendu les millions d'âmes errantes, sacrifiées à la construction de la muraille et celles fauchées par la Grande Famine. Elles l'appelaient. Ces entités lui voulaient plus de mal que de bien, mais il ne savait pas que c'était un piège diabolique. Il a malheureusement accepté le pacte qu'elles lui proposaient.

Cette fameuse nuit, il est mort avant de revenir à la vie. Quand on sait qu'on va mourir, est-il possible de refuser ?

— Admettons, même si tout ceci me laisse perplexe ! Mais pourquoi Qiang des jours fastes ne s'oppose-t-il pas ou ne dénonce-t-il pas son double ?

— C'est impossible et il se condamnerait lui-même ! Qui croirait qu'il y a en lui deux personnes ? Il est prisonnier et il ne peut pas toujours défaire les actes de son ennemi. Il livre une bataille intérieure sans merci et sans possibilités de victoire. Le pire dans tout ça, c'est que l'autre prend de plus en plus de place et va finir par l'envahir totalement. Le processus est inexorable !

— Cela ne nous dit pas où se trouve la jeune fille que nous recherchons, ni pourquoi il a choisi de revenir ici ! demanda Zhao.

L'enquêteur ne perdait pas de vue qu'il avait une vie à sauver. Anna, immobile, ne suivait plus la conversation. Zhao ne traduisait plus, pour pouvoir obtenir d'eux le maximum d'informations.

— Pour la première fois, il est tombé amoureux. C'est la raison pour laquelle il est venu avec la jeune Française. Le Qiang des jours fastes, qui est parti avec elle, voulait la protéger en venant ici. L'autre n'avait qu'un but : s'accaparer son héritage.

— La protéger, mais comment ?

— La malédiction du Grand Choix veut qu'après une mort violente, un mariage peut tout changer. S'il épouse à Niao'ai, un jour faste et selon nos rites, quelqu'un avec qui il partage un amour sincère, il reprendra sa vie et redeviendra lui-même. Si la cérémonie se déroule un jour néfaste, c'est l'inverse qui se produit. Il ne lui restera plus qu'à faire disparaître son épouse pour hériter. Qiang nous a expliqué comment l'autre a choisi sa victime. Il consultait les journaux pour repérer des gens fortunés. Il s'est rendu à Paris et s'est débarrassé des parents de la jeune femme, seule héritière. C'était facile et personne ne l'a suspecté. Ensuite, il a traqué sa victime lors de nombreux déplacements organisés sous le couvert de l'agence de voyages. Une fois qu'elle a mordu à l'hameçon notre fils Qiang n'a rien pu faire.

— J'ai du mal à vous suivre dans cette histoire de double personnalité. Je ne suis pas psy néanmoins, pour avoir suivi Qiang pendant longtemps, j'avoue que certains de ses agissements pourraient s'expliquer de cette façon !

— Il n'est pas responsable, vous le savez. La famine est responsable, le Grand Choix est responsable, la malédiction est responsable mais pas lui ! dit la mère. Il faut que vous compreniez. Si l'être des jours néfastes meurt, Qiang sera alors lavé de tous ces crimes. Le Dieu des âmes y pourvoira.

Zhao et Lian avaient le sentiment d'être dans un film ou au cœur d'un roman fantastiquc, assurément dans une fiction d'un autre siècle. Ils avaient tout écouté. Toutefois perplexe, l'enquêteur demanda :

— Il y a quelque chose qui me gêne. Vous semblez avoir connaissance de certains éléments, que Qiang n'a pu vous apprendre que très récemment. Pourtant, il n'y a pas de téléphone ici !

La mère serra les lèvres, refusant d'en dire davantage. Le père voulut sortir mais Lian intervint pour l'en empêcher.

— Vous ne pouvez plus reculer. Il faut tout nous dire. L'avion de Qiang s'est écrasé non loin d'ici mais je pense que vous le savez déjà. S'il tue la jeune femme, vous serez complices d'un meurtre !

Aucun des deux n'avait sourcillé à l'annonce du crash.

— Quelque chose ne tourne pas rond ! Ils savent ! De toute évidence Qiang est déjà passé par là ! fit remarquer Zhao.

Le père s'était rapproché de la table, hypnotisé par la hachette abandonnée par sa femme, peu de temps avant. La tension monta d'un cran.

D'un geste, Zhao écarta un pan de son vêtement, sous lequel apparut son arme. En même temps, il fit sauter la pression qui maintenait le pistolet dans son étui de cuir.

L'inspecteur savait se montrer persuasif quand il le fallait. Il s'adressa au couple d'une voix de stentor qui résonna dans la pièce :

— Où sont Qiang et la jeune femme ?

Impressionnée par le pistolet et par le ton employé, la mère craqua.

— Nous vous l'avons dit : Qiang a changé au moment de l'accident de voiture, à cause du Grand Choix. Mais il existe une façon de rompre la malédiction. C'est un rituel connu seulement de quelques initiés, transmis par les chamanes lorsque les familles sont confrontées au problème. Il est pratiqué en secret et uniquement quand le dédoublement devient trop dangereux.

Zhao se remit à traduire succinctement pour Anna qui, au fur et à mesure des révélations, était persuadée d'être dans un autre monde. Elle aurait voulu tout oublier. Elle aurait voulu tout effacer. Mais elle était bien à Niao'ai !

— Vous ne répondez toujours pas à ma question ! dit fermement Zhao. Où sont Qiang et la jeune femme ?

— Venez, suivez-moi ! capitula le père qui, abattu par la situation, avait retrouvé un calme apparent.

Dehors la nuit était tombée. Le paysan franchit la porte tandis qu'un des deux policiers restés dehors s'écarta pour le laisser passer. Il s'empara d'un flambeau qu'il plongea dans un pot de graisse, avant de l'allumer. Lian, de son côté, sortit de son sac deux lampes électriques. Elle en confia une à Anna, qui n'était pas rassurée, et conserva l'autre. Le petit groupe s'éloigna du village.

Ils marchèrent ainsi sur plus de 500 mètres. Une sorte de bergerie, à moitié encastrée dans la roche et masquée par une végétation anarchique, apparut au détour d'un chemin. La porte était fermée par une lourde chaîne, munie d'un ancien mais solide cadenas que le père ouvrit à l'aide d'une clé. Là, il enflamma une seconde torche, accrochée à un mur et il la tendit à Zhao, en le priant d'entrer.

— La réponse se trouve à l'intérieur, fit-il.

L'inspecteur brandit la flamme dans le local étroit et sale. Les autres restèrent dehors. Ils se méfiaient.

— Nom de Dieu ! fit-il.

— Qu'y a-t-il ? demanda Lian, en risquant un œil à l'intérieur.

Au fond de la petite pièce basse de plafond, Qiang était solidement enchaîné. Il regardait la troupe, inquiet. Zhao s'entretint avec lui et comme le temps s'écoulait, il dut le laisser. Il avait compris que, dans un instant, il ne serait plus le même. Il ressemblait à Prométhée[13] mais il attendait le moment inexorable où il deviendrait un cerbère gardien des enfers. Aucun aigle ne viendrait lui dévorer les entrailles pendant la nuit.

*

---

[13] Personnage biblique ou mythologique. Il déroba le feu pour le donner aux hommes. Zeus le punit en l'enchaînant à un rocher. Chaque nuit, un aigle lui dévorait le foie qui repoussait chaque matin.

Sur le chemin qui les ramenait au village, les parents expliquèrent aux enquêteurs que Qiang avait dû abandonner Shany dans la forêt. Il savait qu'avec elle, il n'arriverait pas à temps à Niao'ai, ce qui aurait mis la vie de la jeune femme en danger. Il leur avait ensuite demandé de l'enchaîner, avant l'heure fatidique. Ainsi l'autre, en émergeant, serait prisonnier.

Un moment plus tard, la pluie se mit à tomber et lorsqu'ils parvinrent au village, ils étaient trempés.

— Shany a toujours détesté la pluie, fit remarquer Anna.

Elle songeait à son amie, blessée et abandonnée quelque part. Elle devait être terrifiée mais elle était en vie. Comment aurait-elle su que ce soir-là, Shany bénissait cette averse ?

Malgré tout, le lendemain serait un jour néfaste.

*

Anna terrorisée s'attendait à tout. Mais elle gardait l'esprit en alerte, pour bien comprendre les explications que lui donnait régulièrement Zhao. Les autres discutaient en chinois.

Les paysans offrirent l'hospitalité au groupe. Il valait mieux ne pas rôder dans les parages. Ils prirent un repas simple à base de riz et de galettes séchées, trempées dans un bouillon de poulet. Aucune parole ne fut prononcée. Au moment du thé, Zhao revint à la charge :

— Vous avez dit que vous connaissez un moyen de mettre fin aux agissements de ceux qui posent trop de problèmes. Que leur faites-vous ?

— Nous n'avons pas le droit de le révéler aux étrangers, répondit la mère.

— Vous nous en avez trop dit pour vous taire maintenant ! Je vous rappelle que nous sommes de la police et que des vies sont en jeu.

Le couple se concerta et au bout d'un moment, comprenant que les enquêteurs ne reculeraient pas, la mère reprit :

— Sachez que les armes ne servent à rien contre eux ! Après le Grand Choix, la malédiction est plus forte que les balles. Chaque fois qu'ils meurent, ils reviennent à la vie. C'est exactement ce qui est arrivé à Qiang, lors de l'accident de voiture et du crash de l'avion. Cela ne s'arrête jamais, sauf si on le soumet à un rituel dédié à Yen-Wang, roi des enfers, et si on respecte toutes les règles avant et après la cérémonie. C'est le seul moyen pour que la malédiction cesse.

Bien qu'érudits, les deux inspecteurs n'avaient jamais entendu parler de ce dieu ni eu connaissance de cette cérémonie. Le paysan leur en expliqua vaguement les rudiments. Loin de Niao'ai, loin du Sichuan, ils n'auraient jamais cru ce qu'ils entendaient là.

— Demain sera un autre jour. Ce soir, il est trop tard. On ne peut rien faire pour le moment. Installez-vous là pour dormir ! Nous partirons avant le lever du soleil.

Anna avait déjà compris que rien ne serait tenté, ce soir-là, pour sauver son amie. Elle intervint :

— Qiang est là-bas, enchaîné, mais Shany, où est-elle ? On ne peut pas la laisser !

Zhao s'efforça de lui expliquer que malgré son inquiétude justifiée, personne n'était en mesure d'aider Shany pour l'instant. La nuit n'était pas propice à une recherche dans la forêt. Les paysans se couchèrent là où ils en avaient l'habitude. Ceux de la ville s'allongèrent dans un coin de la pièce, sur des futons de paille recouverts de nattes de bure grossière. L'atmosphère était humide. Un feu, qui brûlait dans l'âtre, les réchauffait.

Personne ne trouva vraiment le sommeil.

*

Au petit matin, quand le père sortit, la porte de la maison grinça. Dehors, le jour tardait à poindre à l'horizon. La mère s'activait et, à l'aide d'un tison, elle remuait les braises encore rougeoyantes. Elle ajouta quelques brindilles sèches et le feu crépita à nouveau. Sur la table, elle avait déposé une bassine pleine d'eau, la même qui avait accueilli le poulet la veille. Elle tendit aux étrangers une toile de lin et leur désigna le récipient. Pendant qu'ils procédaient à une rapide toilette, elle leur servit des bols de thé brûlants, dans lesquels elle fit fondre de petits morceaux de beurre. Elle y ajouta de l'orge et des fruits. Zhao savait qu'elle leur servait un petit-déjeuner qui n'était pas leur quotidien. Il la remercia humblement et pour la première fois, elle lui sourit. Le père n'avait rien mangé. Il était resté dehors.

Dix minutes plus tard, le groupe se retrouva sur le seuil de la maison. La vieille femme sortit la dernière, portant un baluchon sur le dos.

La pluie, qui avait martelé le toit toute la nuit, avait cessé, remplacée par le soleil.

30 L'UN OU L'AUTRE

— Qu'y a-t-il dans ce sac ? demanda Zhao.

— Une lanterne, des allumettes, des clous, un linge, des couteaux et d'autres choses qui pourraient nous être utiles, répondit sèchement le père Mong.

Il faisait froid et sous l'action du sol encore chaud, l'humidité s'élevait, créant des îlots de brume. Ils se déplaçaient imperceptiblement, en lévitation. Ce paysage onirique, pourtant paisible, semblait inquiétant et l'endroit irréel. Comme chaque fois qu'ils partaient en mission, Zhao et les autres policiers vérifièrent la présence et le fonctionnement de leur arme.

— Des armes ! railla la mère avant de se raviser. Après tout, prenez-les ! Elles vous serviront peut-être contre les clans hostiles que nous risquons de rencontrer, mais en ce qui concerne mon fils, ce sera à nous d'agir. Il faudra nous laisser faire.

— Comment comptez-vous vous y prendre ?

— Vous verrez ! Vous devez nous faire confiance.

— Selon votre raisonnement, aujourd'hui est un jour néfaste et Qiang refusera de nous accompagner, fit remarquer Lian.

— Il ne vient pas avec nous. Contentez-vous de nous suivre !

Zhao n'insista pas davantage et ils s'enfoncèrent dans la forêt, guidés par monsieur Mong, qui savait précisément quel chemin emprunter.

Ils traversèrent un premier hameau, extrêmement pauvre, où les habitants regardèrent les deux jeunes femmes avec des yeux affamés. Les doigts de Lian entouraient la crosse de son arme. Elle était prête à dégainer. L'inspecteur lui aussi avait compris. Il rassura Anna.

— Marchez près de moi !

Ses hommes se tenaient en alerte. Depuis la veille, ils restaient discrets, mais ils n'avaient pas manqué une miette des conversations. Zhao et Lian s'étaient entretenus avec eux, à l'écart, juste avant de partir.

Le groupe s'arrêta dans chaque village qu'il traversait. Là, Monsieur Mong interpellait systématiquement les hommes qu'il croisait. Il discutait longuement avec eux, mais jamais rien ne filtrait de leur conversation. Seuls les mouvements de tête de ses interlocuteurs montraient qu'il essuyait un refus catégorique. Enfin, après plusieurs échecs, une poignée de main virile avec trois Chinois sembla concrétiser un accord. Âgés d'une quarantaine d'années, ils avaient une stature imposante, qui reposait sur une montagne de muscles saillants.

Les inspecteurs n'appréciaient pas d'être tenus à l'écart des négociations, mais la volonté de retrouver Shany, au plus vite, les rendait conciliants. De loin, on leur fit signe d'attendre. Le temps qui s'écoula parut durer une éternité ! À quoi rimaient ces discussions ?

Soudain, un gamin, paradoxalement vêtu d'un pantalon de paysan et d'une chemise blanche, immaculée, les rejoignit. Il était envoyé par l'un des Chinois. Il s'adressa à Zhao en gesticulant et en lui montrant deux directions opposées.

— Merci petit !

Et le gamin disparut aussi vite qu'il était arrivé. Il marchait comme un dandy, fier de son habillement.

— Qu'a-t-il dit ? demanda Anna impatiente de savoir, alors que les autres affichaient des mines satisfaites.

L'enfant venait de leur révéler où se trouvait Shany. Elle avait été enlevée par un clan mais elle était vivante. Elle était retenue dans la cabane du *k'anfong-choei sien-cheng*[14].

Peu de temps après, le père les rejoignit pour leur donner plus de détails. Il fallait agir, vite. Zhao l'écouta et prit aussitôt les décisions qui s'imposaient.

— Nous avons deux impératifs : Qiang et Shany, qui ne se trouvent pas au même endroit. Nous devons nous séparer. Vous, fit-il en désignant les deux policiers, vous irez libérer la jeune femme sans plus attendre, tandis que nous nous occuperons de Qiang.

Sans perdre de temps, les deux hommes vérifièrent les chargeurs de leurs armes de poing. Ils dégagèrent aussi, de leurs longs manteaux, deux fusils d'assaut. La jeune Française observait, ne comprenant rien à l'effervescence qui régnait.

— Ce sont des professionnels, Anna ! Ils sont entraînés pour faire face à ce genre de situation. Ils libéreront votre amie, maintenant qu'on sait où elle est, et la protégeront. Nous nous retrouverons tous à Niao'ai quand ce sera fini. En cas de problème, ils ont pour instruction de regagner directement Pékin, pour mettre Shany en lieu sûr. Il ne faut pas traîner. Partons !

Monsieur Mong ajouta à l'attention des deux policiers sur le départ :

— Je vous rappelle que certains ravisseurs peuvent être frappés par la malédiction et donc immortels. Vos armes

[14] Celui chargé de l'orientation des tombeaux dans les villages.

n'auront qu'un effet temporaire sur eux. Ils se relèveront inéluctablement. Ne traînez pas sur place !

Et ils se séparèrent en deux groupes. Anna regarda les deux policiers s'éloigner. Déterminés et rapides, ils s'enfonçaient déjà dans la forêt, dans la direction opposée à celle qu'elle prendrait avec Zhao et Lian.

*

Il faisait jour mais tout était sombre autour d'eux. La végétation était épaisse et ils avançaient dans une gorge étroite, bordée de parois qui plongeaient dans une rivière. Le sentier, qu'ils suivaient, semblait ne vouloir jamais s'arrêter. Ils empruntaient parfois quelques marches taillées dans la roche. Anna se rappela soudain sa scolarité et l'étude du livre de Dai Sijie, *Balzac et la petite tailleuse chinoise.* Comme dans le roman, elle avançait dans le Sichuan.

Ils marchaient sans un mot depuis plus d'une heure quand ils entendirent, au loin, des détonations. On tirait. Le groupe s'immobilisa. Après un échange nourri de coups de feu, qui sembla durer une éternité à Anna, un silence de plomb emplit à nouveau l'atmosphère.

— Ils ont utilisé leurs armes. J'ai reconnu le bruit caractéristique des Glock, souligna Zhao. Par contre, il ne m'a pas semblé entendre les fusils d'assaut.

Lian accéléra soudain le pas pour arriver à la hauteur de Zhao.

— J'espère qu'ils ont la situation en mains, lui glissa-t-elle discrètement. Je suis étonnée qu'ils n'aient pas utilisé les armes lourdes. J'avais cru comprendre qu'il y avait beaucoup d'hommes dans le clan ! Ça m'inquiète.

— Effectivement, c'est curieux. De toute façon, nous ne pouvons rien faire.

Cette discussion en aparté intrigua Anna.

— Que se passe-t-il ? De quoi parlez-vous ?

— Rien d'important ! éluda Zhao.

Lian adressa un sourire à la jeune femme, pour la rassurer. En son for intérieur, elle doutait pourtant du succès de l'assaut. Madame Mong, en revanche, avait parfaitement compris que l'inspecteur venait de mentir à Anna, tenue à l'écart en raison de la langue. Le regard de la paysanne se porta sur elle puis sur Zhao. La Française avançait, ne se doutant de rien.

Ils progressèrent encore longtemps sur des chemins escarpés. Tout autour d'eux, les paysages alternaient mais restaient impressionnants. La marche parut interminable à Anna et aux deux enquêteurs, qui commençaient à douter d'arriver quelque part. Les vallées profondes qu'ils traversaient se succédaient inlassablement. Enfin, droit devant eux, l'horizon parut s'élargir et alors que le jour déclinait, ils débouchèrent dans une immense clairière. À l'extrémité de celle-ci, une lueur se mit à rougeoyer. Quelqu'un avait allumé une lanterne. Il la balançait doucement.

— Là-bas ! fit madame Mong en montrant du doigt la direction. Ils nous attendent.

Le tableau était saisissant. Les trois hommes du village précédent se trouvaient déjà là et avec eux, à leurs pieds, Qiang toujours attaché par de solides chaînes. Il ne bougeait pas. Son visage portait la trace de coups qu'il n'avait pas la veille. Derrière eux, Anna remarqua un trou profond et béant. Il attendait un corps.

Les hommes expliquèrent que Qiang s'était débattu comme un fauve. Ils avaient eu les pires difficultés à le maîtriser, même attaché.

— Et maintenant ? interrogea Zhao.

— Maintenant, il faut attendre !

Fatigués par la longue marche, tous s'installèrent à proximité d'un feu que l'on venait d'allumer. Les Mong ne prêtèrent aucune attention à Qiang, toujours inconscient. Le père sortit de son sac une gourde en peau de chèvre retournée. Il la tendit à sa femme. Elle versa un peu de liquide dans une petite coupelle. Elle y ajouta quelques herbes, le contenu noirâtre d'une fiole et remua le tout avec un bâtonnet. Elle força ensuite Qiang à ingérer la potion, en faisant couler le liquide à la commissure de ses lèvres entrouvertes. Il toussa mais resta prostré.

Un peu plus tard, le père récupéra une seconde nourrice, but une rasade et fit circuler le breuvage : du thé miellé. Il offrit aussi des lambeaux de viande séchée que les étrangers, perplexes, ne goûtèrent pas. La mère comprit pourquoi.

— N'ayez crainte, ce n'est que du porc et pas autre chose. Je vous ai dit que nous n'étions pas cannibales !

Zhao, Lian et Anna choisirent, malgré tout, de ne pas y goûter et de rester légèrement à l'écart. Leur confiance en ces gens était limitée et les trois athlètes qui les accompagnaient ne les rassuraient pas vraiment. Les deux inspecteurs chuchotaient en chinois et, tout aussi doucement, l'enquêteur traduisait pour Anna :

— Les Mong n'ont pas l'air émus le moins du monde alors que leur fils est là, à terre.

— Probablement parce qu'ils ne le considèrent pas comme leur fils mais comme une abomination. Je me demande ce qu'on attend et ce qu'ils veulent faire ?

— Sans doute se livrer à leur rituel.

— Pourquoi les trois autres restent-ils ? Je pensais qu'ils partiraient, dès leur colis livré.

— Je ne sais pas, mais ils ont peut-être un rôle particulier à jouer au cours du rituel. De toute façon, ils seront bien utiles si Qiang se réveille et devient difficile à maîtriser.

Les cinq autochtones discutaient et ne semblaient pas particulièrement inquiets. Certains plaisantaient même. La mère se leva, rejoignit les étrangers et s'assit auprès d'eux.

— Je vais essayer de vous expliquer ce qui va se passer. Nous devons attendre le moment où la métamorphose va s'effectuer. Celui que vous voyez là-bas n'est pas notre fils. C'est un être démoniaque et il ne faudra pas l'oublier quand la cérémonie va commencer.

— Qu'allez-vous faire ?

— Vous n'allez pas tarder à le savoir. Je lui ai fait ingurgiter un mélange, qui l'empêche toujours de se réveiller. Mais il devra l'être lors du rite. Pour l'instant, il faut attendre. Mangez un peu pour reprendre des forces ! Si vous ne voulez pas de viande séchée, acceptez ces galettes.

Et elle laissa un petit tas de biscuits secs près d'eux.

— Ne faut-il pas la présence d'un prêtre ? demanda Lian.

— Un prêtre ? Et pour quoi faire ? Ces pratiques remontent au culte des ancêtres et n'ont rien à voir avec la religion. L'animisme[15] fait partie de notre culture depuis la Grande Muraille et a resurgi suite à la Grande Famine.

— Qui dirigera le rituel alors ?

---

[15] Manifestation de défunts dont les âmes peuvent agir sur le monde tangible, de manière bénéfique ou non.

— Moi ! affirma la mère, avec une force de conviction qui étonna ses interlocuteurs. Allons, il n'y en a plus pour longtemps.

— Et le trou creusé là-bas ? demanda Lian. Rassurez-nous, ce n'est pas une tombe !

— Mais que croyez-vous mademoiselle ? Qu'on va lui lire de gentilles prières et que tout sera fini ! Cet intrus, dans le corps de Qiang, doit mourir et il n'existe qu'une façon de le tuer.

Zhao intervint.

— Nous sommes de la police. Nous ne pouvons vous laisser commettre un meurtre !

— Mais regardez autour de vous. Rien ne ressemble à ce que vous connaissez. Vos pratiques policières n'ont pas cours ici. Vous êtes au fin fond du Sichuan, là où la civilisation n'est jamais arrivée, là où les superstitions sont bien vivantes, là où les malédictions existent. Rien de ce que vous pourriez faire n'arrêtera jamais ce suppôt de Satan. C'est un être nuisible, que seuls les rituels peuvent éliminer. Certainement pas vos menottes !

— Mais vous disiez qu'en se mariant un jour faste, votre fils, parce qu'il est amoureux, redeviendrait lui-même. Ce sont vos propres paroles.

— C'est vrai, mais je ne pouvais pas tout vous révéler hier. Qiang est un cas particulier. Sa mort violente loin de Niao'ai et le choix qu'il a fait exigent deux choses pour qu'il soit libéré : qu'il aime quelqu'un et l'épouse selon nos rites et que son double démoniaque soit enseveli dans les terres sacrées. Si je vous avais dit qu'il fallait en arriver là, vous auriez refusé de nous suivre. Croyez-moi, rien de ce que vous connaissez ne s'applique ici. Le rituel doit être exécuté. C'est ainsi !

Zhao et Lian se dévisagèrent, espérant que l'autre trouverait une solution différente. Les superstitions du Sichuan les dépassaient. Elles ne pourraient pas figurer dans leurs rapports. Après un bref échange, ils convinrent que ce serait leur secret.

Il faisait désormais nuit noire. Le feu qui crépitait et jouait avec les ombres donnait l'impression qu'une multitude d'âmes s'étaient regroupées, dans la clairière, pour assister à un sacrifice imminent. Toujours allongé dans l'herbe humide, Qiang Mong remuait. Il revenait progressivement à lui.

— Gardez le silence maintenant et surtout n'intervenez sous aucun prétexte. Contentez-vous de regarder !

Anna ne pouvait plus détourner le regard de l'homme attaché, qui commençait à s'agiter. Brusquement, il ouvrit les yeux, la faisant sursauter.

— Ça y est ! fit la mère.

Minuit approchait. Le jour néfaste allait bientôt s'achever. Progressivement, devant le groupe, la transition entre le bien et le mal, entre l'un et l'autre s'opéra.

Anna osait à peine respirer. Tout se passa très vite mais elle n'oublierait jamais ce moment. Lorsque les hommes saisirent la créature pour la jeter dans le trou, elle prononça d'obscures paroles, auxquelles personne ne répondit. La jeune femme reconnut la langue qu'elle avait entendue, quelques jours auparavant, provenant de la salle de bains de Qiang. Elle avait eu si peur ! Dans cette clairière, au bout de nulle part, elle comprit que ce soir-là, le guide n'avait en fait reçu aucune visite.

Sans doute utilisait-il un dialecte primitif pour menacer ceux qui s'opposaient à lui. Au fond de ses yeux, brillait une lueur rouge qui devint incandescente lorsqu'il tomba, face contre terre dans la fosse. Ses chaînes étaient bien serrées. Il lui était impossible de se dégager. Zhao et Lian suivaient les mouvements des uns et des autres. La mère, armée d'un couteau, ne cessait d'invoquer les puissances célestes. Elle répétait en boucle les incantations qu'on lui avait transmises, censées délivrer son fils. La lame qu'elle tenait se déplaçait dans les airs, comme pour trancher des liens invisibles. Le père, avec un autre homme, sauta dans la tombe. La créature était très forte. Elle essayait de les frapper, de ses pieds entravés. L'endroit était exigu, la bataille faisait rage mais il fallait absolument la retourner, afin d'orienter son visage vers le ciel. Même si l'être démoniaque se débattait, ils en vinrent finalement à bout. C'est alors qu'un éclair violet s'éleva au-dessus du corps et qu'apparurent deux formes évanescentes identiques mais tellement différentes. Seule l'expression de leurs visages permettait, à la lueur du feu, de comprendre qui était qui. Les deux Qiang paraissaient lutter pour rester en vie. Dans le trou, l'enveloppe physique cessa de bouger.

Médusés, Zhao et Lian regardaient la scène qui se déroulait devant leurs yeux. Anna était aussi fascinée que terrifiée. Les autres se contentaient de suivre ce qui se passait. Munie d'une grande toile, la mère prit un formidable élan, pour sauter dans l'excavation. Elle jeta un drap sur le corps inerte. À nouveau, il se mit à remuer mais sans le moindre bruit. Puis tout à coup ce fut l'obscurité. Le feu fut soufflé et les deux formes fantasmagoriques s'évanouirent. Le calme revenu, le père alluma une lanterne. Il glissa ensuite dans les mains de sa femme un des objets, qu'elle lui avait confié, et deux pierres.

— Mon Dieu ! se surprit à crier Anna.

La mère enjamba le corps, éleva un couteau au-dessus d'elle, en répétant toujours les mêmes mots. Il n'y eut pas d'orage, il n'y eut pas d'éclairs, il n'y eut aucun bruit lorsqu'elle abaissa doucement l'arme, pointe vers elle, pour la déposer très délicatement, sur la poitrine de la créature qui s'immobilisa. Le fil tranchant reposait sur son torse, bloqué entre les deux cailloux.

— Je voudrais comprendre, intervint Zhao.

— Les âmes maléfiques craignent le tranchant des lames et elles restent ainsi prisonnières des corps. Ce qui ressemblait à mon fils ne sortira plus jamais de cette tombe, tant que le couteau restera en place !

Elle demanda ensuite les trois clous qu'ils avaient amenés. Elle dégagea les cheveux de la toile, roula des mèches sous ses doigts et les étira dans trois directions. Elle les figea ensuite dans la terre, pour l'éternité.

— Pourquoi faire cela ? demanda Anna.

Zhao traduisit.

— Je l'empêche de partir. S'il se réveillait, il serait désorienté. Je le prive aussi de toute descendance, s'il en avait.

L'un des hommes tendit alors une main à la femme pour l'aider à s'extraire du trou.

— C'est terminé ?

— Pas tout à fait.

Elle jeta dans la fosse une torche éteinte.

Ainsi, *Ten-long*, le guide des âmes, n'éclairerait jamais la route de cet être ni vivant ni véritablement mort.

Quand les trois hommes rebouchèrent la tombe, ils prirent d'infinies précautions, pour ne pas rompre le sortilège lié au couteau et aux clous. La dernière chose qu'ils crurent apercevoir fut deux lueurs rouges, sous le drap, au niveau des yeux.

— Mais s'il est mort, où est votre fils ? demanda Lian.

31 ON EFFACE TOUT...

Les deux policiers, qui avaient libéré Shany, avaient dû prendre les dispositions nécessaires tant la jeune femme était traumatisée et affaiblie. Ils n'avaient pas rejoint Niao'ai comme prévu. Après avoir regagné l'hélicoptère, ils l'avaient fait rapatrier d'urgence à l'hôpital Xiehe, de Pékin. Là, elle avait immédiatement été prise en charge et soignée. Ils avaient suivi, à la lettre, les directives de Zhao qui, précautionneux, avait anticipé un éventuel retour en avion sanitaire. Ils n'avaient eu qu'un coup de téléphone à passer. Le lendemain, Anna rejoignit son amie.

De leur côté, Zhao et Lian étaient rentrés dans les grâces du chef, puisqu'ils avaient réussi à sauver la jeune Française d'une mort certaine. Cependant, ils n'avaient arrêté personne. La créature était enterrée dans quelque part, loin de toute civilisation, mais il était impensable de présenter cette version irrationnelle des faits. Leur rapport stipulerait simplement que le suspect avait fait une terrible chute dans un précipice, lors de sa fuite. Ils n'avaient pas pu localiser l'endroit où se trouvait le corps, qui ne pourrait jamais être retrouvé. L'affaire des femmes disparues, dont personne ne voulait plus entendre parler, était définitivement close. Le chef était ravi mais la tâche des inspecteurs n'était pas finie. Ils devaient s'éclipser au plus vite.

*

Dans l'avion qui les avait ramenés du Sichuan, bien qu'épuisé, Zhao n'était pas parvenu à s'assoupir pour récupérer. Lian, à bout de forces, avait fini par sombrer dans un sommeil profond.

Arrivés à Pékin, ils avaient fait un bref passage au BSP, pour s'acquitter des formalités administratives de retour de mission. Puis ils étaient rentrés chez eux.

*

Le lendemain matin, sur une route sinueuse s'éloignant de Pékin, un SUV Nissan-X-Trail récent roulait à vive allure. Le jour se levait à peine.

— Je sais qu'on est pressés, mais je ne veux pas finir dans le décor, s'il te plaît ! Les nappes de brouillard sont piégeuses, fit remarquer le passager.

— T'inquiète, j'assure ! Je connais bien ma voiture et la route. En plus, à cette heure-ci, tu vois bien qu'il n'y a personne. Rappelle-toi, on ne doit pas le manquer.

Lian enchaînait les virages avec une parfaite maîtrise. Ils étaient à 48 kilomètres au nord-ouest de Pékin, dans une région montagneuse. La route longeait, par intermittence, la muraille de Chine. Elle rejoignait la section de Juyongguan.

— Fais attention quand même ! Il y a peu de véhicules mais les camions circulent lentement, si tu vois ce que je veux dire. On n'a qu'une vie, nous !

La jeune femme avait parfaitement compris l'allusion mais elle ne répondit pas, préférant rester concentrée sur la conduite.

— Quand je pense à tout ce que nous venons de vivre... Je n'aurais jamais cru que l'on viendrait ici, tous les deux ! remarqua Zhao.

Ils restèrent songeurs un long moment.

— Ici et tous les deux, certes ! ajouta Lian. Mais que l'on soit sur cette route, à la demande de madame Mong, c'est franchement surréaliste !

— Oui et non, car après tout ce que nous avons vu, je crois que plus rien ne m'étonnera à présent. Bon, sois attentive ! Il me semble qu'on ne va pas tarder à arriver ! J'espère qu'il sera bien là. Nous n'avons qu'une heure de battement pour le récupérer. Après, il sera trop tard et je n'ose pas penser à ce qui arrivera !

Des nappes de brume, de plus en plus nombreuses, s'accrochaient à la muraille. Elles masquaient le soleil qui pointait à l'horizon, rendant le paysage fantasmagorique.

— Fichu brouillard ! Autant chercher une aiguille dans une botte de foin. On y voit de moins en moins ! On dirait que les éléments se déchaînent contre nous, et que les âmes sacrifiées à la muraille cherchent à nous empêcher d'atteindre notre but !

— Ralentis Lian. Je pense que nous approchons de l'endroit.

Zhao consulta le GPS. Il indiquait approximativement le point d'arrivée, à l'aide d'un drapeau à damiers.

— Et si elle nous avait raconté n'importe quoi ! remarqua Lian.

— Qui ?

— La mère pardi !

— Dans quel but ?

— Pour se débarrasser de nous, pour qu'on quitte Niao'ai. On aurait dû se méfier !

— De toute façon, on ne peut pas faire machine arrière ! J'espère que tu te trompes.

Lian qui scrutait la route, sondait le brouillard, l'esprit accaparé par ce qu'ils venaient de dire. Tout à coup Zhao lui cria :

— Attention freine ! Mais freeeiiinnne !

Il voulut saisir le volant à pleines mains et braquer pour éviter un obstacle. Lian s'arrêta en catastrophe. La voiture cala.

— Mais tu es cinglé ou quoi ! Tu m'as fait peur. On aurait pu se tuer.

— Tais-toi et regarde ! Là, à droite.

Assis sur la chaussée, comme prostré, la tête sur les genoux que ses deux bras entouraient, il y avait un homme, plutôt jeune. Il n'avait même pas entendu la voiture arriver.

Lorsque les enquêteurs sortirent du véhicule en claquant les portières, il réagit. Il leva la tête et leur dit :

— Qui êtes-vous ? Qu'est-ce que je fais là ?

Zhao ôta sa veste et la déposa sur les épaules du jeune homme. Il faisait froid, il tremblait.

— Nous sommes de la police de Pékin, nous vous cherchions. Nous vous ramenons chez vous mais avant nous passerons par l'hôpital. Vous semblez très éprouvé.

Sans résistance, le jeune homme saisit la main que le policier lui tendait pour l'aider à se relever.

Durant une fraction de seconde, Zhao eut l'impression qu'une décharge électrique lui traversait le corps. Il ressentit un profond malaise, comme si le temps venait de s'arrêter. Lian, à ses côtés, ne disait plus rien mais il entendait sa respiration, qui s'était subitement accélérée. Après quelques instants, il réussit à s'extirper de cet état second et, se tournant vers sa coéquipière, il lui dit :

— Merde ! Je ne sais pas ce qui vient de se passer mais j'ai eu comme une sensation de vertige.

Lian, elle aussi déstabilisée, ne répondit pas.

Le temps de recouvrer leurs esprits, ils installèrent le jeune homme à l'arrière de la voiture.

— Dis-moi, chuchota Lian, il est dans un drôle d'état. Il est blanc comme un linge, maigre et il a l'air complètement à l'ouest !

— Tu as raison. Mais si tu te voyais, tu te ferais peur !

La voiture redémarra et fit demi-tour.

Quelques minutes plus tard, l'homme silencieux jusque-là leur dit :

— Je ne comprends pas. La dernière image que j'ai en mémoire, c'est une voiture bleue et sur le siège du passager, il y avait un homme. Je me rappelle que je conduisais et que c'était justement par ici et puis… Je ne sais plus. C'est le trou noir !

— Vous rappelez-vous de votre nom malgré tout ?

— Oui, je m'appelle Qiang Mong !

32 … ET ON RECOMMENCE !

Un an plus tard.

Shany bouclait ses valises, heureuse de partir.

— Anna, tu es prête ? Le taxi nous attend. Il y a des embouteillages à cette heure-ci et on risque de manquer l'avion.

Anna était au téléphone, comme souvent depuis quelque temps. Elle ne répondit pas.

— Tu discutes encore avec ton ami ! Mais qu'est-ce que vous avez de si important à vous dire ? J'ai hâte de le connaître !

— Je raccroche et j'arrive. Je ne vais pas nous retarder car je suis prête depuis longtemps. Tu as bien les billets d'avion ?

— Bien sûr que oui ! répondit Shany.

Quelques minutes plus tard, la porte d'entrée était fermée, l'alarme mise et l'ascenseur les emportait vers le rez-de-chaussée.

— Et le chien ? Shany, tu as oublié Milord.

— Pas de panique, je l'ai confié moi-même à mes parents, cet après-midi. Décidément, les voyages te rendent nerveuse !

— Plus que tu ne l'imagines ! répondit Anna. On y va ?

Le vol ne dura qu'une heure et leur avion les déposa à l'aéroport Fiumicino de Rome. Il faisait magnifiquement beau et chaud. Shany héla un taxi qui les amena à l'hôtel Sheraton, dans la périphérie romaine, où elles s'installèrent. Après un plongeon dans la piscine, afin de se rafraîchir, elles commandèrent une boisson au bar avant de partir pour leur rendez-vous.

— C'est vraiment extraordinaire ! Je n'imaginais pas le Colisée ainsi. Il est plus imposant que ce que je pensais, fit remarquer Shany.

— Moi, ça ne me surprend pas. Ce qui m'étonne c'est surtout la densité de monuments. C'est vraiment impressionnant. Retourne-toi ! Où que l'on regarde, il y a quelque chose à voir.

Elles venaient d'arriver dans le centre historique de Rome.

— Et où est ton ami ? demanda Shany.

— Il ne va pas tarder.

Anna, éblouie par la luminosité qui régnait, chercha dans son sac ses lunettes de soleil.

— Ah, ça va mieux ainsi ! fit-elle remarquer en les ajustant sur son nez.

Tandis que son amie se débarrassait de vendeurs à la sauvette, un peu trop entreprenants, Anna finit par repérer celui qu'elle attendait.

— Je le vois. Viens, que je te présente. Ils sont là-bas, vers l'arc de Constantin !

— « Ils sont » ! Ton ami n'est pas seul ? questionna Shany.

— Non. C'est une surprise.

— Tu aurais pu me prévenir !

Anna souriait à un homme qui approchait à grands pas. Elle était visiblement très heureuse de le revoir. Il la serra chaleureusement dans ses bras, l'embrassa sur la joue à plusieurs reprises, et ils échangèrent quelques mots. Shany et l'inconnu se tenaient légèrement en retrait.

— Shany, approche que je te présente. Voici Zhao. Il est inspecteur de police à Pékin et comme il est à moitié Chinois et à moitié Français, tu verras qu'il s'exprime merveilleusement dans notre langue. Je lui ai beaucoup parlé de toi.

Zhao salua la jeune femme qui, poliment, lui dit :

— Je suis ravie de vous rencontrer. Vous venez d'un pays extraordinaire où je rêve d'aller.

— Venez quand vous voulez, vous serez la bienvenue. Mais je manque à toutes les politesses !

Le jeune homme, avec lequel il était arrivé, attendait juste derrière eux et leur tournait le dos. Il ne pouvait détacher ses yeux du Colisée, qu'il prenait en photo.

— Moi aussi j'ai amené un ami !

Zhao lui adressa une légère tape sur l'épaule. Celui-ci se retourna aussitôt et s'approcha du trio.

— Voici Qiang ! Il vient aussi de Chine, du Sichuan plus précisément, mais il vit maintenant à Pékin où il a créé une agence de voyages. Qiang, je te présente Shany, chef d'entreprise à Paris et mon amie Anna, qui travaille depuis peu avec elle.

Le jeune homme plongea ses yeux dans le regard de Shany. Celle-ci était déjà sous son charme.

— Il me semble que nous nous sommes déjà vus, dit-elle.

— C'est étrange, j'ai la même impression. Êtes-vous déjà allée…

Qiang accrocha son bras, fit quelques pas avec elle et évoqua les destinations où ils auraient pu se rencontrer. Mais aucun lieu ne correspondait avec les dates de leurs séjours respectifs. Un instant plus tard, ils comparaient déjà leurs clichés des monuments romains. Comme ils s'étaient éloignés de leurs amis, ils arrêtèrent un passant pour immortaliser ce qu'ils pensaient être leur première rencontre.

— Plus d'une fois j'ai imaginé ce moment, fit Anna.

— Moi aussi. Mais si toute la période entre l'accident de Qiang et sa découverte inespérée sur la route de Juyongguan s'est effacée, il reste tout de même un petit quelque chose.

— Tu as raison. C'est curieux, ils ont l'impression de s'être déjà rencontrés. S'ils savaient...

— Chut ! C'est notre secret et celui des âmes de la muraille.

Dans la poche du jean de Zhao, le téléphone vibra. Il le sortit.

— Oh, c'est un message de Hui Ling. Elle veut savoir si je suis bien arrivé.

— C'est formidable qu'elle soit en vie, souligna Anna. C'est inexplicable mais fabuleux.

— Fabulcux oui ! Mais il y a un revers à la médaille !

— Que veux-tu dire ? interrogea la jeune femme surprise.

— Avant de quitter Pékin, j'ai reçu un appel de Lian. Elle disait qu'à mon retour, on devrait s'occuper de Wan Lu Su et de ses deux sbires. Eh oui, ils ne sont plus morts, eux non plus.

Anna s'amusa de voir la mimique faussement apitoyée de Zhao.

— Pour ces trois-là, ajouta-t-il, il est bien dommage que la mère de Qiang ait eu raison. J'aurais bien aimé qu'ils restent pour toujours en enfer mais malheureusement, ce n'est pas le cas.

— Et concernant le passé de Qiang ? demanda Anna.

— Avant l'accident, on ne peut rien lui reprocher de grave. Par contre, sa collaboration avec la police est une mine de renseignements. Même s'il ne se souvient que de la période avant le Grand Choix, il connaît beaucoup de choses sur le milieu et le chef apprécie son aide. Il ne sera pas inquiété. En fait, c'est un garçon honnête qui a simplement eu le malheur de naître très pauvre, dans le Sichuan !

— Tant mieux !

Ils firent quelques pas et Zhao s'arrêta, songeur.

— J'ai parfois du mal à admettre que nous sommes les seuls, toi, moi et bien sûr ceux qui ont participé au rituel, à nous souvenir de ce qui s'est passé.

— Moi aussi. Il ne s'écoule pas un jour sans que je repense à tout cela. Mais je suis si heureuse pour toutes les victimes qui, aujourd'hui, n'en sont plus et puis pour eux. Regarde-les là-bas !

— C'est drôle Anna. Ton prénom est un palindrome, puisqu'il se lit dans les deux sens. Je me demande finalement si tu n'étais pas la clé de tout cela.

— Que veux-tu dire ? s'interrogea-t-elle.

— C'est qu'auprès de toi tout peut toujours recommencer !

Zhao passa son bras par-dessus les épaules de la jeune femme et l'attira vers lui. Tout en plaisantant à propos de choses et d'autres, ils rejoignirent, quelques mètres plus loin, le couple formé par Shany et Qiang.

*

Bien des années plus tard !

Dans le Sichuan, comme dans beaucoup de provinces trop négligées jusque-là, les élus avaient prévu un plan d'urbanisme assez audacieux. On désirait mettre en valeur le patrimoine historique, l'exploiter et rendre les régions plus attractives. Les touristes se presseraient. Mais pour cela, il fallait construire et faire disparaître les cadavres que les terres du Sichuan retenaient depuis la Grande Famine.

Les pelleteuses étaient à l'œuvre, non loin de Niao'ai. L'endroit était idyllique. Nombre de revues s'étaient déjà fait l'écho de la beauté du site, de ses paysages grandioses et du confort hôtelier que l'on prévoyait d'ériger. Pas de photos encore, mais des croquis vantaient déjà les promesses de séjours exceptionnels, en ces lieux.

Les engins de terrassement retournaient la terre depuis des semaines. Les terrains, sur lesquels devait se trouver le complexe touristique, étaient presque prêts à accueillir les premières constructions.

Un jour, à l'heure de déjeuner, comme d'habitude, les ouvriers s'étaient rassemblés autour d'un feu. Alors qu'ils mangeaient des galettes de riz et plaisantaient, le regard de l'un d'eux fut attiré par le reflet du soleil sur un morceau de métal.

— Vous voyez là-bas, il y a un objet qui brille, fit-il intrigué.

— Où ça ?

L'homme désigna, du doigt, l'endroit avant de s'y diriger. Il s'accroupit, ramassa quelque chose et revint auprès des autres ouvriers.

— Qu'est-ce que tu as trouvé ?

— Oh, pas grand-chose : un couteau. Regardez ça : Belle et longue lame ! Il y a aussi des clous rouillés. Je les ai laissés.

— Un couteau et des clous, répéta pensif un ouvrier un peu plus âgé, originaire de Niao'ai. Un couteau et des clous ! J'espère qu'on n'a pas rompu un sortilège et libéré une créature diabolique !

Les autres, plus jeunes, éclatèrent de rire et continuèrent leur repas. S'ils avaient mieux écouté, ils auraient peut-être pu entendre que, sous la terre, un cœur recommençait à battre.

Table des matières

Du même auteur

Aux éditions BoD :

LE LIEN, janvier 2015
DESTINATIONS ÉTRANGES, août 2015

À paraître prochainement :

RENCONTRE AVEC L'IMPOSSIBLE
LE ROYAUME SANS ESCALES

Site internet :

deshistoirespourvous.com

Audrey Degal, *LE LIEN,* 2015, éd. BoD.

Norah et Paul achètent une maison en Ardèche, presque bradée par le député, Norbert De Belfond désireux de s'en débarrasser. Pourquoi est-il si pressé de la vendre ? Ses deux filles échapperont-elles à l'ombre qui plane sur leur famille ? Raoul, son avocat, homme sans scrupules, arrivera-t-il à le défendre lors du procès retentissant qui le vise ? Qu'a-t-il fait ? Que viennent faire Shaïma et Chris pourtant si heureux au tribunal ou encore Leila et Tony qui ne peuvent louer qu'une ancienne morgue pour tout logement ? Auparavant, ils ne s'étaient jamais rencontrés ! Et si l'origine de tout ceci remontait au passé, en 1875, à l'époque où Marie s'est vue contrainte d'épouser Pierre, qu'elle haïssait ! Le destin tisse UN LIEN entre tous ces personnages, sans qu'ils le sachent et leur vie bascule, l'imprévisible surgit, l'esprit de vengeance s'anime, l'envie de tuer apparaît…

Audrey Degal, *DESTINATIONS ÉTRANGES,* 2015, éd. BoD.

- Un avion se pose sur le tarmac mais une passagère ne sait plus ce qu'elle fait là ni où elle est. Il suffit peut-être d'observer les autres : l'ennui, c'est qu'ils sont aussi perdus qu'elle. Pourquoi ?
- Des amis décident de faire l'ascension de l'Everest. Atteindront-ils le sommet ?
- Dominique n'en peut plus de cette vie étriquée. Partir, le rêve ! Qu'est-ce qui pourrait l'en empêcher ?

Tant d'autres nouvelles (12) au suspense exceptionnel vous attendent telles que : « Le Cimetière », « L'Orée des mondes », « Le Témoin éternel », « Le Maître des rivages »…